BASTEI LÜBBE

JASON DARK

Die Dämonenhochzeit

Der Roman zum
RTL-Fernseh-Film
nach dem Drehbuch
von Christoph Gottwald,
nach Motiven des Romans
›Der Voodoo-Mörder‹
von Jason Dark
Band 34 der
John-Sinclair-Serie

BASTEI
LÜBBE

BASTEI-LÜBBE-TASCHENBUCH
Band 13 908

Erste Auflage: Mai 1997

Titelbild: RTL plus Deutschland, Köln
Umschlaggestaltung: Quadro Grafik, Bensberg
Satz: Fotosatz Steckstor, Rösrath
Druck und Verarbeitung:
Brodard & Taupin, La Flèche, Frankreich
Printed in France
ISBN 3-404-13908-9

Der Preis dieses Bandes versteht sich einschließlich der gesetzlichen Mehrwertsteuer

Aschgrau lag die Dämmerung über der Ruine Rabenstein. Sie hüllte die Mauern ein, als wollte sie dafür sorgen, daß die ausgebrannten Reste dieser ehemaligen Burg von keinem Menschen so schnell entdeckt wurden.

Tagsüber hätte man in der Ruine kein Lebewesen entdeckt, des Nachts vielleicht einen Fuchs und ein paar Mäuse – wenn der klagende Ruf eines Käuzchens die bedrückende Stille zerriß.

War es eine Warnung, sich von Rabenstein fernzuhalten, wo etwas Unheimliches hauste, das nur im Dunkeln existieren konnte?

Und doch gab es Licht.

Zwei helle, tanzende Augen bewegten sich von dem kleinen Ort im Tal auf die Burg zu. Es waren die Scheinwerfer eines Autos, das über die Unebenheiten des Bodens mehr holperte als fuhr und das Licht dabei ebenfalls hüpfen ließ.

Der Wagen war alt. Er hatte seine Macken. Der Auspuff klang erkältet und zog eine dicke Qualmfahne hinter sich her.

Vor einigen Stunden hatte es geregnet, dementsprechend feucht war der Boden. Herbstlaub machte die Fahrbahn rutschig.

Die Ruine wartete auf die Besucher, die aus dem alten orangenfarbenen BMW heraus zu der Ruine hochschauten, die nur als finsterer Schatten auszumachen war.

»Bis ganz nach oben kommen wir nicht«, flüsterte eine Frauenstimme aus dem Rückraum.

»Ich weiß«, sagte die Fahrerin. »Wir müssen den Wagen vor dem Tor abstellen und den Rest zu Fuß gehen.«

Die anderen beiden Insassinnen blieben stumm, schauten nur zu der Ruine hoch und wirkten so, als wäre ihnen nicht wohl.

Der BMW nahm die letzten Meter. Es war steil geworden. Die Räder drehten auf dem glatten Laub durch, aber dann war es geschafft, und der Wagen hielt vor dem Tor.

In den folgenden Sekunden geschah nichts. Die vier jungen Frauen blieben sitzen. Sie schauten durch das Gittertor den schmalen Weg hoch, der zu der Burgruine führte.

Kerstin Möller, die gefahren war, nickte. »Packen wir's?« fragte sie in die Runde.

Ein flüsterndes Okay war die Antwort.

Die vier Frauen stiegen aus.

Sie waren jung, sie studierten noch, sie kannten sich gut, und sie wollten es endlich wissen – obwohl ihnen allen nicht wohl zumute war. Allein daran zu erkennen, wie sie sich umschauten, als könnte im nächsten Moment etwas Unheimliches geschehen und aus dem Düstern auf sie zustürzen.

Kerstin nickte. »Aber noch ist es nicht richtig dunkel.«

»Sieht schon unheimlich aus«, sagte Sybille Thelen, die bis zum Tor vorgegangen war.

»Und ob«, pflichtete ihr Petra Klinger bei. »Außerdem würde ich vorschlagen, daß wir wieder zurückfahren und morgen früh wieder herkommen. Dann ist das Licht besser zum Fotografieren.«

Der Vorschlag war nicht schlecht. Sybille wollte wissen, was die anderen davon hielten, und sie sprach Marion Baumann an. Der war es ebenfalls unheimlich. Sie stimmte zu. »Es muß nicht jetzt sein – ehrlich.«

Kerstin ging auf das Tor zu und ließ ihre drei Freundinnen zurück. Drei Augenpaare schauten auf den Rücken der jungen Frau, die einen dunklen Mantel trug und vor dem Gitter stehenblieb.

»Ich weiß es nicht«, murmelte Sybille. »Ich weiß wirklich nicht, was richtig ist und was nicht. Was meint ihr denn?«

Marion und Petra schwiegen. Sie froren nur. Bei den

dünnen Jacken und den Miniröcken war das kein Wunder.

Die drei Zurückgebliebenen schraken zusammen, als sie hörten, wie Kerstin das alte Eisentor öffnete. Es schleifte über den Boden, schob Laub vor sich her, und Kerstin ging, ohne sich noch einmal umzuschauen, den kaum erkennbaren Pfad zur Ruine hoch.

»Dann müssen wir wohl, nicht wahr?« fragte Marion und hakte sich bei Sybille ein. Sie folgten Kerstin durch das offene Tor, und Petra blieb nichts anderes übrig, als ihnen zu folgen.

Es war der Übergang des Tages in die Dämmerung.

Der Wind war kühl, und hier oben schien er noch kälter zu sein, als wäre er aus den alten Ruinen hervorgekrochen, um die schweigenden Frauen auf seine Art zu begrüßen.

Auf dem Boden lag das feuchte Herbstlaub, dazwischen ein paar Äste. Wenn die Mädchen sie zertraten, kamen ihnen die Geräusche vor, als würden sich die Erdgeister mit ihren unheimlichen Stimmen melden, um sie vor einem Weitergehen zu warnen.

Kerstin Möller war tatsächlich stehengeblieben. Sie hatte sich umgedreht und wartete auf die drei Freundinnen. »Ich weiß gar nicht, was ihr wollt«, sagte sie und schien sich damit Mut zu machen. »Hier ist es doch richtig romantisch – oder?« Wieder drehte sie sich um, hob den Arm an und deutete den Weg hoch, wo sich die Außenmauern der Ruine erhoben.

Eine Antwort erhielt sie nicht. Die drei anderen lächelten gequält, als hätten sie sich abgesprochen.

»Was ist? Wollen wir uns den Ritualplatz nun anschauen oder nicht?«

»Dann müssen wir nach rechts«, sagte Sybille.

»Okay, machen wir doch glatt.«

Sybille hatte damit einen schmalen Trampelpfad gemeint, der um die Ruine herumführte. Diesmal übernahm sie die Führung, und die anderen drei folgten ihr.

Auch dieser Pfad war mit Laub bedeckt, das an den Schuhen festklebte. Die Studentinnen schwiegen und gingen mit gesenkten Köpfen. Petra Klinger rieb hin und wieder über ihren Oberarm, wo der Riemen des Fotoapparates spannte.

Der Weg stieg an. Die Mädchen, sowieso schon nervös, atmeten heftiger, wobei der Atem vor ihren Lippen tanzte wie Nebel, der rasch zerfaserte.

Der Ritualplatz lag oben, und er war schwer zu erreichen. Vor einem Durchbruch in der Mauer blieb Sybille Thelen stehen. Er war nicht sehr groß, man mußte sich schon hindurchzwängen, und jetzt, in der Dämmerung, wirkte er wie der Eingang zu einer finsteren Gruft.

Petra Klinger schluckte. Ihre Kehle war plötzlich eng geworden. »Müssen wir da wirklich durch?«

Sybille hielt bereits die Aufzeichnungen in der Hand. Das Licht reichte aus, um sie gerade noch entziffern zu können. Sie räusperte sich und las vor, während sich die drei anderen um die Freundin herum drängten. »Der Zugang zum Ritualplatz liegt versteckt, damit ihn Unbefugte nicht entdecken.«

Petra kicherte verhalten. »Vielleicht sind wir ja Unbefugte.«

»Ach, hör auf!« Kerstin mischte sich ein. Sie wollte nicht mehr länger warten und kletterte als erste durch den Durchbruch. Den drei Freundinnen blieb nichts anderes übrig, als Kerstin zu folgen, und wenig später standen sie alle vor dem völlig mit Laub bedeckten Ritualplatz.

Sie schwiegen.

Es war einfach zu beeindruckend für sie, denn sie sahen an der rechten Seite noch ein Stück der alten Burgmauer, und links von ihnen erhob sich eine gewaltige

Wand, in der die leeren und ausgebrannten Fensterhöhlen wie tote Augen schimmerten, die über alles die Kontrolle zu erlangen versuchten.

»Perfekt«, flüsterte Kerstin, wobei ihre Stimme beinahe schon ehrfurchtsvoll klang. »Der Rabenstein!«

»Wahnsinn«, murmelte auch Sybille und schauderte leicht zusammen.

Petra Klinger mußte kichern. »Echt unheimlich ist es hier – aber auch echt geil.«

Sybille Thelen ließ sich nicht stören. Hier oben war das Licht noch etwas besser, und sie schaute wieder in ihren Aufzeichnungen nach. »Wenn mich nicht alles täuscht, muß der Scheiterhaufen damals südlich gelegen haben.« Sie schaute sich um, aber die anderen reagierten nicht, sie waren viel zu beeindruckt.

Marion Baumann hatte die kleine Gruppe sogar verlassen und war an die mächtige, aber nur hüfthohe Burgmauer herangetreten, um über sie hinweg in die weite Talsenke zu schauen.

Sie schrak zusammen, denn mit diesem Anblick hatte sie nicht gerechnet. »Los, kommt schnell! Kommt her! Das müßt ihr euch einfach ansehen. Das ist Wahnsinn!«

Auch die anderen stellten sich vor die Mauer, und sie waren ebenfalls sprachlos, denn von hier aus hatten sie einen traumhaften Blick auf die in der Ferne liegende Stadt Köln.

Marion Baumann hatte die Kamera angehoben. Der Wind bewegte ihr langes, braunes Haar. Sie wischte es aus der Stirn, weil sie die Millionenstadt durch den Sucher ihrer Kamera fixieren wollte.

Köln lag bereits im Dunkeln, wie von einem grauen und mächtigen Schatten überzogen. Ein Meer von Lichtern breitete sich dort unten aus. Wie Sterne, die vom Himmel gefallen waren und neue Plätze zugewiesen bekommen hatten.

Ein wahnsinniger Anblick.

Und etwas ragte aus dem Lichtermeer besonders deutlich hervor. Das weltbekannte Wahrzeichen der Stadt – der Kölner Dom.

Marion schauderte plötzlich ...

Über Jahrhunderte hinweg war an dem prächtigen Wahrzeichen Kölns gebaut worden. Erst gegen Ende des letzten Jahrhunderts hatte man ihn fertiggestellt, und darüber waren die Menschen sehr froh gewesen. Leider hatte die seit Beginn der industriellen Revolution bis zum heutigen Tag immer schmutziger und somit aggressiver werdende Luft dem Gebäude arg zugesetzt. Über lange Zeit hinweg hatte sich niemand darum gekümmert. Saurer Regen und Schadstoffe schädigten die Bausubstanz, nicht zuletzt der Kot der zahlreichen Tauben, die überall im Mauerwerk nisteten.

Die Dombauhütte ersetzte schadhafte Steine und besserte aus, aber wenn man es genau nahm, war der Dom eigentlich nie richtig fertig.

In den letzten zwanzig Jahren war es besonders schlimm geworden, da hatte das grandiose Bauwerk starke Wunden bekommen, und es waren die Restauratoren und Steinmetze, die dafür sorgten, daß diese Wunden verarztet wurden.

Es mochte die zahlreichen Besucher aus aller Welt stören, aber es war nun mal nicht zu ändern, die Gerüste, die Arbeitsplätze der Steinmetze, verschandelten den Dom.

Nur die besten Fachleute kamen für diese Arbeit infrage. Zu ihnen zählte Viktor Gonsior!

Er war ein Mann mittleren Alters, wirkte meist düster und auch ziemlich verschlossen. Jetzt, wo er an seinem Arbeitsplatz stand und den scharfen Wind spürte, hatte er sein dunkles Haar mit einer Mütze bedeckt. Er hatte bereits einige Stunden harter Arbeit hinter sich und genehmigte sich nun die verdiente Pause.

Mit seinen Kollegen redete er nur wenig. Gonsior war ein Einzelgänger, der lieber für sich werkelte, und deshalb war diese Arbeit genau richtig für ihn. Er war kein Steinmetz, sondern Kunsthistoriker, aber die Praxis hatte er nie vernachlässigt. Mit seiner Arbeit wollte er dazu beitragen, den Dom zu retten, und diese Aufgabe machte ihm großen Spaß.

Während der Pause hatte er sich in das Innere der Kirche zurückgezogen. Er hockte unter einem Säulenkapitell, an dem er arbeitete. Er hatte es sich bewußt ausgesucht. Hier zu restaurieren bedeutete schon filigranes Werken, genau die richtige Aufgabe für Gonsior.

Aus einer Kanne trank er Kaffee und kippte auch noch den letzten Rest der braunen Brühe in seine Kehle. Danach schaute er auf die Uhr, verstaute die Kanne in seiner Tasche und schloß sie ab. Er strich über seinen Overall, als wollte er die staubigen Hände noch einmal reinigen, bevor er sich mit dem wertvollen Gestein beschäftigte. Dann verließ er seinen Pausenplatz und kletterte auf das Stahlgerüst, das ihm bei seiner Arbeit eine große Hilfe war.

Die Säule faszinierte ihn. Er konnte nicht genau sagen, was daran so toll war. Säulen wie diese gab es viele und auch Figuren, aber diese hier schien etwas Besonderes zu sein.

Schon oft hatte er überlegt, was sie darstellen sollte. Einen Engel oder einen Teufel? Vielleicht auch einen Dämon, ein Zwitterwesen zwischen Gut und Böse, denn damals, als der Dom gebaut wurde, hatten die Menschen die Religion noch anders aufgefaßt. Da hatten zu Gott und seinen Engeln auch der Teufel und seine Dämonen gehört, und man hatte diese Feinde des Glaubens an den

Kirchenwänden verewigt, um zu zeigen, wie das Gute über das Böse gesiegt hatte, denn in der Regel schwebte das Gute in der Pose des Siegers über dem Bösen. Analog zum Erzengel Michael, der die Schlange Luzifer in die Hölle und damit die ewige Verdammnis gestoßen hatte.

Mit dieser Figur hier kam Gonsior nicht zurecht. Er ärgerte sich darüber. Gerade er als Fachmann war es gewohnt, gewissen Dingen auf den Grund zu gehen. Durch die reine Betrachtung und auch durch Überlegungen kam er nicht weiter. So hatte er sich ein Buch besorgt, ein kunstgeschichtliches Werk, versehen mit zahlreichen Abbildungen. Natürlich in der Hoffnung, gerade diese Figur zu finden und die entsprechende Erklärung dazu.

Aber es war schwer, sehr schwer. Doch er gab nicht auf, und die Arbeit, die nicht zeitlich begrenzt war und auch nicht begrenzt werden konnte, weil sie einfach zu filigran war, ließ ihm Muße genug, sich mit den Hintergründen zu beschäftigen.

Um seine Kollegen kümmerte er sich nicht, und die kümmerten sich auch nicht um ihn. Sie arbeiteten woanders. Er sah sie nicht, er hörte höchstens ihre Stimmen oder den Widerhall der Geräusche, wenn sie mit ihren Werkzeugen den Stein bearbeiteten. Manche unten in der Dombauhütte, andere am Gebäude selbst.

Das hatte auch Gonsior vor. Er ging davon aus, daß diese Figur etwas Ungewöhnliches darstellte und auch ein Geheimnis in sich barg. Natürlich hatte er keinen Beweis dafür, aber er ließ nicht locker und war davon überzeugt, daß er es lüften würde.

Er stand vor der Säule. In der rechten Hand hielt er den kleinen Hammer. Er bewegte ihn auf und ab, während er gleichzeitig seine Blicke zwischen der Säule und dem Buch hin- und herwandern ließ.

Es war kalt hier oben. Auch zugig. Viktor Gonsior spürte nichts davon. Er wußte plötzlich, daß er zu einem wichtigen Menschen geworden war. Es war ein innerlicher Drang, der ihn bewegte. Da hatte ihm jemand eine Botschaft zugesandt. Obwohl er noch nicht viel unternommen hatte, stand für ihn fest, daß seine Arbeit nicht umsonst sein würde.

Aus seinen dunklen Augen fixierte er die so fremd wirkende Säule. Er sah den Engel in ihr, aber auch das Tier, wobei die Macht oder die Kraft des Tieres immer mehr zunahm und die andere Seite wegdrückte. Gonsior arbeitete am Dom, aber er hatte nicht den Eindruck, in einem katholischen Bauwerk zu stehen. Hier an dieser Stelle hatten andere Mächte die Regie übernommen.

Die rechte Hand mit dem kleinen Spezialhammer hob er an. Es war eine normale Bewegung, nur kam er sich vor wie jemand, der dies zwar tun wollte, aber dennoch von einer anderen Macht geführt wurde, so daß der Hammer auf eine bestimmte Stelle an der Säule wies.

Es war kein Grund erkennbar, aber Gonsior atmete nach dem ersten Schlag gegen die Säule heftiger. Auch hatte er das Inselgefühl, denn es gab plötzlich nur ihn auf der Welt. Die Stimmen seiner Kollegen waren verweht, als hätte der Wind ihren Klang ins All geschleudert.

Vorsichtig klopfte er weiter. Eine innere Stimme sagte ihm, daß da noch etwas war, er es aber unter keinen Umständen durch eine falsche Handlung zerstören durfte.

Plötzlich blieb seine Hand in der Bewegung stehen. Gonsior hielt den Atem an. Er hatte etwas innerhalb der Säule entdeckt, wollte allerdings noch warten, bis sich der feine Staub gesenkt hatte.

Dann war die Sicht frei!

Gonsior atmete heftiger, denn er hatte die Ritze im Gestein gesehen und wußte sofort, daß sie etwas zu bedeuten hatte. Sie war nur zu erkennen, wenn man sich so dicht vor dem Gegenstand aufhielt wie er und sich dafür interessierte.

Er spürte den Wind nicht mehr. Er hörte seine Geräusche nicht, die ihn ständig umgaben. Wenn sich der Wind in den Ecken und an den vorspringenden Kanten fing, dann heulte er jedesmal auf, säuselte manchmal auch nur, aber er war ständig vorhanden. Zumeist hörte er sich an, als wären Ungeheuer dabei, die Spitze zu umfliegen, wobei das Flattern ihrer Schwingen eine ständige Begleitmusik darstellte.

Gonsior wischte noch einmal mit dem Handrücken über seine Stirn. Kein Schweißtropfen sollte ihn bei der Arbeit ablenken, als er den Hammer wieder anhob und neben der Ritze etwas Mörtel abschlug, damit sie breiter wurde.

Der Mörtel trommelte auf den Boden, und Gonsior machte weiter. Vorsichtig und behutsam, obwohl er sich selbst als besessen betrachtete. Er stand dicht vor dem Ziel, das wußte er genau, und wieder lauschte er dem hellen Echo des Hammerklangs.

Hinter und über ihm zogen dichte Regenwolken über den Himmel. Der Wind trieb sie vor sich her wie eine Horde aufgescheuchter Schafe. Es würde jetzt rasch dunkler werden und die Nacht ihre Schatten über der Metropole am Rhein ausbreiten.

Etwas blitzte in der Spalte!

Viktor Gonsior war so erschreckt, daß er den Atem anhielt. Damit hatte er wohl gerechnet, doch jetzt, wo es soweit war und er dicht vor dem Ziel stand, klopfte sein Herz schon schneller.

Durch die Nase holte er Luft. Er legte den Kopf schief, konnte aber noch nichts Genaues erkennen und machte vorsichtig weiter. Er kam sich bei seinen Schlägen vor wie ein Arzt, der sehr behutsam mit dem Patienten umging.

Wieder fiel staubiger Mörtel zu Boden, als er mit zwei weiteren Schlägen die Ritze so erweitert hatte, daß er hineinfassen konnte.

Gonsior ärgerte sich darüber, daß seine Finger zitterten, aber das ließ sich nicht verhindern.

Daß der Gegenstand dort nicht hineingehörte, stand für ihn fest. Gonsior faßte danach. Er schob die Finger in die Ritze, und seine Neugierde war dabei unbeschreiblich.

Endlich hatte er es geschafft – endlich war er am Ziel.

Die beiden Finger hielten den Gegenstand fest – und zogen ihn hervor. Gonsior hielt den Atem an, denn was er da festhielt, war ein Ring. Der Anblick faszinierte ihn. Er betrachtete den flachen Stein, und er war entzückt, stöhnte leise auf und vergaß dabei seine Kollegen auf den Nachbargerüsten, vergaß die luftige Höhe, achtete nicht mehr auf den Wind und starrte nur den Ring an.

Geräusche rissen ihn aus seiner ›Hypnose‹. Es war das Lachen eines Kollegen auf einem Nachbargerüst gewesen, aber der Mann hatte nicht über ihn gelacht.

Niemand beobachtete Gonsior. So konnte er sich voll und ganz seiner Entdeckung widmen.

Er hielt den Ring fest und betrachtete ihn. Nichts hatte er von seiner Faszination verloren. Er war ein Fundstück, das schon, aber er war zugleich etwas Besonderes, das jemand vor langer Zeit hier oben versteckt hatte.

Sicherlich nicht ohne Grund ...

Gonsior atmete tief ein, dann wieder aus. Er mußte erst zu sich selbst finden, bevor er anderen Dingen auf den Grund ging. Aber die innere Stimme ließ sich nicht verleugnen.

Sie war da, sie gab ihm die Befehle. Es war der Drang, der sich mehr und mehr verstärkte.

Viktor konnte ihm einfach nicht widerstehen.

Und so streifte er sich den Ring über den Finger.

Langsam, zögernd, darauf wartend, daß irgend etwas passierte. Er hoffte es und ...

Urplötzlich flammte der Ringstein auf!

Es war ein so helles Licht, daß Gonsior geblendet wurde. Viel zu spät schloß er die Augen, aber selbst durch die geschlossenen Lider drang dieses Licht.

Dann war es verschwunden.

Viktor Gonsior öffnete wieder die Augen.

Seine Pupillen waren jetzt schwarz wie Teer!

Kerstin hatte die Initiative ergriffen, während die anderen drei frierend beisammenstanden und nicht mehr so überzeugt von ihrer Aufgabe waren, denn sie nörgelten des öfteren herum.

»Ob das richtig ist?« flüsterte Petra Klinger. Sie hüllte die Jacke noch fester um ihren Oberkörper. Petra war blond, hatte langes Haar, ein sehr hübsches Gesicht und auch eine gute Figur. Sehr kurvig und sexy, was sie auch einzusetzen verstand, aber nicht in diesen langen Augenblicken, da kam sie sich trotz der anderen ziemlich einsam und verloren vor.

Petra entfernte sich von Sybille und Marion, denn sie war die Fotografin des Teams und richtete ihre Kamera auf Kerstin. Sie war dabei, vom südlichsten Punkt der Burgruine aus in Richtung Platzmitte zu gehen, und dabei zählte sie ihre Schritte.

Marion hatte das Gefühl, zum dunkler werdenden Himmel schauen zu müssen. Der Wind trieb die dicken Wolken heran wie Vorboten eines Unheils.

Das gefiel der Studentin nicht. Sie schlug vor, den ungastlichen Ort zu verlassen.

Kerstin hatte sie trotz der leise gesprochenen Worte gehört. Sie ließ sich nicht stören, blickte Marion nur ärgerlich an, dann ging und zählte sie weiter.

»Fünf – sechs – sieben – acht – neun«, bei jeder Zahl ging sie einen Schritt weiter, »... und zehn!« Sie blieb stehen. »Ha!« rief sie. »Hier genau ist es. Hier muß es einfach sein. Ich stehe direkt auf dem Scheiterhaufen.«

Auch die drei anderen hatten Kerstin verstanden. Sie waren vorbereitet gewesen, schließlich hatten sie den Plan zu viert gefaßt, doch nun, wo es tatsächlich soweit war, bekamen sie doch Furcht.

Noch immer stand Kerstin an derselben Stelle. Sie wirkte voll konzentriert, aber auch wie jemand, der auf etwas Bestimmtes wartet.

Die anderen drei Studentinnen wagten nicht, sie anzusprechen. Sie kamen sich vor wie Fremdkörper, verloren.

Sybille strich durch das sehr lange, dunkle Haar. Sie hatte ein schmales Gesicht mit dunklen Augen und einen dunklen Teint. Man konnte sie leicht für eine Italienerin halten.

Marion Baumann sagte nichts. Ihre Lippen bewegten sich, als würde sie auf einem Gummi kauen.

Und Petra Klinger, die neben Sybille stand, drängte sich eng an sie, als wollte sie um Wärme bitten, damit ihr Zittern aufhörte.

Nur Kerstin Möller kam sich vor wie eine Siegerin. Sie war nicht sehr groß, aber sie fiel auf wegen ihres hellblonden, kurz geschnittenen und auch gescheitelten Haares.

Das Gesicht hatte sich in eine steinerne Maske verwandelt, und die dunkelrote, halblange Stoffjacke wirkte bei ihr wie ein Vorhang aus Blut.

Nur Sekunden waren seit den letzten Worten vergangen. Den Studentinnen aber kamen sie vor wie Stunden. Keine der jungen Frauen traute sich, ein Wort zu sagen. Sie standen stumm auf der Stelle. Sie froren, aber es war nicht die normale Kälte, die für eine Gänsehaut bei ihnen sorgte, sondern eine andere.

Keine konnte sie sich erklären. Sie war einfach da. Eine Kälte wie in einer Leichenhalle vielleicht.

Der Wind wurde stärker. Er überfiel den Burghof wie ein mächtiges Raubtier, das sich seine Beute holen wollte. In diesem Fall war es der dichte Laubteppich, in dem sich Kerstin Möller aufhielt. Die einzelnen Blätter wurden in die Höhe gewirbelt. Sie umtanzten die junge Studentin wie in die Höhe geschleuderte, tote Vögel, mußten dann wieder dem Wind Tribut zollen und verteilten sich aus dem Burghof.

Aber das war nicht alles. Die Sicht der drei Zuschauerinnen verbesserte sich, und sechs Augen sahen, was dort passiert war, wo Kerstin Möller stand.

Sie stand genau in der Mitte einer gelbrot aufleuchtenden Steinplatte. Aber sie hielt sich nicht in einem normalen Viereck auf, sondern in der Mitte eines geheimnisvollen Runen- oder Druidenzeichens. So genau wußten die Frauen nicht Bescheid, aber das Licht aus dem Boden floß wie ein dünner Mantel an Kerstins Gestalt hoch, als wollte es ihr den Glanz einer Königin verleihen.

Sybille, Marion und Petra rührten sich nicht. Sie waren einfach zu sehr fasziniert. Hier paßten zwar gewisse Dinge zusammen, aber sie selbst konnten sich keinen Reim darauf machen. Sie spürten nur, daß Kerstin von einer anderen Kraft hervorgehoben war und jetzt tatsächlich so etwas wie eine Königin sein mußte.

Noch einmal wischte die Bö heran. Schwächer diesmal. Im Vergleich zum ersten Ansturm nicht mehr als ein Streicheln, aber sie schien eine neue Botschaft mitgebracht zu haben, denn in den Fenstern der vor den Frauen aufragenden Burgmauer glühte es auf.

Auch hier war es nicht einfach nur ein Licht. Zwischen den Umrandungen bewegten sich seltsame Zeichen zuckend hin und her. Wie von einem unsichtbaren Feuerstift gezeichnet. Ihr Licht strahlte über den Burghof hinweg, es erreichte auch die drei Zuschauerinnen, durch deren Gestalten ein Ruck ging, als sie die brennenden Zeichen anstarrten.

Nichts hielt sie mehr auf ihrem Platz am Rand der Mauer. Jetzt war einzig und allein Kerstin wichtig, die noch immer im Zentrum stand, wo sie auf ihre ›Dienerinnen‹ wartete.

Die drei anderen bewegten sich fast lautlos. Das Laub war verschwunden, nur hin und wieder kratzte eine Schuhsohle über den Boden oder schleifte über einen aus dem Erdreich wachsenden Stein hinweg.

Niemand stolperte in der grauen Dämmerung, in die das Licht der unheimlichen Zeichen so fremd hineinstach.

Vor dem im Boden brennenden Mal blieben Marion, Petra und Sybille stehen. Sie standen so, daß sie Kerstin anschauen konnten, deren Gesichtsausdruck sich ebenfalls verändert hatte. Die Haut schien straffer über die Knochen gespannt zu sein, und sie war noch leichter geworden, obwohl ein rötlicher Lichtfluß noch darüber hinwegglitt.

Nur die Augen lebten. Aber der Blick war ein anderer geworden. Er war in die Ferne gerichtet, er wirkte verloren und angespannt zugleich, als könnte nur Kerstin etwas sehen, was den anderen drei Frauen verborgen blieb.

Niemand dachte mehr an Widerspruch. Die Studentinnen waren die Gefangenen eines anderen und fremden Zaubers geworden, der erst am Beginn stand. So wie sie sahen Menschen in einem Zustand der Trance aus, und etwas anderes war es auch nicht.

Kerstin übernahm wieder die Initiative. Noch immer schaute sie ins Unendliche hinein, während sich ihre Lippen bewegten, wobei die ersten Worte aus ihrem Mund flossen.

»Herr der Finsternis! Statthalter des Bösen!« sprach sie dumpf und kratzig, und jedes Wort hallte nach.

»Herr der Finsternis! Statthalter des Bösen!« wiederholten die drei anderen synchron.

»Hör die Worte deiner Dienerinnen!« sagte Kerstin laut.

»Hör die Worte deiner Dienerinnen!«

»Wir sind gekommen, um dich in dein Reich zurückzuholen.«

Abermals wiederholten die drei anderen die Beschwörung.

»Dich wieder auf dem Thron der schwarzen Mächte zu sehen ...«

Die erneute Wiederholung, und den drei anderen machten die Worte nichts aus.

»Und deiner Herrschaft zu huldigen ...«

Die Wiederholung aus den drei Kehlen der anderen folgte sofort. Dunkler war es mittlerweile geworden. Noch mehr Wolken zogen auf und legten sich wie eine Mauer vor den am Himmel stehenden und schwach leuchtenden Vollmond, so daß sein bleiches Auge allmählich verschwand und wie aufgefressen wirkte.

Von irgendwoher erschienen Nebelschwaden. Wie lautlose Leichentücher drehten sie sich heran und nahmen Kurs auf die vier jungen Frauen. Sie krochen mal flach, dann wieder halbhoch über den Boden hinweg. Das Licht der Zeichen auf dem Untergrund und auch das in den Fenstern verschwamm, als die grauen Schwaden es erreichten.

Eine dicke Wolke trieb der Wind vor sich her und genau über den Hof der alten Ruine.

Wie aus dem Nichts prasselte Regen herab. Ein erster Blitz schnitt messerscharf und grellgelb durch die Finsternis, was die vier Studentinnen nicht störte.

Immer wieder brüllten sie ihre Beschwörungen hinaus

in die unheilvolle Finsternis. Sie tanzten dabei, sie tobten. Ihre Stimmen überschlugen sich, produzierten Echos, die von den noch stehengebliebenen Wänden der alten Gebäude zurückhallten oder sich hineindrängten in Spalten, Lücken und Durchgänge.

An diesem unheimlichen Ort tobte der Teufel, und die Dämonen der Finsternis hatten ihre Rachen weit geöffnet.

Die Zeit war für die Studentinnen zweitrangig geworden. Jede stand voll und ganz unter dem Einfluß des Bösen, das immer stärker wurde und sie völlig in seinen Bann zog.

So schnell das Unheil aufgekommen war, so rasch war es auch wieder vorbei.

Kein Brennen im Boden mehr, keine leuchtenden Zeichen in den Fenstern, kein Nebel, kein Regen, auch kein Blitz.

Nur Stille.

Totenstille ...

Die vier Studentinnen schauten sich an. Jede von ihnen war benommen. Sie wußten nicht, was sie sagen sollten. Sie wußten, daß etwas mit ihnen geschehen war, oder sie ahnten es zumindest, doch keine von ihnen war in der Lage, es auszusprechen.

Kerstin bewegte als erstes ihren rechten Fuß. Sie wirbelte damit das Laub auf, das als dichter Teppich den Platz bedeckte, wo sie stand. »Ich stehe genau auf dem Scheiterhaufen, Mädels. Hier muß es gewesen sein.«

»Zu sehen ist nichts«, meinte Petra, die über ihr Haar strich und sich wunderte, daß es feucht war. Dann ging sie einige Schritte zur Seite, hob den Fotoapparat an und schaute durch den Sucher. Sie versuchte es mit verschiedenen Einstellungen, murmelte leise Verwünschungen, aber sie drückte nicht auf den Auslöser. Enttäuscht ließ sie das Gerät wieder sinken. »Tut mir leid«, sagte die Blondine, »aber für eine Aufnahme ist es wirklich zu dunkel.« Sie hob die Schultern. »Schade.«

Die anderen schwiegen. Marion Baumann, die sich am unwohlsten fühlte, rückte mit einem Vorschlag heraus. »Vielleicht sollten wir endlich von hier weggehen. Es ist schon ...« Sie schaute auf ihre Uhr, runzelte die Stirn, hob den Arm vor die Augen und schüttelte den Kopf. »Mist, sie ist stehengeblieben.« Dann nickte sie Sybille zu. »Schau mal nach, wieviel Uhr wir haben.«

Sybille Thelen mußte plötzlich lachen. Es klang nicht eben fröhlich.

»Tut mir leid, aber auch meine Uhr läuft nicht mehr. Und wie ist es bei euch?«

Petra und Kerstin hatten bereits Blicke auf ihre Uhren geworfen. Nach Sybilles Frage hoben sie die Köpfe an. In ihren Augen war die Antwort zu lesen.

»Also nichts«, sagte Petra.

»Ja, scheint so«, murmelte Kerstin.

»Und warum gehen die Uhren nicht mehr?« fragte Sybille.

Eine Antwort bekam sie nicht, aber sie sah, daß auch die anderen drei ebenso fühlten wie sie. Ihnen war mehr als unheimlich zumute. Sie brauchten auch nicht mehr lange zu diskutieren. Jede wollte jetzt dieses Gelände so rasch wie möglich verlassen und in den Wagen steigen.

Schnell liefen sie den Hügel hinunter und auf das Gittertor zu. Kerstin ging dabei an letzter Stelle. Sie hatte die kalten und feuchten Hände in die Taschen ihrer weiten Jacke geschoben, unter der sie einen dunklen Pullover trug.

Die anderen entfernten sich immer mehr von ihr. Sie sprachen miteinander, aber ihre Stimmen versickerten irgendwie auf dem Weg zu Kerstins Ohren.

Zudem war sie noch einmal stehengeblieben, um einen Blick auf Rabenstein zu werfen.

Sie wußte selbst nicht, weshalb sie so reagierte, aber da war plötzlich der innere Drang gewesen.

Dunkel und unheimlich lagen die Reste der einst so stolzen Burg vor ihr. Eingepackt wie in schwarze Tinte.

Glühten dort nicht zwei rote Punkte auf wie unheimliche Augen, in denen die Glut der Hölle nistete?

Kerstin begann zu frieren, obwohl es hier unten wärmer war als oben auf dem Burghof. Einbildung? Wirklichkeit? Sie konnte sie nicht mehr unterscheiden.

Eines aber stand fest.

Dort oben war etwas mit ihnen passiert. Die Uhren hatten ihren Geist nicht grundlos aufgegeben, und nun leuchteten die roten Augen wie die eines Monsters, das sich ihr Bild genau merken wollte, um sie nie im Leben loszulassen.

Kerstin drehte sich um und rannte zu den anderen hin ...

London!

Petra Klinger befürchtete schon, schwere Gewichte an den Hüften zu haben, so daß sie sich nur mühsam bewegen konnte.

So hatte sie sich den Trip in diese Weltstadt nicht vorgestellt. Das heißt, so interessant schon, aber nicht so anstrengend, denn das Laufen durch die Stadt war schon Schwerstarbeit gewesen, und selbst der Reiseführer in ihrer Hand schien sein Gewicht verdoppelt zu haben.

London war nie ruhig, auch im späten Herbst nicht. London boomte. London erstickte im Verkehr, deshalb war sie nicht mit dem Taxi gefahren, sondern mit der U-Bahn, dem schnellsten Verkehrsmittel der Stadt.

Aber sie war auch große Strecken zu Fuß gegangen.

Vielleicht sogar zu lange, denn sonst hätte sie sich nicht so erschöpft gefühlt.

Himmel, was habe ich nicht alles zu Gesicht bekommen! dachte Petra. Mehr kann man nicht aufnehmen, und es war auch so, daß die Eindrücke verwischten und sie kaum noch etwas nachvollziehen konnte. Sie wußte nicht mal, ob sie den Buckingham Palace am gestrigen oder am vorgestrigen Tag besichtigt hatte.

Ebenso erging es ihr mit anderen Sehenswürdigkeiten, von denen sie kaum etwas ausgelassen hatte. Ob es nun das Wachsfigurenkabinett war, die zahlreichen Museen oder die Flohmärkte, das alles hatte Petra in sich aufgesaugt wie ein trockener Schwamm das Wasser.

Und jetzt? Wo hielt sie sich jetzt auf?

Sie wußte es, aber sie mußte erst noch darüber nachdenken, denn in London gab es viele Parks. Nach kurzem Nachdenken fiel es ihr ein.

Müde schlug sie gegen ihre Stirn. »Natürlich, ich bin im Hyde Park, der grünen Lunge der Stadt.« Der fehlte nämlich noch auf ihrer Liste. Sie war durch Mayfair gefahren, das die östliche Grenze des Parks bildete, und war dann in das von vielen Spaziergängern geschätzte Gelände gegangen.

Eigentlich hatte sie sich eine Bank suchen wollen, um sich dort ein wenig auszuruhen. Es gab auch Bänke genug, die aber waren alle besetzt. Den Nerv, sich zu anderen Personen zu setzen, den hatte sie einfach nicht. So schlich sie mit müden Beinen weiter, direkt in nördlicher Richtung. Zur Speaker's Corner, wo Prediger, Politiker und andere Darstellungskünstler auf möglichst viele Zuschauer hofften. Das Echo jedoch war eher klein.

Petra Klinger war müde. Der Rucksack auf ihrem Rücken drückte, aber sie setzte sich trotzdem nicht hin, denn sie fühlte sich von der schrillen Stimme des Redners gestört, deshalb ging sie an der freien Bank vorbei und blickte aus einer gewissen Entfernung auf die Handvoll Zuhörer.

Der Redner war zu sehen, da er auf einem Stuhl stand. Er überragte die Zuhörer, fuchtelte mit den Armen herum, als wollte er noch weitere Menschen anlocken, unterhalten oder überzeugen.

»Kommt!« rief er laut und deutlich. »Kommt alle her zu mir! Es ist ein schwerer Fehler, wenn ihr mir nicht zuhört, denn ich weiß es genau, daß das Ende der Welt dicht bevorsteht. Schaut euch doch mit offenen Augen um. Geht durch diese Stadt. Überall herrscht das Recht des Stärkeren. In jeder Straße finden wir Gewalt, keiner ist mehr sicher. Aber das ist der Anfang. Es wird noch viel schlimmer werden. Nie hat es so viele Kriege gegeben wie in diesen Tagen, und jeder von uns weiß, daß wir uns der Jahrtausendwende nähern, in der alles anders werden kann. Nur diejenigen, die auf mich hören und mit zu den Auserwählten zählen, kommen davon ...«

Petra Klinger hörte die Worte zwar, aber sie huschten an ihr vorbei. Sie ging wie durch einen Nebel und schrak erst zusammen, als sie gegen einen breitschultrigen Mann in dunkler Lederjacke stieß, der auch kurz stehengeblieben war, um zuzuhören. Als er die Berührung in seinem Rücken spürte, drehte er sich um.

Petra lächelte ihm knapp zu und entschuldigte sich.

Der Mann nickte nur.

Sie ging weiter, obgleich sie es nicht vorhatte, aber ihre Beine schienen sich von allein zu bewegen.

Dann stand sie in der ersten Reihe.

Der Chinese auf dem Stuhl hatte sich gebückt und eine kleine Redepause eingelegt. Seine Kehle war wohl trocken geworden, und er feuchtete sie mit einem Schluck Wasser an.

Dann lächelte er breit, nickte seinen Zuhörern wieder

zu, um dort weiterzumachen, wo er aufgehört hatte. »Wie ich schon sagte, es wird eine Wende geben«, er schüttelte den Kopf, »und nicht etwa zum Guten. Das Böse lauert bereits. Die Dämonen haben sich in die Körper der Menschen geschlichen und sorgen dafür, daß sie sich selbst zerfleischen. Ja, so ist es. Nutzt deshalb die allerletzte Chance! Hört auf mich! Denn wer auf mich hört, ist auserwählt, und wer zu den Auserwählten hier zählen will, der trete vor ...«

Er wartete. Er schaute in die Gesichter seiner Zuschauer. Die meisten wirkten amüsiert, nur wenige dachten über seine Worte nach, aber es trat keiner vor.

Auch Petra Klinger hatte alles verstanden. Sie stand jetzt ruhig da, aber die Erschöpfung war noch nicht verschwunden. Petra fühlte sich so anders. Irgend etwas ging in ihr vor, das sie krank machte. Ihr sonst so hübsches Gesicht wirkte fast wie das einer alten Frau. Abgespannt sah sie aus, mit Schatten unter den Augen.

Sie konnte sich auch nicht mehr halten. Sie mußte einfach gehen.

Nein, das war kein Gehen. Das war mehr ein Schwanken, ein Taumeln, und sie spürte den festen Boden kaum noch unter ihren Füßen.

Petra war die einzige, die auf den Chinesen zuging. In dessen Augen leuchtete es auf. Zumindest eine Frau hatte auf seinen Rat gehört, und er beugte sich Petra entgegen, auch wenn er sich über ihren taumelnden Gang wunderte.

Er streckte ihr die Hände entgegen. »Willkommen, mein Kind ...«

Petra riß den Mund auf. Sie wollte so viel sagen, doch es war ihr unmöglich. Unsichtbare Kräfte drückten ihr die Kehle zu, und nur mühsam brachte sie die wenigen Worte hervor, die mehr geröchelt als gesprochen wurden.

»Helfen Sie mir – bitte ...«

Der Chinese wollte etwas sagen, aber er spürte, daß seine Thesen hier nicht fruchteten. Dieser jungen Frau ging es schlecht, echt mies.

Der Mann stieg vom Stuhl, als sich Petras Gesicht schrecklich verzerrte. Dabei riß sie den linken Arm in die Höhe, preßte die Hand dort hin, wo das Herz schlägt, und krallte die Finger der Rechten in den Oberarm des Chinesen.

Dann brach sie zusammen.

Während sie fiel, sah der Chinese die weit aufgerissenen Augen mit dem entsetzten Ausdruck darin. So etwas hatte er noch nie gesehen, diese Angst, diese Panik. Letzte Zeichen von Leben, denn plötzlich wurde der Körper nicht nur schlaff, sondern auch schwer. Die rechte Hand löste sich vom Arm des Chinesen, und Petra fiel schwer wie ein Stein zu Boden, wo sie aufschlug.

Die anderen Zuschauer glotzten auf Petra Klinger nieder, aus deren Mund ein letztes Röcheln drang.

War sie tot?

Der Chinese wußte es nicht. Er stützte den Nacken der Touristin ab und rief mit schriller Stimme nach einem Arzt ...

Ein Raum in London. Ein Büro – mein Büro, in dem ich beinahe wie in einer Dunkelkammer saß, denn durch die Fenster fiel kaum Licht, weil ich die Rollos heruntergelassen hatte. Dafür stand auf meinem Schreibtisch eine Lampe, die UV-Licht abstrahlte. In ihrem Schein wollte ich einen Stich betrachten, aber dazu kam es nicht mehr, denn es klopfte.

Aus meinem geschlossenen Mund drang ein leichtes Brummen. »Sind Sie es, Glenda?«

»Ja, wer sonst?«

»Okay, kommen Sie rein. Aber bitte, machen Sie kein Licht. Es ist wichtig.«

Glenda Perkins öffnete behutsam die Tür des Vorzimmers, peilte erst in den anderen Raum hinein und sah, wie ich den Kopf hob und ihr zunickte.

Erst dann öffnete sie die Tür ganz und huschte in mein Büro. Unter dem Arm hatte sie eine Akte geklemmt. Sie schloß die Tür wieder, schaute sich um und gab ihrer Stimme einen koketten Klang. »Himmel, was haben Sie mit mir vor, John?«

»Nichts, was Ihnen unangenehm wäre, Glenda. – Ich möchte Ihnen nur ein Bild zeigen.«

»Ach.«

»Wieso? Was heißt hier ach?«

»Schade, meine ich.« Es klang etwas enttäuscht, und Glenda trat näher an meinen Schreibtisch heran, wo ich saß und mir das Grinsen verbeißen mußte.

»Und jetzt?« fragte sie.

»Schauen Sie sich nur das Bild an.«

Sie legte die Akte zur Seite. Bevor sie den Kopf senkte, warf sie mir noch einen zweifelnden Blick zu, dann betrachtete sie den alten Stich, sagte aber nichts, sondern wartete auf meine Frage, die ich ihr auch stellte.

»Was sehen Sie?«

»Tja, das ist ja nicht schwer, John. Ich sehe eine prächtige Kirche, einen Dom . . .«

Glenda verstummte mitten im Satz, denn wir beide sahen, wie plötzlich in dieses vom UV-Licht angestrahlte Bild Leben kam. Es ging sehr schnell und verschlug zumindest Glenda Perkins die Sprache, weil sie so etwas noch nicht gesehen hatte.

Das Bild wurde auf eine bestimmte Art und Weise virtualisiert, denn der Dom bewegte sich. Er schwankte, als hätte er Stöße erhalten. Würde dieses mächtige Gebäude etwa zusammenbrechen?

Glenda fand die Sprache wieder. »Das, das gibt es doch nicht. Das ist unmöglich!« Sie stotterte leicht.

In diesem Augenblick explodierte der Dom auf dem Bild. Es riß ihn förmlich auseinander. Er platzte weg, war nicht mehr da. Es blitzte auf. Feuer erschien, und Glendas Hand fuhr dabei zum Mund, um ihn zuzuhalten. Sekundenlang dauerte ihre Starre an, dann senkte sie den Arm wieder und schüttelte den Kopf. »Das, das ist ja schrecklich«, flüsterte sie.

Ich mußte über die Reaktion meiner Sekretärin lächeln, stand auf und schaltete das Licht wieder ein.

Glenda, die noch immer auf das alte Bild starrte, erlitt einen zweiten Schock, denn von der Katastrophe war nichts mehr zu sehen. Das normale Bild lag wieder vor ihr.

»Ja – und jetzt?« flüsterte sie. »Was, um alles in der Welt, ist das gewesen?«

Ein Koffer stand bereit. Ich öffnete ihn und legte das Bild hinein. Dann verschloß ich den Koffer wieder.

»Ich warte auf eine Antwort, John!« hakte Glenda nach. Sie stand noch immer unter dem Eindruck des Erlebten und hatte Mühe, ihren Atem unter Kontrolle zu bekommen.

»Es war, wenn ich das mal so sagen darf, die perfekte Illusion. Die zweite Realität.«

»Aha«, sagte sie nur. »Und was bedeutet das? Können Sie eine kleine Sekretärin mal aufklären?«

»Mache ich doch glatt. Wie Sie wissen, gibt es die Kunst, was vieles einschließt. Musik, Literatur oder auch die bildende Künste. Aber es gibt auch eine Dämonenkunst. Das haben Sie hier in Reinkultur gesehen.«

»Ich verstehe es noch immer nicht, John.«

»Na ja, es ist so. Dieses Bild spiegelt die Wunschvorstellung der anderen Welt wider, die von reiner Zerstörungswut gekennzeichnet ist.«

Glenda hatte es noch immer nicht begriffen, das war ihr anzusehen. Ihr Mund stand offen, wie bei einem Kind, das zum erstenmal einen Tannenbaum geschmückt sieht und aus dem Staunen nicht mehr herauskommt. Dann verlor sich Mißtrauen in ihren Blick, und sie fragte mich: »Was soll das alles? Was wollen Sie damit?«

Ich hob die Schultern. »Gute Frage. Aber man muß immer darauf vorbereitet sein, daß etwas passieren kann. Und man muß vor allen Dingen die Waffen seiner Feinde kennen ...«

»Aha.«

»Sind Sie jetzt zufrieden?«

»Nein, John, weder zufrieden noch beruhigt ...«

Es gibt wohl nicht viele Menschen, die ein Leichenhaus mögen, und wenn sie es akzeptieren, dann aus beruflichen Gründen, wie Dr. Hollister, ein Arzt und Pathologe, dessen Aufgabe darin bestand, sich mit Leichen zu beschäftigen, sie zu sezieren, um anschließend seine Berichte zu schreiben, die oft genug Spuren aufzeigten, daß Verbrechen aufgeklärt werden konnten.

An diesem Tag lag nur eine Leiche in Hollisters ›Arbeitszimmer‹. Es war eine Frau, eine junge Frau, blond, und man sah ihr an, daß sie sehr hübsch gewesen war. Jetzt aber war ihr Gesicht blaß, und die Haut hatte einen bläulichen Schimmer bekommen. Selbst das Lippenrot war verblaßt, so daß sich der Mund kaum vom übrigen Gesicht abhob, er aber trotzdem etwas verzogen wirkte, als würde die Tote grinsen.

Nachdenklich schaute der hochgewachsene Mann im weißen Kittel die Leiche an. Dr. Hollister war um die Fünfzig, er trug sein graues Haar länger, und von der Nase bis zu den Mundwinkeln hin hatten sich zwei scharfe Falten in die Haut gegraben, auch eine Folge seines Jobs, um den ihn nicht ein Arbeitsloser beneidete.

Der Arzt war nicht allein. Neben ihm stand ein Mann im dunklen Anzug, der die Stirn gerunzelt hatte, ansonsten nicht sprach und lieber auf Fakten wartete.

Er hieß Sir James Powell, war von Dr. Hollister gebeten worden, ins Schauhaus zu kommen, und hatte dem Ruf Folge geleistet. Er war dann sofort in den entsprechenden Raum mit dem kalten Deckenlicht und den kahlen Fliesenwänden geführt worden, wo er nun ebenfalls auf die Tote starrte, die ein schlichtes Leichenhemd aus billigem Stoff trug. Sie lag auf dem Seziertisch wie eine Puppe.

Hollister hielt ein kleines Mikro in der Hand. Es war nicht zu erkennen, ob er auf die Tote oder nur das Mikro schaute, jedenfalls sprach er auf Band.

»Weiblicher Corpus. Zirka einsfünfundsiebzig groß, siebenundfünfzig Kilo schwer, dreiundzwanzig Jahre, plötzlicher Tod durch Herzstillstand. Eingetreten vor ungefähr zwölf Stunden.« Er räusperte sich, beugte sich dann über die Leiche und betrachtete den freiliegenden Arm. »Kratzwunde am Ellbogen. Ursache nicht feststellbar. Die Verletzung kann mehrere Tage alt sein, ist aber mit Sicherheit nicht tödlich gewesen.« Er runzelte die Stirn und redete weiter. »Es sind keine äußeren Anzeichen von Fremdeinwirkung zu erkennen.« Eigentlich hätte er weitersprechen müssen, aber er stockte, runzelte die Stirn abermals und zog dabei die Augenbrauen zusammen.

Sir James wunderte sich, hielt sich mit einem Kommentar allerdings zurück und schaute nur zu, wie sich Hollister auf den Hals der Toten konzentrierte.

Erst jetzt sprach Sir James. »Ist was?«

Hollister atmete laut ein.

»Ja, ist schon irgendwie komisch oder merkwürdig.

Ihr Blut scheint nicht geronnen zu sein, ja, nicht geronnen.«

In Sir James' Augen blitzte es auf. Wäre es möglich gewesen, er wäre noch näher an die Leiche herangetreten, aber er stand sowieso schon dicht vor dem Seziertisch.

»Was haben Sie da gerade gesagt, Doktor?«

Er hatte die Frage ziemlich scharf gestellt, und der Arzt wußte auch sofort Bescheid. Er trat zurück und streckte einen Arm vor. »Jetzt kommen Sie mir bloß nicht mit Sinclair an.«

»Ich habe nichts gesagt.«

»Aber gedacht.«

»Woher wollen Sie das wissen?«

»Das sehe ich Ihnen an, Sir.« Hollister drehte sich um und schaute auf einen Glasschrank, hinter dessen Scheibe sich präparierte Augen und andere Körperteile von Menschen befanden.

»Was meinen Sie mit Sinclair?« Sir James ließ einfach nicht locker.

»Der hält hier nur den ganzen Laden auf. Das kennt man ja.« Wieder holte Hollister tief Luft. »Ich wollte nämlich gern bis zum Mittagessen fertig sein.« Mit einer gekonnten Bewegung hob er das Seziermesser an und wartete auf Sir James' Antwort, die auch nicht lange auf sich warten ließ.

»Ich fürchte, Sie müssen Ihr Essen verschieben.«

Der Arzt brummte wie ein Bär. »Das hatte ich schon befürchtet. Nichts gegen Sie persönlich, Sir, auch nichts gegen Ihre Arbeit, ich respektiere ebenfalls Sinclairs Erfolge bei übersinnlichen Phänomenen und Erscheinungen, aber vor uns liegt kein Geist, sondern eine junge deutsche Studentin, die am hellichten Tag im Hyde Park bei Speaker's Corner zusammengebrochen ist. Das sind die Fakten.«

»Und deren Blut nicht geronnen ist«, ergänzte Sir James. »Das ist auch eine Tatsache.«

Hollister winkte ab. Er hatte jetzt die Hände frei und stemmte sie in die Hüften. »Dafür gibt es aus medizinischer Sicht einige Erklärungen, Sir. Hämoglo...«

Der Superintendent unterbrach ihn. »Fachsimpeln können Sie mit John Sinclair.« Er nickte dem Arzt zu, bevor er zu einem Wandtelefon ging, um mit dem Geisterjäger Kontakt aufzunehmen.

Dabei wandte er Hollister zwangsläufig den Rücken zu. Der Arzt hatte ein beinahe trotziges Gesicht aufgesetzt, und ebenso trotzig wirkte die Bewegung, mit der er zum Besteckkasten griff.

Dabei schaute er auf die Tote.

Das Gesicht war zu sehen, ebenso die Füße und auch die Hände.

Hollister zuckte plötzlich zusammen, als hätte man ihn getreten. Hatte sich die Hand der Leiche bewegt?

Unsinn, sagte er sich – Unsinn!

Aber sicher war er sich nicht ...

Glenda saß mir gegenüber und lächelte mich an. »Paris«, murmelte sie, »das wäre eine Stadt ...«

»Ach ja, wirklich?«

»Immer. Aber mußte es ausgerechnet Paris sein, meine Lieblingsstadt?«

Ich winkte ab. »Es war nur Phantasie.«

Da wollte Glenda nicht so recht zustimmen. »Manchmal weiß man nicht, wo die Phantasie anfängt und die Realität aufhört. Vor allen Dingen nicht bei einem Job, wie Sie ihn haben, John.«

»Das ist schon möglich«, gab ich zu und dachte noch immer an das Bild, das sich auf schreckliche Art und Weise verändert hatte. Es mußte ein Vorzeichen gewesen sein, ein düsteres Omen – und eine Warnung zugleich.

Das Telefon riß mich aus meinen Gedanken. Bevor Glenda noch abheben und das Tuten unterbrechen konnte, hielt ich den Hörer in der Hand. »Sinclair ...«

Dann hörte ich die Stimme meines Chefs. Er brauchte nur wenige Sätze zu sagen. Ich war alarmiert.

»Keine Panik, Sir, ich komme sofort«, sagte ich, legte auf und sprang in die Höhe, nahm den Koffer und eilte aus dem Zimmer.

Glenda Perkins schaute mir verständnislos nach. Sie begriff nichts mehr ...

Dr. Hollister hatte das Skalpell in die Hand genommen, eines der größten Instrumente, die ihm zur Verfügung standen. Egal, was Sir James dachte, er würde seine Arbeit hier fortsetzen, daran würden auch tausend Geisterjäger oder Parapsychologen nichts ändern. Er war Arzt, er war Wissenschaftler – fertig und basta. Außerdem hatte er wirklich Hunger und wollte die Sache hier so rasch wie möglich beenden.

Hollister war ein Fachmann, was das Aufschneiden von Leichen anging. Manche nannten ihn sogar den Totenmetzger. Auch wenn es nicht so klang, es war ein Kompliment.

Hollister stellte sich bei seiner Arbeit stets links neben die Leiche, um Platz für seine rechte Hand zu haben. Er brauchte den Bewegungsraum.

Nun beugte er sich vor.

Bei einer Filmaufnahme mit entsprechender Einstellung wäre das Skalpell riesig erschienen, wie ein gewaltiges Mordinstrument in der Hand eines Psychopathen. An diese Dinge jedoch dachte der Arzt nicht. Das hier war sein Job, den er seit Jahren ausführte, und er ließ sich auch nicht hineinreden.

Er beugte sich noch tiefer. Die Hand mit dem Skalpell entfernte sich weiter von seinem Körper, rückte aber näher an den Toten heran. Alles war wie immer – oder?

Nein, etwas stimmte nicht.

Hollister zögerte. Er konnte es nicht sagen. Etwas war einfach anders geworden, obgleich sich die Szenerie in diesem kalten Raum nicht verändert hatte.

Oder war es kälter geworden?

Eine schleichende Kälte, unsichtbar, aber durchaus mit einem Nebel zu vergleichen.

Er hielt den Atem an.

Er schluckte.

Schweiß trat auf seine Stirn.

Etwas stimmte nicht mehr.

War es der Geruch? Nein, er konnte es nicht sein. Wie immer roch es nach den Desinfektionsmitteln, die sogar den Geruch eines verwesenden Körpers überdeckten.

Es war etwas anderes, das Dr. Hollister besorgt werden ließ. Die Hand mit dem Skalpell zitterte sogar, was ihm überhaupt noch nicht passiert war. Unmöglich, dachte er, ich bin doch kein Anfänger!

Nur Sekunden hatte die Irritation gedauert, dann hatte sich der Arzt wieder gefangen, er glaubte zumindest, sich gefangen zu haben. Das leichte Zittern blieb, als die scharfe Seite des Skalpells dicht über der bleichen Haut der Toten schwebte.

Der Toten?

Hollister riß den Mund auf, aber er schrie nicht. Was er gesehen hatte, das hatte ihn stumm gemacht.

In der rechten Pupille der Toten war plötzlich ein rotes Licht erschienen. Winzig, nicht größer als ein Stecknadelkopf, aber von großer Leuchtkraft.

Hollister erstarrte. Von einer Sekunde zur anderen schien kein Blut mehr durch seine Adern zu pulsieren, sondern eisiges Wasser, das ihn lähmte. Er wußte nicht, was er denken und was er tun sollte, die Lähmung hielt seinen gesamten Körper umklammert, doch das Skalpell in seiner Hand zitterte stärker. Diese ruckartigen Bewegungen bewiesen ihm auch, daß er noch lebte.

Und die Schweißtropfen, die trotz der Kälte entstanden waren, über seine Stirn rannen und auch von den Brauen nicht aufgehalten werden konnten.

Sir James Powell hatte von dieser plötzlichen Veränderung nichts mitbekommen. Er telefonierte noch mit Sinclair. Hollister hörte ihn im Hintergrund sprechen, und er wollte sich auch darum nicht kümmern, sondern weitermachen.

Vielleicht war das winzige rote Licht in der Pupille nur eine Täuschung. Ein Irrtum, nicht mehr. Einbildung oder ...? Die Nerven hatten ihm wohl einen Streich gespielt.

Scharf atmete Dr. Hollister aus. Sein Atem floß dabei über das Gesicht der Toten, erwischte auch deren Haar und ließ einige Strähnen in die Höhe flattern.

Was immer hier vorgefallen war und ihn auch tief getroffen hatte, er wollte sich trotzdem in seiner Arbeit nicht stören lassen. Er mußte die Tote sezieren.

Dazu gehörte der erste Schnitt.

Trotz zitternder Hand senkte er das scharfe Messer. Die Klinge berührte die Haut. Hollister gab noch etwas mehr Druck. Er war ein Routinier, es hätte sein können wie immer, und trotzdem war es nicht so, denn plötzlich veränderte sich das Bild.

Petra Klinger reagierte wie eine lebende Person. Kaum hatte die Klinge sie berührt, da wurde sie ›wach‹.

Ihr rechter Arm schnellte in die Höhe. Die Finger waren schon gespreizt und umklammerten mit zielsicherem Griff die Kehle des Arztes, wo sie erbarmungslos zudrückten, so fest, daß der Mann keinen Schrei mehr ausstoßen konnte.

Er hing im Griff fest. Er ruderte mit den Armen.

Das Skalpell rutschte aus seiner Hand und landete auf den Bodenfliesen.

Die Tote aber hielt ihn noch immer fest. Sie war nicht mehr tot, sie lebte auf eine schaurige Art und Weise, denn sie war zu einer Untoten geworden, zu einer Wiedergängerin, zu einem weiblichen Zombie. Und sie hielt den Arm ausgestreckt, so daß er von ihrer Schulter aus bis zur Kehle hin eine Gerade bildete. Dabei umklammerten die Finger den Hals des Mannes so fest, als wollten sie sich wie spitze Stäbe zuerst in die Haut hineindrücken, um dann ihre blutige Spur zu ziehen, indem sie Sehnen und Fleisch zerrissen.

Dr. Hollister wurde die Luft abgeschnürt. Das Gefühl der Panik überflutete ihn. Der Gedanke daran, ersticken zu müssen, machte ihn fast wahnsinnig. Hinzu kam der verdammte Schock, unter dem er noch immer stand. So dachte er nicht mal daran, sich zu wehren, aber er glotzte aus seinen starren und aus den Höhlen gequollenen Augen nach unten und schaute zu, wie sich die Leiche mit einem plötzlichen Ruck aufrichtete.

Für einen Moment blieb sie sitzen. Sie starrte Hollister an. Dann zog sie den Mann zu sich heran. Es war nur die erste Bewegung, um genügend Kraft für den Gegenstoß sammeln zu können.

Wuchtig schleuderte sie den Arzt von sich weg.

Dr. Hollister hatte das Gefühl, fliegen zu können, obwohl er mit seinen Füßen noch immer die Erde berührte und regelrecht darüber hinwegschrammte.

Er fand auch keinen Halt mehr zwischendurch, denn der Stoß war beinahe übermenschlich heftig gewesen. Wie ein lebender Schatten segelte Hollister an Sir James vorbei und prallte mit unglaublicher Wucht gegen die Beobachtungsscheibe. Mit dem Gesicht zuerst, so daß er den Eindruck hatte, als wollte man Nase und Mund nach innen schlagen. Er sackte in die Knie und merkte nicht mehr, wie das Blut aus seiner Nase strömte.

Das war genau der Moment, als sich Sir James umdrehte ...

Ein Alptraum!

Es konnte nur ein Alptraum sein, das durfte es nicht geben, denn die angebliche Tote saß plötzlich auf der Sezierwanne, hatte den Kopf gedreht und glotzte Sir James an, wobei es in ihrem rechten Auge rot aufleuchtete.

Allmählich wurde Sir James klar, daß er keinen Traum erlebte, sondern eine bittere und unverständliche Realität durchmachen mußte, auch wenn er sie nicht begriff.

Dr. Hollister lag verletzt am Boden. Er jammerte, stand dicht vor einer Bewußtlosigkeit. Aus seiner Nase rann Blut und hatte bereits eine kleine Lache auf dem Boden hinterlassen.

Sir James war natürlich klar, daß die angebliche Tote Dr. Hollister durch den Raum geschleudert hatte, und er wollte auch nicht weiter darüber nachdenken, denn jetzt ging es um sein Leben. Er glaubte nicht, daß Petra Klinger schon genug hatte. Sie würde weitermachen, und Sir James war froh, daß er John Sinclair noch soeben hatte alarmieren können.

Nur würde es eine gewisse Zeit dauern, bis John eintraf, und diese Spanne würde die lebende Leiche ausnutzen.

Noch saß sie auf der Wanne und glotzte mit ihren toten Augen ins Leere. Ihre Arme bewegten sich bereits. Sie zuckten hoch und wieder zurück, als wäre sie dabei, durch Gymnastik für Geschmeidigkeit zu sorgen.

Dann schwang sie herum.

Genau in die Richtung, wo auch Sir James stand, der in

diesen Augenblicken dem Himmel dafür dankte, daß er sich eine Waffe eingesteckt hatte.

Mit einer glatten, routinierten Bewegung zog er sie hervor, schwenkte den rechten Arm und richtete die Mündung auf die lebende Leiche.

Petra Klinger tat nichts. Wie eine Puppe hockte sie auf dem Rand des wannenartigen Seziertisches. Ihre Beine baumelten nach unten. Die Füße berührten den Boden jedoch nicht.

Dann hob sie den Kopf.

Jetzt mußte sie genau in die Mündung der Waffe sehen, aber auch das störte sie nicht. Sie starrte sie einfach an oder hinein, und nichts in ihrem Gesicht bewegte sich.

Sir James hatte Mühe, die Fassung zu bewahren und auch die Waffe korrekt zu halten. Er war kein John Sinclair. Er war niemand, der an der Front kämpfte, er stand im Hintergrund und war als Organisator perfekt.

Aber schießen und kämpfen?

Trotzdem, jetzt mußte es sein, denn die lebende Leiche blieb nicht länger auf ihrem Platz. Sie stemmte sich ab und wollte aufstehen.

Da schoß Sir James zum erstenmal!

Die Kugel erwischte die Gestalt. Sie hieb in die Schulter hinein, trieb das seelenlose Wesen zurück, und bevor es noch Kontakt mit der Wanne bekam, drückte Sir James abermals ab.

Diesmal hämmerte das Geschoß in die Brust der Untoten. Der Treffer war hart wie ein Hammerschlag gewesen. Er fegte die Gestalt zurück und vom Tisch. Petra Klinger stürzte zu Boden.

Sir James hörte das Klatschen des Aufpralls selbst durch das Echo der Schüsse.

Um sie sehen zu können, mußte er sich bücken, was er auch tat. Seine Augen waren weit aufgerissen. An den mit bläulichen Bartschatten bedeckten Wangen rann der Schweiß in kleinen Bächen nach unten. So etwas war für ihn Streß, und es war verdammt schwer, ihn in dieser Lage durchzustehen.

Die lebende Leiche befand sich noch immer in Bodenhöhe. Sie kroch von ihrem Seziertisch weg auf einen anderen zu, um ihn vielleicht als Stütze zu benutzen.

Endlich löste sich auch der Superintendent von seinem Platz. Er wollte so nahe wie möglich an die lebende Tote heran, ohne daß es für ihn zu gefährlich wurde.

Und richtig.

Zwar kniete das Geschöpf noch auf dem Boden, aber es hatte seine Arme angehoben, die Hände ausgestreckt und umkrallte mit seinen Leichenfingern den Rand des zweiten Seziertisches.

So zog es sich hoch!

Sir James hörte sich selbst lachen. Er hatte es nicht mal gewollt, es war einfach aus einem Mund hervorgedrungen, und er ging jetzt mit schweren und stampfenden Schritten auf das Wesen zu. Die Waffenmündung zeigte auf den Rücken.

Petra Klinger kam halbhoch.

Sir James schoß.

Die Kugel hieb in den Rücken der lebenden Leiche, die wieder einen mächtigen Stoß versetzt bekommen hatte, aber nicht den Funken eines Schmerzes spürte.

Normale Bleimantelgeschosse konnten sie nicht vernichten. Das wußte Sir James Powell zwar auch, aber er konnte keine geweihten Kugeln herzaubern und mußte zunächst allein mit diesem Unhold fertig werden.

Petra lag unten. Sie war auf den Bauch gefallen. Aber sie drehte sich um, und diese Bewegung war von unheimlich klingenden Geräuschen begleitet, die ihren Mund verließen.

Sir James konnte und wollte sie nicht identifizieren,

ihm ging es darum, sich diese schwarzmagische Pest vom Leibe zu halten.

Er ging vor und schoß. Aber er verfehlte, weil er sich zu hastig bewegt hatte.

Die Untote rollte sich auf die Seite, dann stand sie auf und war noch in der Bewegung, als Sir James mit dem nächsten Schuß ihr Bein traf. Tief fraß sich die Kugel in den Oberschenkel, was die lebende Leiche nicht daran hinderte, in ihrer Bewegung fortzufahren.

Sie wollte den Menschen, sie wollte das warme Fleisch, und sie stand auf.

Sir James blieb hinter ihr.

Sein Gesicht war von der Anstrengung gezeichnet. Er hatte jetzt die Arme angehoben und hielt die Waffe mit beiden Händen fest.

Trotzdem zitterte er. Es war einfach Wahnsinn. Vier Kugeln hatte er verschossen und nichts erreicht, denn Petra Klinger ›lebte‹ noch immer.

Wieder drückte er ab.

Diesmal streifte das Geschoß das Wesen an der linken Schulter und zerriß das Leichenhemd.

Petra stolperte nach vorn. Die Haare bewegten sich mit, fielen ihr ins Gesicht, aber sie hinderten sie nicht daran, sich auf der Stelle zu drehen und sich dem Menschen zuzuwenden, dessen Fleisch und Blut sie so wahnsinnig lockte.

Wenn man den Kopf voll trifft, kann man sie töten! dachte Sir James, aber er war einfach nicht in der Lage, dieses relativ kleine Ziel zu treffen.

Er fühlte sich überfordert, und die lebende Leiche ging auf ihn zu. Viermal war sie erwischt worden. Die Kugeln mußten noch in ihrem Körper stecken, das aber machte ihr nichts. Sie hielt den Kopf schief, der Mund stand offen. In den Augen lag die Glut, und kratzende Geräusche lösten sich aus ihrer Kehle.

»Stirb endlich!« brüllte Sir James, der noch einmal abdrückte.

Er hatte nicht auf den Kopf, sondern auf den Körper gezielt, mehr auf die Mitte, wo sich auch der Leib befand, und er hoffte, endlich einen Erfolg erzielen zu können.

Die Kugel traf, aber sie erwischte nur die Hüfte, und beim nächsten Abdrücken geschah nichts.

Sir James hatte sich verschossen.

Ob diese Gestalt das wußte?

Ihm kam es so vor, als wären ihre Lippen dabei, sich zu einem schmierigen Grinsen zu verziehen. Auf dem Weg zum Ziel ließ sie sich durch nichts aufhalten.

Sir James steckte die Waffe weg. Er wollte nicht einmal damit zuschlagen. Er war noch wehrloser geworden, behielt das untote Wesen aber im Auge, als er Schritt für Schritt zurückging und dabei hoffte, sich dem Ausgang zu nähern.

Ihm blieb nur die Flucht. Das wollte er jedoch nicht, da hätte er Dr. Hollister allein lassen müssen.

Fieberhaft suchte Sir James nach einem Ausweg, während die lebende Leiche näher und näher kam.

Nur noch wenige Meter trennten sie von ihrem Ziel aus Fleisch, Haut und dampfendem Blut ...

Ich stürmte hinein in das kalte Totenlicht der Pathologie, erkannte mit einem Blick, was dort ablief oder schon abgelaufen war, und schleuderte den Koffer weg, damit ich freie Hand bekam.

Sir James befand sich in einer prekären Lage. Ich war ja auf einiges gefaßt gewesen, aber dieser Anblick schockte mich schon, als ich die Untote sah, die zum Greifen nahe vor meinem Chef stand, der nicht wußte, was er unternehmen sollte.

Aus dem Augenwinkel sah ich Dr. Hollister am Boden liegen. Nahe seines Kopfes schimmerte eine kleine Blutlache.

Die Untote hatte mich bisher nicht zur Kenntnis genommen. Sie war einzig und allein auf Sir James fixiert, und mehr springend als laufend näherte ich mich ihr.

Die Überraschung war groß. Ich hieb meine Faust gegen die Schulter des Wesens, das sich darauf nicht hatte einstellen können. Es mußte den Stoß voll nehmen, drehte sich zur Seite weg und geriet ins Taumeln, blieb aber auf den Beinen, ging rückwärts und bewegte dabei den Kopf, als wollte es sich neu orientieren.

Ich hatte Zeit.

Beretta oder Kreuz?

Mit beiden Waffen hätte ich die Gestalt vernichten können, aber das war in diesem Moment nicht Sinn der Sache. Über den Fall wußte ich praktisch gar nichts, und diese Wiedergängerin war genau der Punkt, an dem wir den roten Faden aufrollen konnten.

Deshalb ließ ich die Beretta stecken und streifte die Kette mit dem Kreuz über den Kopf.

Ich sah, daß sich Sir James mit kleinen Schritten aus der Gefahrenzone brachte. Noch immer wirkte er hochkonzentriert; er achtete auf mich und auf die junge Frau.

Sie mußte einmal sehr hübsch gewesen sein, jetzt hatte sie das Schicksal gezeichnet. Ich sah Einschüsse im Totenhemd, die Kugeln steckten sicherlich noch in ihrem Körper. Sir James hatte sich gewehrt, aber einfache Kugeln stoppten eine derartige Bestie nicht. Das blonde Haar war fahl geworden. Es sah so aus, als hätte es sich in dünne Strähnen verwandelt, die von irgendwelchen Spinnen stammten. Wirr hing es bis tief ins Gesicht, wo die Haut so teigig geworden war und zugleich bläulich schimmerte.

Hinzu kam das kalte Licht. Es war schattenlos und ließ die Gestalt noch schauriger aussehen. Der Mund war verzogen. Die Untote schien mich anzugrinsen, obwohl sie in mir ihren neuen Feind sah.

Sie stürmte los.

Ich war im ersten Moment erschreckt darüber, wie schnell sich die lebende Tote bewegen konnte. Sie kam ziemlich nah an mich heran und wollte bereits nach mir fassen oder schlagen, als ich das Kreuz in die Höhe riß und es ihr entgegenhielt.

Sie sah es.

Sie stoppte.

Mitten aus dem Lauf heraus passierte dies. Es war dieses schwankende Stoppen, wobei sie große Mühe hatte, das Gleichgewicht zu halten und dabei noch mit den ausgestreckten Armen ruderte. Aber sie blieb stehen. Um ihren Mund herum zuckte es. Das Wesen sah aus, als wollte es anfangen zu sprechen, was natürlich nicht möglich war, aber ich nahm diese Bewegungen als Aufforderung hin und ging auf die Untote zu.

Sie spürte die Macht des Kreuzes. Wenn Zombies überhaupt Angst empfinden können, dann mußte es in diesen Augenblicken bei ihr eintreten, denn das Kreuz war eine Waffe, gegen die das Wesen nicht ankam. Es fürchtete sich, es mußte zurück, meine unmittelbare Nähe konnte tödlich auf sie wirken.

Und sie ging zurück. Tappend, Schritt für Schritt, wobei ich ihr folgte und merkte, daß sie sich immer mehr dem Glasschrank näherte. Sir James stand rechts von uns und beobachtete nur. Er hatte das Erlebnis noch nicht verdaut. Sein Gesicht war hochrot geworden, und er atmete heftig.

Trotzdem näherte er sich uns. Dabei hielt er seine leergeschossene Waffe, daß ich sie sehen konnte.

»Sir, mit normalen Kugeln können Sie bei diesem

Wesen nichts anfangen. Sie ist eine Untote. Ein weiblicher Zombie. Ein Wesen, das durch die Kraft der Hölle angetrieben wird.«

»Trotzdem möchte ich auf Nummer Sicher gehen!« Was Sir James damit meinte, demonstrierte er einen Moment später, als er ein Handschellenpaar aus der Tasche zog.

Ich wollte protestieren, doch es war zu spät. Welcher Teufel meinen Chef geritten hatte, erklärte er mir nicht. Jedenfalls handelte er und schob sich zwischen mich und den Zombie.

Es war der Augenblick, den das Wesen nutzen wollte. Ich hörte den Schrei, bekam auch eine Bewegung mit, obwohl mir Sir James die Sicht nahm, dann mußte ich eingreifen und wuchtete meinen Chef mit der freien Hand zur Seite.

Mein Blick fiel auf die lebende Leiche!

Etwas war mit ihr geschehen. In beiden Augen leuchteten die roten Punkte. Eine mächtige Kraft, die tief in ihr steckte, versuchte, den Bann zu brechen.

Noch konnte ich sie in Schach halten, aber ich benötigte auch andere Waffen. »Den Koffer, Sir, Sie müssen den Koffer öffnen – schnell!« Meine Stimme überschlug sich fast, und an den kahlen Wänden hallten die Echos wider. »Links oben im Koffer, der Lederbeutel – schnell ...«

Ich sah meinen Chef nicht. Der Koffer lag hinter mir. Sir James eilte mit schnellen Schritten auf ihn zu, schaffte es auch, ihn zu öffnen, und suchte seinen Inhalt ab, in dem einige Dinge lagen, die für mich wichtig waren.

Meßinstrumente, magische Steine, Gemmen und so weiter.

Die Untote stand am Glasschrank. Ob sie ihn mit dem Rücken berührte, sah ich nicht, ich starrte in das Gesicht mit den roten Augen, ich sah das Zucken der Lippen, als wollte sie mich beißen. Sie war im Augenblick irritiert, und ich konnte nur hoffen, daß er lange genug anhielt, um eingreifen zu können.

Sir James war cool genug.

Er drehte nicht durch.

Ruhig kam er zu mir und drückte mir den Beutel in die Hand.

»Sehr gut, Sir. Sie müssen ihn nur noch öffnen.«

»Ich mache doch alles für Sie!« Er zerrte ihn auf, und ich konnte meinen Finger in den Beutel tunken.

Als ich ihn zurückzog, war er dunkelgrau.

Bevor die Untote noch irgend etwas unternehmen konnte, hatte ich sie erreicht. Mit dem linken Zeigefinger malte ich ihr ein Aschenkreuz auf die Stirn.

Sie zuckte noch einmal kurz zusammen, dann drang ein tiefer Seufzer aus ihrem Mund, der sich beinahe wie ein erleichtertes Stöhnen anhörte, und eine Sekunde später sackte sie zusammen. Sie fiel ineinander und blieb liegen.

Da sie auf dem Rücken lag, konnte ich in ihr Gesicht schauen und auch in die Augen.

Dort waren die roten Punkte verschwunden. Zunächst einmal hatten wir die Gefahr bannen können.

»Das war im Moment alles«, sagte ich zu dem neben mir stehenden Sir James.

Der atmete nur aus und nickte erleichtert.

Die Villa lag in einem Kölner Vorort und beherbergte das Kunsthistorische Institut der Universität Köln, was auch groß am Eingang stand. Es war ein wunderschöner Flecken Erde, eine Oase der Ruhe – normalerweise.

Das hatte sich jetzt verändert.

Zwar war äußerlich nichts zu erkennen. Aber jemand, der den Gehsteig entlanggegangen wäre und die Ohren gespitzt hätte, der hätte schon das unheimliche Geräusch hören können.

Ein dumpfes, schnarrendes Atmen ...

Marion Baumann saß auf dem Stuhl, bewegte sich kaum und wirkte irgendwie erschöpft. Immer wieder fuhr sie mit ihren gespreizten Fingern durch die langen, rotbraunen Haare oder knetete ihre Wangen. Manchmal hob sie auch die Schultern, dann schaute sie fast verzweifelt auf den Berg der alten wissenschaftlichen Aufzeichnungen, die sich auf dem Tisch stapelten. Aber was sein mußte, das mußte sein, und der kleine Lesesaal im Kunsthistorischen Institut war genau der richtige Ort.

Eine Lampe warf ihr Licht nicht nur auf die Unterlagen, sondern auch auf das Deckblatt einer Arbeit, mit der sich Marion Baumann und ihre Freundinnen zur Zeit beschäftigten. Die fett gedruckte Überschrift war nicht zu übersehen

HEXENVERBRENNUNGEN
IM FRÜHEN MITTELALTER

Vorgelegt von Kerstin Möller, Marion Baumann, Petra Klinger und Sybille Thelen.

Marion schluckte. Sie las diese Überschriften mehrere Male, und sie wußte genau, daß sie nicht mehr stimmten. Aber begreifen konnte sie es nicht.

Sybille war noch so jung gewesen, einfach zu jung ...

Schrittgeräusche unterbrachen ihre Gedanken. Marion schaute hoch und sah Kerstin aus dem Hintergrund erscheinen. Ansonsten war es ruhig in dem Lesezimmer. Die beiden jungen Frauen konnten sich auf sich und ihre Arbeit konzentrieren.

Auch Kerstin sah sehr blaß aus. Durch das hellblonde

Haar wirkte die Haut noch fahler. In ihren groß gewordenen Augen lag ein Ausdruck, der kaum zu deuten war, aber wohl etwas mit Furcht zu tun hatte.

Kerstin beugte sich über den Tisch. Sie schaute Marion an, die den Kopf gehoben hatte. »Ich habe mit dem Prof gesprochen. Er hat nichts dagegen einzuwenden, wenn wir Sybille als Mitautorin angeben.«

Marion nickte. »Gut«, flüsterte sie. »Gut.« Dann schüttelte sie den Kopf. »Ich kann es einfach nicht fassen.« Sie ballte in ohnmächtiger Wut die Hände zu Fäusten. Sybille war noch so jung, und sie ist an einem Herzinfarkt gestorben. Furchtbar. Das ist ungerecht, das ist ...«

Kerstin griff zu und schlug das Buch zu, in dem ihre Aufzeichnungen standen.

»Petra hat es besser gemacht«, sagte Marion.

»Wieso?«

»Sie ist weggefahren. Wir sollten es uns überlegen und es dann wie sie machen. Einfach wegfahren.«

Kerstin hob die Schultern. »Tja«, sagte sie, »ich weiß nicht so recht. Ehrlich nicht.«

Die beiden Freundinnen schauten sich für eine Weile an. Niemand sprach mehr, bis es Kerstin zuviel wurde und sie das Schweigen brach. »Ich würde eigentlich auch jetzt gern in London sein. Der Herbst soll ja dort so richtig typisch werden. Mal 'ne andere Frage: Hast du schon was von Petra gehört?«

»Nein, noch nicht.«

»Komisch.«

»Wieso?«

»Na ja«, sagte Kerstin, »eine Karte hätte sie ja schon schreiben können. Auch ein Anruf kostet nicht die Welt. So etwas hätte ich Petra auch zugetraut.«

»Vielleicht hat sie keine Zeit gehabt. London ist groß, gewaltig, da kann man schon abgelenkt sein.«

»Ja, stimmt auch wieder. Trotzdem gefällt mir das alles nicht.« Marion verzog das Gesicht und runzelte die Stirn, schaute aber wie erschreckt auf, als sie Schritte hörte.

Ein Mann hatte die Bibliothek betreten und näherte sich dem Tisch der beiden Mädchen. Sie sahen ihn kommen, schauten ihm entgegen, schwiegen, obwohl sie sich beide über sein Verhalten wunderten, denn Viktor Gonsior blickte weder nach vorn noch sie an, sondern hatte den Kopf etwas zurückgelegt, so daß er immer wieder zur Decke sehen konnte. Sein Verhalten kam den beiden Mädchen schon seltsam vor, aber sie hielten sich mit einem Kommentar zurück. Gonsior war sowieso nicht gerade ihr Spezi.

Bei ihnen blieb er stehen. Er atmete leicht zischend. Im Licht der Lampe wirkte seine Haut etwas fahl. Das Haar lag dünn auf seinem Kopf und gab eine Stirnglatze frei.

»Ist was?« fragte Marion.

»Ja, meine Damen, ich muß jetzt schließen.«

Die beiden schauten sich verwundert an. Dann schaute Marion auf ihre Uhr. »Jetzt schon?«

»Sicher.«

»Es ist noch zu früh!« protestierte auch Kerstin.

Gonsior richtete sich auf. Sein etwas schwammiges Gesicht nahm einen harten Ausdruck an. Sogar die Augen schienen sich zu verdüstern, aber das konnte durchaus eine Täuschung sein. »Das ist allein meine Sache. Ich habe hier das Hausrecht. Sie müssen gehen!« Er stapfte auf Marion zu, die nicht zurückwich, aber schon irritiert war und sich noch mehr wunderte, als Gonsior ihre Tasche hochnahm, um sie ihr zu reichen. Automatisch streckte Marion die Hände aus, um ihre Tasche entgegenzunehmen. Dabei verhielt sich Gonsior äußerst ungeschickt. Der scharfkantige Ring, der an einem seiner Finger steckte, ritzte den Ellbogen der jungen Frau.

Marion spürte den Schmerz und schrie leise auf.

Viktor erschrak. »Bitte«, sagte er, »um Himmels willen! Es tut mir furchtbar leid. Warten Sie. – Moment noch. Das richten wir.« Bevor Marion ihren Arm noch zurückziehen konnte, hatte Gonsior bereits ein gelbes Tuch aus der Tasche geholt. Er hielt mit der freien Hand Marions Handgelenk fest und tupfte dann das aus der Wunde sickernde Blut mit dem Tuch sorgfältig ab.

Marion Baumann schaute ihm zu, konnte jedoch ein ironisches Grinsen nicht unterdrücken, und diese Ironie lag auch in ihrer Stimme, als sie sagte: »Danke, aber auf Ihre Hilfe hätte ich auch verzichten können, Herr Gonsior.«

»Pardon, aber ...«

Marion wollte nichts mehr von ihm. Sie wandte sich an ihre Freundin Kerstin. »Gehen wir?«

»Ja, man hat uns ja fast hinausgeworfen.«

Sie packten ihre Sachen und verließen mit schnellen Schritten den Raum. Zurück ließen sie Viktor Gonsior, der ihnen erst nachschaute, dann auf das gelbe Tuch mit den roten Blutstropfen blickte, lächelte und zufrieden nickte.

Danach hielt ihn ebenfalls nichts mehr in diesem Lesesaal.

Die Fahrzeuge der beiden Studentinnen standen vor dem Institut. Wind war aufgekommen, als sie die Villa verließen, und beide standen noch immer unter dem Eindruck des Erlebten. Sie waren auch wütend. Das hörte Marion Kerstins Stimme an.

»So ein Trottel! Als wäre er ständig betrunken und hätte Mühe, sich auf den Beinen zu halten. Sybille hat er neulich auch so dämlich angerempelt.« Sie blieb stehen, weil auch Marion angehalten hatte. Über ihnen fuhr der

Wind durch das schon braune Blätterwerk der Bäume und riß es mit. »Geht es denn?«

Marion winkte ab. »Ist nur ein Kratzer, mehr nicht.«

Sie gingen weiter. Marion zu ihrem alten BMW, und Kerstin stellte sich neben ihren Roller. »Was ist denn?« fragte sie. »Kommst du noch zu mir nach Hause?«

»Würde ich gern«, gab Marion zu, »aber ich habe Frank versprochen, heute bei ihm zu übernachten.«

Kerstin Möller schwieg. Sie verdrehte allerdings die Augen. Ein Beweis dafür, daß sie diesen erwähnten Frank nicht sonderlich mochte.

Das kümmerte Marion nicht. Sie hatte bereits den Schlüssel hervorgeholt und schloß die Wagentür auf. »Kann ja sein, daß mich das auf andere Gedanken bringt. Wegen Sybille und so.«

Kerstin nickte. »Ja, kann sein. Aber gib auf dich acht.«

»Mache ich doch immer«, erwiderte Marion lächelnd, bevor sie auf ihre Freundin zuging, sie zum Abschied umarmte, erst dann in den Wagen stieg und wegfuhr.

Kerstin schaute ihr noch nach. Sie atmete die feuchte und zugleich auch frische Luft ein. Dann stieg sie auf ihren Roller und fuhr in entgegengesetzter Richtung davon.

»Es ist doch immer wieder ein tolles Gefühl«, sagte ich zu meinem Freund Bill Conolly.

»Was meinst du damit?«

»In einem Porsche zu sitzen und mit dir durch die Gegend zu fahren. Ich als armer Beamter kann mir so einen Wagen nicht leisten, da muß man schon freier Journalist sein, um diese Schleuder bezahlen und unterhalten zu können.«

»Du willst nur ablenken«, sagte Bill.

»Wieso?« Ich tat völlig unschuldig.

»Es war nicht die feine englische Art, deinen Platzrekord zu verteidigen. Ich hätte den Ball leicht einputten können, aber das hast du mir vermasselt. Ich muß mir dafür noch eine entsprechende Rache ausdenken, mein Lieber ...«

Innerlich schmunzelte ich, denn ich wußte, daß Bill an einem Problem knackte. Er konnte es nur schlecht überwinden, daß ich beim Golfspielen gewonnen hatte. Er würde es mir noch einige Zeit nachtragen, allerdings mehr spaßig.

Wir hätten über dieses Thema noch eine Weile frotzeln können, aber das war nicht der Sinn unserer Fahrt, die uns zum Kloster St. Patrick führte, wo wir Father Ignatius treffen wollten. Für mich war er so etwas wie ein Beichtvater, Freund und Helfer. Wenn uns jemand in einer unübersichtlichen Situation mit Rat und Tat zur Seite stehen konnte, dann war er es.

»Warum sagst du nichts?« fragte Bill, der aus einer Kurve hervorfuhr, so daß uns der Blick auf eine prächtige Landschaft gestattet wurde. Wir sahen die Berge im Hintergrund, die Täler und Mulden davor und auch die kleinen Seen, die in der Landschaft wie schimmernde Augen schwammen, deren Oberflächen hin und wieder von einem auf sie fallenden Windstoß gekräuselt wurden.

»Ich habe dich etwas gefragt, John, und du bleibst still. Warum? Keine Lust mehr?«

»Später«, sagte ich und öffnete die schmale Mappe, die auf meinen Knien lag. Bill beobachtete mich dabei mit einem Seitenblick.

Dann sah er auch, wie ich ein Foto aus der Mappe hervorholte. Es zeigte eine junge Frau.

»Ist sie das?« fragte Bill.

»Ja.« Ich nickte. »Das ist Petra Klinger ...«

»Hübsches Ding.«

Ich ließ mich durch die Bemerkung nicht beirren und sprach weiter. »Geboren am 12. März 1972. Studentin der Kunstgeschichte. Wohnhaft in Köln. Nach London gereist und um 13 Uhr 47 im Hyde Park verstorben. Offizielle Todesursache: Herzversagen.«

»Aha«, sagte Bill. »Wie ich dich kenne, gibt es noch eine inoffizielle, oder?«

»Ja«, gab ich zu und schaute gedankenverloren aus dem Fenster, was Bill nicht paßte, denn durch meine Bemerkung hatte ich ihn neugierig gemacht.

»He, was steckt denn noch dahinter?«

»Sie ist tot und zugleich nicht tot.«

»Wie nett.«

»Das wohl kaum. Petra Klinger ist eine Untote, eine Wiedergängerin.« Ich winkte mit der rechten Hand ab. »Meinetwegen kannst du sie auch als Zombie bezeichnen. Irgend jemand hat sie dämonisiert, und ich habe den Eindruck, daß wir noch großen Ärger bekommen werden.«

»Deine Kollegen haben sie doch bestimmt untersucht?«

»Klar, haben sie.«

»Was fanden sie?«

»Nichts von Bedeutung«, erwiderte ich und seufzte leicht. »Ein paar private Fotos und eine Postkarte, adressiert an zwei Frauen. Das war wirklich alles.«

»Hm«, machte mein Freund nur. Sein Gesicht zeigte plötzlich Interesse. »Daraus kann ja eine tolle Story werden.«

»Nein, damit hältst du dich zurück.«

»Aber später, dann ...«

»Meinetwegen, Alter. Aber jetzt müssen wir erst damit anfangen zu graben. Für mich ist die tote Petra Klinger erst der Anfang. Da steckt sicherlich mehr dahinter, viel mehr.«

»Du machst mich neugierig.«

»Kann ich mir denken.«

»Und was denkst du, John?«

Ich ließ mir mit der Antwort Zeit und schaute aus dem Fenster und hinein in die schottische Landschaft, die zu jeder Jahreszeit reizvoll ist.

Jetzt, im Herbst, hingen die Wolken tiefer. Sie glichen gewaltigen, dämonischen Ungeheuern, die sich unter dem grauen Himmel abzeichneten und an manchen Bergspitzen der Grampian Mountains regelrecht festzukleben schienen. Der Wind hielt sich in Grenzen, so daß sich die Wolken kaum bewegten.

»Weiter, John, weiter, ich bin ganz Ohr.«

Ich winkte ab. »Mal langsam. Alles will mit Bedacht durchgeführt werden. Diese Petra Klinger war Deutsche, und deshalb habe ich ein Fax an die deutschen Kollegen geschickt, ob es in der letzten Zeit bei ihnen eine ähnliche Leiche gab, deren Blut nicht geronnen war, und auch mit dem charakteristischen Kratzer am Arm.«

Bill mußte lachen, was mir wiederum nicht gefiel, denn ich fühlte mich bloßgestellt. »Ich habe dich nicht als Komiker mitgenommen und möchte ...«

»Gut, John, gut. Komiker ist das richtige Wort. Komisch werden sich auch die deutschen Kollegen vorkommen, wenn sie das Fax erhalten. Ich gehe mal davon aus, daß sie es für einen Aprilscherz halten. Und wenn nicht, dann werfen sie das Ding in die Ablage. Die Bürokraten sind überall gleich.«

»Eben.«

Bill wunderte sich, daß ich ihn von der Seite her angrinste. »Was hast du denn?«

»Wolltest du nicht versuchen, die Datenbank des FBI zu durchstöbern?«

»Ja, das hatte ich vorgehabt.«

»Geschafft?«

»Ich habe fünf Stunden gebraucht, um mich da einklinken zu können. War eine Heidenarbeit.«

»Glaube ich dir. Und jetzt?«

Bill grinste schief. »Die Deutschen sind nicht das FBI. Vielleicht schaffe ich es bei ihnen in drei Stunden . . .«

»Das wollte ich nur wissen«, erwiderte ich und nickte zufrieden.

Es war schon ein tolles, ein imposantes Bild, das sich uns geboten hatte, als wir auf das Kloster St. Patrick zugefahren waren. Der alte Bau lag in den Grampian Mountains, wo Schottland im Winter richtig kalt werden konnte. Da waren die Mauern dick genug, um diese Kälte abzuhalten.

Die Berge schützten das Kloster. Über ihnen und auch über den Mauern schwebten die gewaltigen Wolkenformationen, die immer wieder Lücken aufwiesen, so daß sich hin und wieder ein Sonnenstrahl auf das alte Gemäuer verirrte und der Dachkonstruktion einen matten Glanz verlieh.

Der Himmel war bei unserer Ankunft unruhig geworden. Die Wolken bewegten sich. Hinter ihnen flackerte es. Es waren die ersten Blitze, die ein nahendes Herbstgewitter begleiteten, und der grollende Donner konnte auch nicht von den Wolken aufgehalten werden.

Bill und ich waren über die schmale Straße gefahren, die hoch zum Kloster führte, und Bill stoppte den Porsche auf dem Innenhof, wo ihn die mächtigen Mauern vor den Blicken Außenstehender schützten.

Mein Freund stellte den Motor ab. »Irgendwo bin ich froh«, sagte er, »daß wir es geschafft haben.«

»Ich auch«, gab ich zu, bevor ich die Tür öffnete und sofort den kalten Wind spürte, der wie ein unsichtbarer Lappen in mein Gesicht schlug.

Auch Bill hatte den Wagen mittlerweile verlassen. Er blieb neben ihm stehen und deutete zum Himmel hoch. »Dort, John, kocht die wahre Hölle. Da kommt gleich was runter. Ich bin froh, daß wir hier sind.«

»Ich auch, nur müssen wir noch zurück. Hoffentlich nicht bei Eis und Schnee. Manche Gewitter sind Vorboten eines Wetterumschwungs.«

»Peanuts«, sagte Bill und schlug mir auf die Schulter. »Davon lassen wir uns doch nicht beeindrucken.«

»Im Prinzip nicht«, gab ich ihm recht und schlug bereits den Weg zur Kapelle ein, wo Father Ignatius auf unseren Besuch wartete. Ein wenig nervös war ich schon, obwohl der Pater und Mönch für mich wirklich ein väterlicher Freund war. Es mochte an der Umgebung liegen, die mir auch bei hellem Sonnenschein düster vorkam und jetzt, wo die Wolken immer dichter wurden, in verschiedenfarbige Schatten getaucht war. Vom hellen bis hin zum dunklen Grau.

Außerdem zerrte der Fall an meinen Nerven. Petra Klingers ungewöhnlicher Tod wollte mir nicht aus dem Kopf. Immer mehr festigte sich bei mir die Überzeugung, daß mehr dahintersteckte, und ich war auch davon überzeugt, daß mir Father Ignatius den richtigen Rat mit auf den Weg geben würde.

Er war sowieso ein Phänomen. Dem katholischen Glauben verhaftet, war er trotzdem so tolerant und weitsichtig, daß er andere Religionen akzeptierte und auch versuchte, hinter die Dinge zu schauen, die viele Menschen nur als Hirngespinste ansahen oder als lächerlich abtaten.

Nein, Ignatius war da anders, und er hatte auch entsprechende Erfahrungen sammeln können. Zudem war er der Mann, der meine geweihten Silberkugeln für die Beretta herstellte.

Der große Bau des Klosters interessierte uns ebensowenig wie der ihn umgebende Garten. Für uns war die Kapelle wichtig, wobei der Ausdruck nicht unbedingt stimmte, denn diese Kapelle glich in seinen Ausmaßen schon mehr einem normalen Gotteshaus, einer Kirche eben.

Bill ließ mich vorgehen, und so war ich es, der die Tür zur Kapelle öffnete.

Wir waren aus London gekommen, dann hineingefahren in die mächtige und schweigende schottische Landschaft. Wir hatten uns also schon an eine gewisse Stille gewöhnen können, nun aber betraten wir eine andere Welt, die uns mit einem bestimmten Geruch empfing, der immer dann vorhanden war, wenn zahlreiche Kerzen brannten.

So war es auch hier!

Sie verteilten sich in dem Gotteshaus, in dem eine schon ehrfürchtige Stille herrschte. Als wir die Tür geöffnet hatten und der Wind ein Stück in die Kirche hineinwehen konnte, da begannen auch einige der in der Nähe stehenden Kerzenflammen zu tanzen. Sie veränderten ihre hellen Auren und schufen ein Wechselspiel aus Licht und Schatten.

Bill tippte mir auf die Schulter. Als ich den Kopf drehte, sah ich sein zwanghaftes Lächeln. »Ich will dir ja nichts, John, aber ich meine, daß es besser ist, wenn ich dich mit deinem Freund Ignatius allein lasse.«

Ich war etwas irritiert. »Und was ist mit dir? Wo willst du hin?«

Er zwinkerte mir zu. »Ich habe ein besonderes Faible für Küchen. Wenn du mich suchst, findest du mich in der Klosterküche.«

»Guten Appetit.«

»Danke.« Er hob den rechen Arm, grüßte kurz und verschwand aus meinem Blickfeld.

Hinter mir fiel die Tür wieder zu. Das flackernde Kerzenlicht in der Nähe hatte sich noch nicht wieder beruhigt, und so schritt ich langsam durch diese Inseln aus Schatten und Helligkeit. Ich passierte das Taufbecken und sah vor mir die breiten Bankreihen, die sich rechts und links des Mittelgangs aufbauten.

Ein nervöser Mensch hätte sich schon erschreckt, hätte er die drei unheimlichen Gestalten gesehen, die an verschiedenen Stellen in den Bankreihen knieten und in ihre Gebete vertieft waren. Es waren nur Mönche, die sich in diese Stille zurückgezogen und die Kapuzen über ihre Köpfe geschlagen hatten.

Ein Mönch kniete auf den Stufen vor dem breiten Altar. Um ihn zu erreichen, mußte ich einige Meter gehen, und ich bewegte mich dabei durch den Mittelgang, wobei ich versuchte, möglichst leise zu sein, um die Betenden nicht zu stören, was auf dem Steinboden gar nicht so einfach war.

Ich ging direkt auf den Altar zu und damit auf den davor knienden und betenden Mönch.

Durch die Fenster sickerte nur wenig Licht. Die Bleiglasscheiben kamen mir irgendwie müde vor. Sie zeigten hin und wieder eine Bemalung, aber auch diese Farben waren im Laufe der Zeit dunkel geworden, so daß sie sich der gesamten Umgebung hatten anpassen können.

Das Licht der aufgestellten Kerzen wies mir den Weg. Ich schritt durch Wärmeinseln und nahm auch den Wachsgeruch wahr, in den sich noch der Atem des Weihrauchs hineinmischte, der hier ebenfalls zwischen den Wänden lag.

Einen halben Schritt hinter dem Knienden blieb ich stehen und wollte etwas sagen, als der Mönch mir seine flüsternde Botschaft mitteilte. »Ich wußte, daß du hier erscheinen würdest, mein Sohn.« Er atmete schwer und seufzend. »Und ich weiß ferner, daß uns beiden schwere

Zeiten bevorstehen.« Er verstummte, bewegte sich, stand auf, und ich ging noch einen kleinen Schritt zurück.

Dann drehte sich Pater Ignatius um.

Wir schauten uns an.

Wie immer lief mir ein leichter Schauer über den Rücken, als ich in die weisen und tiefgründigen Augen des Mönchs sah, der gut und gern vom Alter her mein Vater hätte sein können. Sein Gesicht sah noch frisch aus, auch ein Beweis dafür, daß er sich nicht nur hinter Klostermauern versteckte, sondern sich auch im Freien aufhielt. In der Tat war Father Ignatius ein außergewöhnlicher Mann, ein Mensch, dem nichts Weltliches fremd war und dessen ruhige, aber trotzdem unergründliche Augen viel gesehen hatten. Das grauweiße Haar trug er gescheitelt, und die Lippen verzogen sich zu einem Lächeln, bevor er mir seine Hände auf die Schultern legte und mich danach umarmte.

Es tat gut, ihn zu spüren. Er gab mir eine gewisse Hoffnung, es doch noch zu schaffen.

Nach einer Weile lösten wir uns voneinander und traten zurück. Ignatius schüttelte den Kopf. »So gern ich mich hier aufhalte, John, aber für unser Gespräch ist es nicht der richtige Ort. Deshalb schlage ich vor, daß wir die Kirche verlassen.«

»Wohin?«

»Laß uns in den Kreuzgang des Klosters gehen. Noch ist das Unwetter nicht gekommen. Wer weiß, vielleicht hat der Himmel auch ein Einsehen und verschont uns.«

Ich hatte wirklich nichts gegen Gotteshäuser, aber der Geruch von Weihrauch und Kerzenwachs machte mich schon etwas benommen und beeinträchtigte auch meine Atmung.

Im Kreuzgang waren wir von oben und von einer Seite her geschützt. Die linke aber war offen. Das heißt, nicht ganz, sie wirkte nur so frei wegen der großen und bogenartigen Fenster, die zahlreich vorhanden waren und das dicke Mauerwerk unterbrachen. Durch die Öffnungen fiel der Blick in den Klostergarten, in dem zu dieser Jahreszeit kaum noch etwas wuchs oder blühte.

Ich hatte meinem väterlichen Freund alles berichtet und wiederholte das Wichtigste noch einmal. »Es war eine besessene Leiche, Ignatius, und ihr Blut war nicht geronnen.«

Der Mönch blieb stehen. Er nickte ins Leere. Im Halbdämmer sah ich das Funkeln in seinen Augen. »Wenn du das so sagst, John, dann glaube ich dir auch. Aber ich möchte dich trotzdem fragen, ob sie jetzt sicher ist, wo du sie ja nicht endgültig erlöst hast.«

»Davon kannst du ausgehen, Ignatius. Ich habe auf ihrer Stirn das Aschenkreuz hinterlassen.«

»Das ist gut!« lobte mich der Pater mit leiser Stimme. Dann atmete er tief ein. »Ich habe mir noch einmal alles durch den Kopf gehen lassen, was du mir stichwortartig berichtet hast. Dabei bin ich über etwas gestolpert.«

»Über was?«

Ignatius lächelte milde, weil er den Drang aus meiner Stimme hervorgehört hatte. »Ich wundere mich nur, daß diese Untote aus London stammt, John.«

»Moment.« Ich hob den Arm. »Sie ist es ja nicht. Petra Klinger war als Touristin in London. Tatsächlich aber kam sie aus Köln.«

Das war der Moment, wo Ignatius anfing zu zittern!

Viktor Gonsior hatte sich zurückgezogen. Ruhe fand er trotzdem nicht, er war innerlich erregt und aufgewühlt. Dieses Zimmer war seine eigentliche Heimat, sein Zuhause, es war für ihn ideal, aber nur er wußte davon.

Kein anderer hatte jemals einen Blick in diesen kleinen und ziemlich verwinkelten Raum hineingeworfen, der überhäuft war mit Kulturgegenständen aus aller Welt, wobei die Dinge aus der Karibik am zahlreichsten vertreten waren.

Masken, alte Waffen, Totems, Fetische. Flaschen und Tiegel, die mit bestimmten Lösungen und Ingredienzen gefüllt waren, die Voodoo- oder Macumba-Priester für ihre unheiligen Beschwörungen benutzten, um den Tod überwinden zu können.

Noch etwas hatte sich Viktor in die Mitte seines Zimmers gebaut. Es war ein Altar, der nichts mit den christlichen Gabenstätten zu tun hatte, denn dieser hier, dunkel abgedeckt, paßte sich der Kultstätte an, die durch das Licht dicker Kerzen erhellt wurde. Nur noch eine schale Notbeleuchtung brannte, mehr Licht war nicht vorhanden.

In diesem unheimlichen und schattenvollen Halbdunkel hielt sich Viktor auf. Er hockte vor dem Altar und hielt den Kopf so, als lauschte er einem Gespräch.

In der Tat war Gonsior etwas aufgefallen. Eine ungewöhnliche Musik, ein leichter Trommelwirbel, sehr gedämpft noch, von Sekunde zu Sekunde stärker werdend und deutlich zu hören.

Gonsior atmete jetzt schneller. Schweiß rann über sein Gesicht. Er duckte sich wie unter einer schweren Last und bekam mit, wie das Licht anfing zu flackern.

Hell – dunkel, hell – dunkel . . .

Ebenso dunkel wie seine Augen, die keinen normalen und menschlichen Ausdruck mehr aufwiesen, denn sie waren schwarz geworden.

Schwarz wie Teer!

Aber sie bewegten sich. Dann sah es so aus, als würden in den Höhlen dunkle Ölpfützen schimmern und jeden Moment auslaufen. Viktor Gonsior hustete. Er schaute sich um. Er bewegte sich dabei, aber er reagierte nicht wie sonst. Ein Beobachter hätte davon ausgehen können, daß dieser Mann unter einer Fremdeinwirkung stand. Ein anderer führte da Regie, nach der sich der Mann richten mußte.

Immer wieder schob er seine Hand mit dem am Dom gefundenen Ring vor, und er hatte dabei den Eindruck, als gäbe es nur diesen unheimlichen Ring, denn er beherrschte alles.

Er war der Katalysator der fremden Macht, die volle Kontrolle über Viktor Gonsior erlangt hatte.

Er leckte über seine Lippen. Er bewegte den Kopf hektisch hin und her wie jemand, der etwas sucht.

Vor ihm lag das gelbe Taschentuch, an dem noch Marions Blut klebte. Er nickte dem Gegenstand zu, als wollte er ihn in seiner unheimlichen Welt begrüßen.

Dann drehte er sich zur Seite und legte seine Hände auf einen kleinen Koffer. Seine Nasenflügel blähten sich, als der Mann tief einatmete, die Hände wandern ließ, die Verschlüsse des Koffers öffnete und den Deckel anhob.

Von innen war der Koffer mit Ölpapier ausgeschlagen worden. Es war auch wichtig, denn der Inhalt bestand aus grauem Lehm.

Gonsior lächelte, als er ihn anschaute. Sicherlich hätten die dunklen Augen gestrahlt, wenn es ihnen möglich gewesen wäre. So aber blieben sie einfach nur schwarz, als Gonsior mit beiden Händen in den Koffer griff und einen Klumpen Lehm hervorholte.

Er legte ihn vor sich hin.

Er starrte ihn an.

Dabei lächelte er satanisch.

Dann nahm er ihn wieder in beide Hände und begann mit seiner finsteren Arbeit.

Viktor Gonsior wollte ein Modell herstellen – das Modell einer Frau ...

Auch wenn sich die Mönche in Klöster zurückgezogen hatten, so war es ihnen stets gelungen, einige Genüsse des Lebens hinüberzuretten. Das galt besonders für das Essen und das Trinken.

Es war bekannt, daß man in einem Kloster einfach, aber trotzdem gut essen konnte, und wer einen kräftigen Schnaps oder einen guten Likör trinken wollte, der ging am besten zu den Mönchen, denn sie verstanden es auf eine hervorragende Weise, die besten Getränke zu brauen.

Bill wußte ebenfalls von den Künsten der kochenden Mönche. Deshalb war es ihm nicht schwergefallen, sich in die Klosterküche zurückzuziehen, wo man ihm an dem langen Holztisch einen Platz angeboten hatte.

Auf dem Tisch standen mehrere Körbe, die mit Obst und Gemüse gefüllt waren. Bill hatte schon eine Möhre gegessen und sich über den noch natürlichen Geschmack gefreut. Das war noch rein und echt, auf keinen Fall Chemie.

Er war nicht allein in der altmodischen, aber sehr gemütlichen Klosterküche. Ein Ordensbruder stand vor dem Ofen und bereitete das Nachtmahl zu. Hin und wieder rührte er in einem großen Topf, aus dem ein Geruch aufstieg, der Bill das Wasser im Mund zusammenlaufen ließ. Aber er riß sich zusammen, aß auch keine zweite Möhre und verzichtete auch auf alles andere.

Statt dessen kümmerte er sich um sein Notebook, das auf den Knien seinen Platz gefunden hatte und an ein Modem angeschlossen war. Bill hatte schon einige Male gelächelt, als er über den krassen Gegensatz nachdachte. Er hockte hier mit der modernsten Technik in einer Küche, wie es sie auch vor mehr als hundert Jahren gegeben hatte, denn gekocht wurde auf einem alten Kohleofen.

Der Mönch kümmerte sich nicht um seinen Gast. Er

hatte ihn mit einem herzlichen Lächeln begrüßt und widmete sich ganz seiner Aufgabe. Hin und wieder schmeckte er ab, und Bill hörte jedesmal ein zufriedenes Brummen.

Auch er mußte seine Hausaufgaben erledigen, und dafür eignete sich der Computer besonders.

Bill schaute nach unten. Er hatte einige Tasten gedrückt. »Sehr schön«, murmelte er, »jetzt das Paßwort – aha, fünf Buchstaben.« Wieder drückte er die entsprechenden Tasten.

Dann wunderte er sich. »Der erste Buchstabe soll ein K sein?« Er lachte leise. »Doch nicht etwa Krimi?« Er kratzte sich an der Schläfe. »Ja, dann wollen wir mal sehen.«

Conolly gab das Paßwort ein – und wäre beinahe vor Freude in die Höhe gesprungen, als sich ihm die Datenbank öffnete. »Wunderbar – toll. Einfach originell. Da haben wir ja die Kölner Datenbank.«

In diesem Augenblick drehte sich der Mönch um. Vielleicht wollte er eine Pause einlegen, oder er fühlte sich durch Bills Gemurmel gestört, aber er hatte etwas anderes im Sinn, denn in der rechten Hand hielt er eine Flasche Rotwein und winkte damit.

Bill lächelte so breit, als sollten die Mundwinkel seine Ohrläppchen berühren. »Gern, Vater. Dafür bin ich immer zu haben.«

Trotzdem tippte er weiter.

Father Ignatius und ich waren in die Bibliothek des Klosters gegangen, in einen ehrwürdigen Raum, der mit Büchern völlig überladen war. Keine moderne Literatur, zumeist waren es alte Bücher, Folianten, die einer sorgfältigen Pflege bedurften.

Ich hielt mich bewußt zurück, denn das hier war der

Raum des Mönchs, hier kannte er sich aus. Zielsicher war er auf ein mit Büchern gefülltes Regal zugegangen und hatte ein bestimmtes herausgenommen. Vor einem rustikalen Eichentisch war er stehengeblieben und blätterte das Buch allmählich auf.

Ich lauschte den Geräuschen, die beim Umblättern der Seiten entstanden, die allesamt handschriftlich beschrieben waren. Zu warten ist mir nie leicht gefallen, aber in diesem Moment blieb mir nichts anderes übrig, denn Father Ignatius war der Fachmann, nicht ich.

Dann endlich hörte ich den erlösenden Satz aus dem Mund des Mönchs. »Da ist es!«

Trotz der leise gesprochenen Worte zuckte ich zusammen und spürte, wie ein Adrenalinstoß meinen Körper durchwanderte. Ignatius ließ das Buch aufgeschlagen. Er schob es nur näher zu mir heran, damit ich ebenfalls lesen konnte, gab mir aber bereits die entsprechende Erklärung.

»Ich habe es geahnt, John. Es ist alles wahr geworden. Über Köln lastet der Fluch des Schwarzen Tods!«

In diesem Moment fühlte ich mich wie jemand, dem der Boden unter den Füßen weggezogen worden war. Ich schwebte zwischen Himmel und Erde oder stand plötzlich neben mir. So genau wußte ich das nicht, aber die Hitzewellen jagten durch meinen Körper bis hinein in den Kopf. Erneut brach mir der Schweiß aus.

Der Schwarze Tod!

Ausgerechnet er. Mein schlimmster und mächtigster Feind, der immer wieder dann zuschlug, wenn es keiner erwartete. Ich hatte ihn einige Male erlebt, mich mit ihm auseinandergesetzt und wußte, daß ich dieser dämonischen Schreckensgestalt nur mit größter Mühe entkommen war. Besiegen hatte ich ihn nicht können.

»Ist er es wirklich?« hakte ich mit leiser Stimme nach, als ich mich wieder einigermaßen gefangen hatte.

»Ja, leider, John. Der Schwarze Tod. Herrscher fast aller Dämonen. Ich hätte dir auch lieber etwas anderes gesagt, aber es ist nun mal so. Wir kommen daran nicht vorbei.« Ignatius hob die Schultern, dann senkte er den Kopf und schwieg, weil er mir Zeit zum Nachdenken geben wollte.

Was sollte ich überhaupt denken? Ich wußte es nicht. Es war mir nah und doch so fremd. Ich wollte mich auch nicht mit Erinnerungen an die Vergangenheit aufhalten, die Gegenwart war wichtig und noch wichtiger fast die nahe Zukunft, denn ich glaubte nicht, daß er sich mit seiner erneuten Attacke viel Zeit lassen würde.

Father Ignatius hatte mit seinem scharfen Blick und sicherlich auch aufgrund seiner Menschenkenntnis erkannt, wie es mir ging. Er lächelte mich an, legte dann für einen Moment seine Hand auf meine Schulter und entfernte sich vom Tisch.

Ich schaute ihm nach, wie er durch das weiche Licht ging, in dem zahlreiche Staubkörner tanzten. Neben einem alten, hölzernen und an einem Gestell befestigten Sternenglobus blieb er stehen und legte seine rechte Hand auf die Kugel.

Ich wußte, daß er mir etwas erklären wollte, und schaute ihn scharf an. Unter meinem Hemd schwitzte ich noch immer. Es war auch warm im Raum. Aber hauptsächlich schwitzte ich wegen meiner inneren Erregung.

Father Ignatius begann zu sprechen. Leise, aber trotzdem deutlich und für mich gut hörbar. »Alle siebenhundert Jahre schiebt sich der Unheilsplanet Lucifer zwischen die Sonne und den Götterplaneten Jupiter. Dort kommt es für genau sieben Minuten zu einer totalen Finsternis. Und genau diese Zeitspanne gehört dem Schwarzen Tod. Er kann dann in jede geweihte Stätte eindringen und schreckliches Unheil anrichten.«

Ich hob langsam den rechten Arm. »Also auch in eine Kirche?«

»Ja.«

»Ebenfalls in den Kölner Dom?«

Ignatius nickte. »Auch das, mein Sohn.«

Mein Herz schlug plötzlich schneller, und wieder bewegte sich eine Blutwelle durch meinen Kopf. »Kannst du mir denn sagen, wann das genau passieren wird?«

Father Ignatius wiegte den Kopf. »John, das ist nicht einfach. Der genaue Zeitpunkt muß errechnet werden. Dazu brauche ich Zeit.«

»Das ist schlecht.«

»Aber die Zeit haben wir nicht!« Er sprach jetzt lauter. Deshalb mußt du, John, unter allen Umständen herausfinden, was der Schwarze Tod genau plant.«

Ich schaute meinen väterlichen Freund an. Mein Gesichtsausdruck muß wohl ein wenig dümmlich gewirkt haben, denn Ignatius konnte sich ein Lächeln nicht verkneifen.

Schließlich nickte ich.

In Franks ziemlich durchgestylter Bude roch es muffig, nach Rauch, auch nach Bier und anderen Getränken, aber das machte ihm selbst nichts aus. Der junge Mann mit den schwarzen Haaren kam sich vor wie der King. Er lief auf und ab. Hin und wieder warf er einen Blick durch das Fenster. Er konnte auf das nächtliche Panorama der Stadt Köln schauen, das wie ein Bühnenbild vor und unter ihm lag.

Nach einer Weile hatte er das Interesse an diesem Ausblick verloren, stand vor der Pinnwand und schien Marion Baumann, die sich ebenfalls in der Wohnung aufhielt, gar nicht wahrzunehmen.

Marion saß auf einem Stuhl und hielt Fotos in den

Händen. Immer wieder und wie rein mechanisch schaute sie sich die Bilder der Reihe nach an, während Frank seinen Gang durch das Zimmer einfach nicht beenden wollte.

Die Fotos zeigten einen Abrißkeller und waren aus verschiedenen Blickwinkeln und Perspektiven aufgenommen. Um ihn drehten sich Franks große Pläne, doch Marions Gesicht verzog sich kaum, als sie immer wieder auf die fast gleichen Motive schaute.

Plötzlich blieb Frank stehen. Er hob die Arme an, um seine Hände zu Fäusten zu ballen. »Völlig abgedreht ist das, wenn sich erst einmal herumspricht, was wir gemacht haben, dann haben wir jeden Abend ein volles Haus. Stell dir vor: Live-Acts, die besten DJ's und eine Riesenleinwand für die Clips.«

Marion hätte jetzt eigentlich jubeln müssen, doch sie blieb still und betrachtete weiterhin nur die Fotos, als gäbe es nichts Interessanteres auf dieser Welt.

Frank, einmal in Fahrt, ließ sich nicht so leicht bremsen. »Mein Kumpel Bernie will noch eine Tanzfläche in den Boden einlassen, aber«, er bewegte zweifelnd seine Schultern, »da bin ich mir nicht so sicher, ob das überhaupt gut ist.« Er starrte noch immer gegen die Pinnwand, wo die Pläne für den Umbau des Kellers hingen. Plötzlich schnickte er mit den Fingern, wie jemand, der eine bestimmte Eingebung erhalten hatte, eine Idee, die im Kopf blitzt. »Ha, ich hab's. Das ist echt cool. Wir bauen eine Empore. Ist das nicht genial?« Er wollte Marions Meinung wissen und drehte sich auf der Stelle. Natürlich rechnete er mit einem Kommentar von ihrer Seite, aber er mußte sich eingestehen, daß seine Freundin einfach nur teilnahmslos dasaß und auf die Fotos starrte.

Frank schüttelte den Kopf und reckte das Kinn dann vor. »He, hörst du mir überhaupt zu?«

Marion schwieg.

»Scheiße, was ist denn los mit dir?«

Marion schwieg noch immer, aber nicht mehr lange, denn sie fing an zu schluchzen. Sie senkte den Kopf und wischte über die Augen. Mit einem Taschentuch tupfte sie die Tränen ab, dann putzte sie ihre Nase und war endlich soweit, ihrem Freund eine Antwort zu geben. »Das fragst du noch, verdammt? Meine beste Freundin ist tot, aber du hast nichts anderes zu tun, als den ganzen Abend über von dieser dämlichen Bruchbude zu quatschen.« Sie stand auf, ging zur Couch hinüber, ließ sich dort in die weichen Polster hineinfallen und weinte wieder.

Frank wußte zunächst nicht, was er sagen sollte. Weinende Frauen machten ihn hilflos, da erging es ihm wie vielen Männern. Jedenfalls mußte er sie trösten und auch dazu bringen, daß sie trotz allem seinen Plänen zustimmte.

Er setzte sich neben sie, aber Marion wollte ihn nicht anschauen. Sie hielt ihr Gesicht verdeckt. Auch Frank wußte nicht, was er sagen wollte. Es war so schwer, die passenden Worte zu finden. Er bewegte seine Hände, knetete die Finger und sagte schließlich: »Es tut mir echt leid, Marion, aber schau mal, das Leben geht weiter.« Er wollte sie auch durch seine Berührung trösten und legte einen Arm um ihre Schultern.

Marion bewegte sich hektisch. Sie schüttelte den Arm ab und befreite auch ihr Gesicht aus der Deckung. »Klar, was anders kann aus deinem Mund auch nicht kommen. Für dich zählt sowieso nur dieser Kinderkram, diese Scheißpläne.« Verächtlich schaute sie in Richtung Pinnwand.

»Nein!« protestierte Frank sofort. »Das stimmt nicht. Das ist nicht wahr. Du weißt ebensogut wie ich, daß es ohne dich keinen Spaß macht. Das habe ich dir oft genug gesagt.«

Marion hatte für diese Bemerkung nur ein Lachen übrig und schaute Frank zweifelnd aus ihren verweinten Augen an.

Er merkte, daß sich die Stimmung wieder etwas besserte, und legte erneut einen Arm um sie.

Diesmal ließ es Marion mit sich geschehen, und sie kuschelte sich sogar an ihn.

»Hör mal, ich will doch nur, daß es dir gutgeht, Mädchen. Das hätte auch Sybille so gewollt.« Als sie schwieg, küßte Frank sie auf die Wange und griff gleichzeitig in seine Jackentasche. Dort holte er etwas hervor, behielt es aber noch in der Hand. »Es ist am besten, Marion, wenn du das hier nimmst.«

Jetzt erst drehte sie den Kopf. Franks offene Hand war nicht zu übersehen. Ebensowenig wie die kleinen Pillen, die sich darauf verteilten. »Das habe ich mir gedacht. Immer wenn du nicht weiterweißt, kommst du mir mit dem Scheiß an.«

»Aber es hilft.«

Marion verzog verächtlich die Mundwinkel. »Ja, es hilft. Allerdings nur für ein paar Stunden. Und dann, mein Lieber? Was kommt dann? Kannst du mir das sagen?«

Er nahm sie wieder in den Arm. »Danach bin ich da, Marion. Ist das nicht super?«

Ob sie wollte oder nicht, sie mußte einfach lächeln, und ihr Mund hatte sich dabei leicht geöffnet. Frank nutzte die Gelegenheit, um ihr eine Pille in den Mund zu schieben, aber Marion schluckte sie nicht.

»Ist das Zeug auch in Ordnung?« fragte sie.

Franks dunkle Augen unter den dichten Brauen weiteten sich. »Und ob die okay sind! Glaubst du denn, ich schicke dich in den Himmel?«

»War auch nur ein kurzer Gedanke.« Sie schluckte nun doch die Pille, lehnte sich zurück und streckte Frank die

Hand entgegen. »Jetzt kannst du mir auch den Rest geben.«

Sie bekam ihn und schleuderte sich das Zeug in den Mund. »Bist du jetzt zufrieden?«

Franks Antwort bestand aus einem Kuß. Zuerst nur ein Hauch, dann härter werdend und fordernder.

Er wollte Marion ins Bett bekommen, und sie wollte es schließlich auch. Irgendwie mußte man den Tod ja vergessen ...

Natürlich wußte auch Father Ignatius, daß ich nicht allein gekommen war. Er erkundigte sich nach meinem Freund und wollte wissen, wo ich ihn gelassen hatte.

»In der Küche.«

Zum erstenmal seit unserer Begegnung sah ich ihn lachen. »Na, da hast du dir ja was angetan!«

»Wieso?«

Ignatius bewegte seine Hände zu verschiedenen Seiten. »Unser Koch ist klasse, nichts gegen ihn, aber noch mehr freut er sich, wenn er während seiner Arbeit Besuch bekommt. Da braucht er nicht immer nur allein zu probieren und abzuschmecken.«

Am Klang der Stimme hatte ich festgestellt, daß Ignatius auf etwas Bestimmtes hinauswollte. »Fallen unter dieses Probieren auch alkoholische Getränke?«

»In der Regel ist es Rotwein«, klärte mich der Mönch schmunzelnd auf.

»Ah, da sagt auch Bill nicht nein. Ich bin gespannt, in welch einem Zustand wir ihn vorfinden werden. Wenn er sich so gut gehalten hat wie das Wetter bisher, können wir ja nicht meckern.« In der Tat war das Unwetter weitergezogen und hatte die Umgebung des Klosters verschont. In der Ferne hörten wir noch ein Grollen, wie von einem Raubtier, das sich allmählich zurückzog.

Die Küche hatten wir schnell erreicht, aber dort fanden wir nur Bill vor. Der Koch hatte sich zurückgezogen, wahrscheinlich wollte er das Essen servieren. Auf dem Tisch allerdings stand eine leere Rotweinflasche, die sicherlich vor einer Stunde noch voll gewesen war.

»Ha, da seid ihr ja endlich«, begrüßte uns Bill.

Ich schaute ihn skeptisch an.

»Bist du noch okay?«

»Ja, wieso?«

»Ich habe gehört, daß man hier gern Rotwein trinkt.«

»Stimmt.«

»Und?«

»Er war super. Ich hätte gern mehr davon genossen, aber ...« Bill hob die Schultern, »du weißt ja selbst, Dienst ist Dienst, und Rotwein ist Rotwein.«

»Und was hast du noch gemacht, außer Rotwein zu trinken?«

Bill deutete auf seinen Computer, den er auf den Tisch gestellt hatte. »Ich habe etwas sehr Interessantes herausgefunden, hört genau zu. Es ist mir gelungen, mich in das Datennetz der Kölner Polizei einzuschmuggeln. Da habe ich es auf dem Schirm ablesen können. Es gibt in Köln ebenfalls eine Untote. Die gleichen Anzeichen wie bei Petra Klinger. Das Blut ist nicht geronnen, die Kratzspur auf der Haut existiert ebenfalls, und ihr Name ist Sybille Thelen.«

»Wie lautet die offizielle Todesursache?« fragte ich, obwohl ich mir die Antwort schon denken konnte.

»Herzversagen, wie sonst?«

Ignatius hatte uns zugehört. Er legte mir jetzt eine Hand auf die Schulter. »Damit weißt du, John, was du zu tun hast. Wir müssen davon ausgehen, daß der Schwarze Tod in Köln schon einen Handlanger hat. Es wird wirklich Zeit. Finde ihn.«

Ich nickte. Ja, das mußte ich. Das mußte ich auf jeden

Fall. Von nun an zählten sogar die Minuten. »Ich werde so schnell wie möglich nach Köln fahren«, erklärte ich.

»Aber nicht ohne mich«, sagte Bill und stand von seinem Stuhl auf. »Ich bin dabei.«

Father Ignatius lächelte etwas säuerlich. »Schade«, gab er bekannt. »Dabei hätte ich eine hilfreiche Hand beim Studium meiner Quellen durchaus gebrauchen können.«

»Du?« fragte ich und lächelte. »So etwas ist doch eine deiner leichtesten Übungen, denke ich ...«

Viktor Gonsiors Laune hatte sich um einige Grade gebessert. Er hatte sich auch an seinen Zustand gewöhnt, und die stickige Luft in seiner engen Bude empfand er als angenehm.

Das hier war seine Welt, hier konnte er sich auf seine Art austoben, und wenn er dann noch mit seiner Arbeit zufrieden war, konnte nichts schiefgehen.

Der Lehm war weich genug gewesen, um ihn kneten und formen zu können. Zuerst war ein weiblicher Körper entstanden mit allem, was dazugehörte. Dann sollte der Kopf ein Gesicht kriegen.

Nicht irgendeines, sondern ein bestimmtes.

Marion Baumanns Gesicht!

Es war schon eine Filigranarbeit gewesen, um die Züge der jungen Frau nachformen zu können. Er war kein Töpfer, kein Fachmann, aber er hatte sich letztendlich selbst darüber gewundert, wie gut er es geschafft hatte.

Zwar nicht perfekt, aber beinahe.

Das war Marion Baumann. Ja, das war sie. Wer immer ihm die Hände bei diesem Kunstwerk geführt hatte, er würde ihm dankbar sein, und er betrachtete stolz sein Werk.

Aber das war nicht alles.

Es ging weiter, denn wichtige Dinge fehlten noch, und dazu gehörte auch das gelbe Taschentuch.

Gonsior griff danach mit seiner beringten Hand. Er knüllte und faltete es so zusammen, daß aus der geschlossenen Faust schließlich die Stelle hervorschaute, auf der sich der Blutfleck befand. Es war nur ein Zipfel, aber das reichte aus.

Viktor ließ sich Zeit. Er mußte sich sammeln, um die alten Worte sprechen zu können. Düstere Beschwörungsformeln, die das versteckte Unheil wieder hervorholen sollten, um es über einen bestimmten Menschen auszuschütten.

Gonsior sprach die Worte nicht laut aus, sie drangen mehr als flüsterndes Gemurmel aus seinem Mund, und dabei bewegte er die freie Hand kreisförmig über die Faust hinweg.

Viktor wartete auf ein bestimmtes Ereignis. Es mußte einfach eintreten, und das Blut, der Ring, aber auch die Puppe würden dabei eine Rolle spielen.

Er sprach weiter.

Nie lauter, immer monoton. Er wirkte wie jemand, der nicht mehr Herr seiner Sinne war und geradewegs unter einer gewissen Fremdeinwirkung litt. Seine Augenbrauen hatten sich über der Nasenwurzel zusammengezogen, Schweiß schimmerte auf der Stirn, als wäre sie mit frischem Öl lackiert worden. Er holte zwischen den einzelnen Worten immer nur sehr kurz Atem und dachte einmal daran, wie glatt ihm doch diese Formeln über die Lippen drangen, als wäre er im Training und würde sie jeden Tag wiederholen.

Dann geschah es.

Auch für Gonsior überraschend, obwohl er damit gerechnet und es sich auch gewünscht hatte.

Der Ring an seiner Hand glühte in einer hellen und zugleich auch düsteren Farbe auf. Sie war irgendwie undefinierbar, aber es war das Zeichen für das Blut der jungen Frau.

Es klebte noch an Gonsiors Taschentuch und hatte sich in den Stoff hineingedrückt, wo es einen dunklen Fleck bildete. Der aber veränderte sich, denn das wenige Blut nur ballte sich zusammen, bis es einen Tropfen gebildet hatte.

Er malte sich an der Spitze des Taschentuchs ab, von wo er sich auf einmal löste und der aus Lehm geformten Puppe entgegenkippte.

Er landete auf dem Kopf der Puppe, in die Gonsior einige Haare gesteckt hatte.

Er starrte sie an.

Das Blut verteilte sich auf dem Kopf. Die winzige Perle rann auseinander, aber das war es nicht, was ihn schaudern ließ. Er sah, wie sich die Haare färbten, um denen der Marion Baumann zu gleichen.

Ob ihr Haar braun oder rot war, konnte beim flüchtigen Hinschauen nicht genau festgestellt werden.

Aber sie müssen rot sein, dachte Gonsior, denn auch diese Haare hier auf der Puppe nahmen eine rote Farbe an.

Und es geschah noch mehr.

Das Gesicht der Puppe verfeinerte sich. Die Züge waren jetzt deutlicher zu erkennen, und sie hatte eine kolossale Ähnlichkeit mit denen der Marion Baumann bekommen.

»Eigentlich noch mehr«, flüsterte Gonsior, während er sein Werk bestaunte und dabei trotzdem emotionslos wirkte. »Die beiden sind identisch. Besser als die Puppen von Sybille und Petra ...«

Viktor Gonsior war sehr zufrieden.

Marions Hände hatten sich bereits an Franks Hose zu schaffen gemacht, während sie ihn weiterhin leidenschaftlich küßte. Die Pillen hatten ihre Wirkung nicht verfehlt, von einer Depression oder Trauer war bei Marion nichts zu bemerken.

Sie wollte es. Und sie wollte es jetzt!

Frank drehte seinen Kopf zur Seite. Er mußte nach Luft schnappen, denn die leidenschaftlichen Küsse seiner Freundin hatten ihn fast atemlos werden lassen. »Willst du ins Bett oder ...?«

»Oder will ich!« keuchte Marion. Sie sah erhitzt aus. Ihre Brust lag frei, und sie schob den dünnen Pullover noch höher, bevor sie ihn über den Kopf streifte. Dann spielte sie mit ihren Brustwarzen, während sie Frank beinahe schon lauernd anstarrte.

Er nickte. »Okay, wie du willst.« Dabei dachte er: So wild habe ich die Kleine lange nicht mehr erlebt.

»Zieh dich aus!« forderte Marion ihn auf. »Los, zieh dich schon aus!«

Frank erhob sich erst gar nicht. Der Gürtel hielt die Hose längst nicht mehr fest. Er streckte die Beine aus und zerrte seine Hose weg vom Körper.

Auch Marion konnte sich nicht mehr länger beherrschen. Es wirkte beinahe wütend, wie sie sich die Kleider vom Leib riß und wegschleuderte.

Dann sanken Frank und Marion zurück auf die Couch ...

Viktor Gonsior war noch immer zufrieden. Er saß ruhig auf seinem Stuhl. Die Puppe Marion hatte ihren Platz zwischen seinen auf der Tischplatte liegenden Händen gefunden, und er konnte sich für den Moment jedenfalls an ihrem Anblick nicht sattsehen. Immer wieder gestand er sich ein, daß ihm ein kleines Meisterwerk gelungen war, aber er war auch ehrlich genug, sich einzugestehen, daß es ohne die Hilfe der anderen Seite nicht gelungen wäre.

Tief atmete er durch.

Der zweite Teil des Plans hatte ebenfalls perfekt geklappt. Nun wurde es Zeit, den dritten anzugehen. Alles, was er dazu benötigte, stand in seiner Nähe.

Dabei ging es ihm um eine kleine, verzierte Blechdose, deren Deckel er abhob. Er tauchte seine Fingerspitzen hinein und spürte bald zwischen Daumen und Zeigefinger eine feste, runde Perle, die allerdings eine andere Funktion ausübte als eine normale Perle. Sie diente als Kopf für eine Nadel. Sie holte Viktor Gonsior behutsam hervor. Er bewegte sie zwischen den Fingerkuppen.

Sein Lächeln war widerlich und wissend zugleich. Einmal ließ er seine Zungenspitze sehen, leckte die Oberlippe ab und bewegte dann die Nadel auf den Ring zu.

Die Spitze zeigte nach unten. Sie berührte den Ring nicht, denn Gonsior stoppte sie früh genug ab.

Allerdings fing er damit an, die Nadel dicht über der Oberfläche des Rings zu bewegen. Mal schwingend, mal kreisförmig, immer nach einem bestimmten Schema oder Ritual.

Und wieder glühte der Ring kräftig auf, um Gonsior damit ein Zeichen zu geben.

Der Ring war bereit, Viktor war es auch!

Die Puppe Marion lag nicht weit entfernt. Mit der linken Hand faßte er sie an und schob sie direkt in seine Nähe. Er hatte sich vorgenommen, den Atem anzuhalten, das war nicht zu schaffen, denn aus seinem Mund floß ein abgehackt klingendes Keuchen, als sich die Nadelspitze der Puppenbrust näherte.

Aus einen schwarz gefärbten Augen starrte Gonsior nach unten. Trotz dieser dunklen Einfärbung konnte er alles genau erkennen, seine Sehkraft war nicht behindert.

»Jaaaa ...«, brach es aus ihm hervor. Das eine Wort hörte sich mehr an wie ein tiefes Stöhnen. Die Adern in seinem Gesicht schwollen an, drückten sich gegen die Haut und zeichneten sich dort wie schlangenhafte Linien ab.

Er zögerte.

Er wollte es genießen.

Zugleich spürte Viktor den Druck in oder hinter seinen Augen, als wollten sie aus den Höhlen quellen.

Dann war es soweit.

Er stieß zu.

Die Spitze der Nadel stach in die Brust der Puppe Marion. Er drückte sie noch tiefer in die Masse hinein, konzentrierte sich dabei auf das Gesicht.

Dort zuckte der Mund.

Im nächsten Augenblick drang ein röhrender Schrei aus der Öffnung!

Frank hatte das Gefühl erlebt, nicht mehr er selbst zu sein. Dafür hatte seine Freundin Marion gesorgt. Was sie mit ihm auf der Couch getrieben hatte, war der reine Wahnsinn gewesen.

Wie von Sinnen war sie gewesen. Immer mehr und mehr hatte sie haben wollen. Ein Orgasmus ging bei ihr in den nächsten über, und Frank, längst erschöpft, wurde von ihr immer wieder gefordert. Sie wollte ihn, sie wollte mehr, viel mehr.

Frank tat ihr den Gefallen – so gut er halt konnte. Sie wollte alle Stellungen durchprobieren und kniete jetzt rücklings vor ihm, den Kopf gesenkt, die Hände in ein Kissen gekrallt.

»Los!« keuchte sie. »Los, Frank, du weißt, wie ich es jetzt haben will. Tu mir den Gefallen. Ich brenne – Ich verbrenne sonst ...«

Frank holte tief Luft. Er schaute auf Marions nackten Rücken und den Po, den sie ihm hinhielt, doch er war fertig. Er würde es kaum noch einmal bringen.

»Marion – ich ...«

»Rede nicht, Frank, mach es!« Sie holte Luft und bäumte sich dabei auf. »Bitte, ich – aaahhhrrrggg ...« Ihre letzten Worte endeten in einem Laut, der kaum noch etwas Menschliches an sich hatte. Sie zuckte noch einmal und brach dann auf der Couch zusammen. Bewegungslos blieb sie auf dem Bauch liegen.

Frank kniete noch immer hinter ihr. Er fühlte sich kaputt, matt, durchgedreht und ausgelaugt. Den Mund hatte er aufgerissen. Keuchend holte er Luft. Er war nur noch mit sich selbst beschäftigt, so daß ihm zunächst nicht auffiel, *wie* reglos Marion vor ihm lag. Frank mußte zunächst mit sich selbst zurechtkommen.

Irgendwann senkte er den Kopf, schüttelte ihn und hatte die Hände auf seine Oberschenkel gelegt. Es war nicht dunkel im Zimmer, aber auch nicht richtig hell. Das Licht ›schwamm‹ durch den Raum. Es gab genau die intime Beleuchtung ab, die Frank und Marion bei ihren Liebesspielen so mochten.

Er war ins Schwitzen geraten, und nur langsam kühlte er sich ab.

Marion war still, zu still ...

Frank war es zwar aufgefallen, aber er hatte nicht darauf reagiert, weil er zu keiner Aktion mehr fähig war. Erst nach einer Weile merkte er, daß da etwas nicht stimmte.

Warum lag sie so still?

»Marion?« fragte er.

Sie gab ihm keine Antwort.

Frank runzelte die Stirn.

In seinem Innern breitete sich ein Gefühl aus, das verdammt unangenehm war.

»Marion!« Diesmal hatte er lauter gesprochen. Jetzt hätte sie reagieren müssen.

Sie tat es nicht.

Frank war irritiert und besorgt zugleich. Diese Besorgnis verdichtete sich. Marion lag vor ihm auf dem Bauch, ohne sich zu rühren. Wie eine Bewußtlose. Weiter wollte er nicht denken, als er von der Couch kletterte und dicht neben ihr stehenblieb.

Er streckte einen Arm aus, um die junge Frau an der Schulter zu berühren. Dabei schüttelte er sie leicht und flüsterte: »Marion, was ist denn los?«

Sie antwortete noch immer nicht. Frank wußte nicht, was er noch unternehmen sollte. Er fühlte sich hilflos und unbehaglich zugleich. Nichts von dem konnte er abschütteln.

Er sah nur das dichte, lange Haar. Von ihrem Gesicht erkannte er nichts.

Frank kriegte Angst um Marion und faßte sie an. Die Couch war breit genug, um den Körper herumdrehen zu können. Dabei nahm er noch die zweite Hand zu Hilfe, denn Marion war schwer geworden.

Schließlich lag sie auf dem Rücken. Frank wollte sie anlächeln und ihr sagen, wie toll sie gewesen war. Dabei senkte er den Kopf – und hatte das Gefühl, von einem heißen Pfeil mitten in die Brust getroffen zu werden.

Er sah nicht mehr das vertraute Gesicht seiner Freundin. Was ihm da trotz der spärlichen Beleuchtung entgegenstarrte, war eine verzerrte Fratze mit gebrochenen Augen, deren Anblick ihn an den einer Toten erinnerte.

Er wußte nicht, was er denken sollte. Er ging weg von ihr. Er war völlig von der Rolle. Wie im Traum nahm er noch die Pillen wahr, die auf dem Fußboden lagen. Sie mußten Marion Baumann aus der Hand gerutscht sein ...

Viktor konnte nicht mehr. Ihm erging es wie Frank. Er war ebenfalls kaputt und ausgelaugt. Im Gegensatz zu Frank allerdings fühlte er sich besser, auch wenn er neben seiner Voodoo-Puppe flach auf dem Boden lag, die linke Hand mit dem Ring von sich gestreckt. Unter sich spürte er den dünnen Teppich, und er wußte, daß er gewonnen hatte. Ja, er war der Sieger in diesem teuflischen Spiel gewesen, das allerdings nach der Regie eines anderen ablief.

Jemand lauerte im Hintergrund, wo er geschickt die Fäden gezogen hatte. Sehr geschickt sogar und auch zu Viktors Vorteil, denn in ihm stieg allmählich etwas hoch. Es war dieses Mir-kann-keiner-Gefühl, dem er sich voll und ganz hingegeben hatte.

Matt, erschöpft, aber trotzdem happy.

Es ging voran, es ging ...

Seine Gedanken brachen ab, weil etwas an seiner linken Hand geschehen war. Nicht mit allen Fingern, sondern nur mit dem, an dem der ungewöhnliche Ring steckte.

Dort spürte er ein Brennen oder Ziehen. Genau konnte er es nicht einstufen, was ihm auch nichts ausmachte. Es war jedenfalls vorhanden, und zwar so stark, daß er sich gezwungen sah, gegen den flachen Stein des Rings zu schauen.

Dazu mußte er den Arm anheben. Es fiel ihm nicht leicht, dann aber hatte er es geschafft.

Er starrte ihn an!

Unmöglich!

Das Wort tobte durch seinen Kopf, begleitet von einer ersten Angst und einer gleichzeitigen Freude, denn er hatte gesehen, wer im Hintergrund Regie führte. Einen kurzen Blick hatte er nur auf den Ring werfen können, dann war sein Arm wieder nach unten gesackt. Dieser Augenblick hatte ihm ausgereicht. Er war zur Sekunde der Wahrheit geworden. Auf dem Stein hatte sich etwas abgezeichnet.

Noch war Gonsior so durcheinander, daß er es nicht glauben wollte. Seine Phantasie hätte ihm auch einen Streich spielen können. Er hörte sein eigenes Keuchen, das auch blieb, als er den Arm erneut anhob.

Der Ring zeigte sich noch immer verändert. Wie gemalt entdeckte er auf dem Stein die dunkle Knochenfratze, deren zahnloses Maul in die Breite gezogen war.

Der Dämon grinste ihn triumphierend an.

Es war der Schwarze Tod!

Köln!

Der Flug war angenehm gewesen, und vor allen Dingen hatte ich keine Zeit verloren. Ich hatte nach der Landung sofort einige Erkundigungen eingezogen, nachdem ich mich in meinem Hotelzimmer ausgebreitet hatte. Dann war ich mit einem Taxi zum Kölner Südfriedhof gefahren.

Ein großes, ein gewaltiges Gelände. Ein Ort der Trauer, der um diese Jahreszeit noch trauriger aussah, weil sich die Natur allmählich zurückzog.

Die herbstbunten Blätter waren von den Bäumen gefallen und bedeckten nun als riesiger Teppich den Friedhof! Sie bedeckten die Gräber, und sie klebten auch an den Grabsteinen und Kreuzen.

Mir war immer ein Name durch den Kopf gegangen – Sybille Thelen. Die tote Studentin aus Köln. Gestorben durch Herzversagen, aber ihr Blut war nicht geronnen.

Das war die eine Sache.

Eine zweite, sehr wichtige, kam hinzu. Meine Begegnung mit Pater Ignatius, bei dem Bill Conolly noch zurückgeblieben war, hatte mir einen weiteren Hinweis gegeben.

Der Schwarze Tod!

Ich kriegte einen dicken Hals, wenn ich an ihn dachte. Dieser schaurige Dämon, der danach strebte, die absolute Herrschaft zu erreichen, war für mich das Trauma überhaupt.

Er war jemand, der in einem Zwischenreich hockte. Auf einer nicht faßbaren Insel zwischen dem Diesseits und dem Jenseits, in seiner eigenen Dimension, in die er sich immer sehr geschickt zurückzog, um von dort aus in aller Ruhe seine Pläne schmieden zu können.

Ja, Pläne ...

»Aber welche?« murmelte ich während des Gehens vor mich hin. »Verdammt, welche Pläne hast du?«

Darauf jetzt schon eine Antwort zu geben, war so gut wie unmöglich. Ich wußte nur, daß Frauen dabei eine Rolle spielten. Eine siebenminütige Zeitspanne war ungemein wichtig, wenn die beiden Planeten in einer bestimmten Konstellation zueinander standen.

Noch hatte ich Zeit, aber die schrumpfte stetig. Es war schon nicht einfach, meinen Weg hier über den Friedhof in Verbindung mit dieser großen Sache zu bringen, denn das hier war normal, das andere nicht.

Wenn ich in die Höhe schaute, malte sich hoch über dem kahlen Geäst der Bäume der Himmel ab mit seinen Wolken. Manche waren dick, grau und kompakt, andere wieder dünner und langgezogen. Es regnete nicht, aber die Luft war feucht, etwas kühl, und sie roch nach Friedhof. Eines steht fest: Die Friedhöfe riechen alle irgendwie gleich. Ob ich nun in Köln, London oder Paris bin.

Das Grab hatte sich schnell gefunden. Es war noch frisch, und die Erde baute sich als Hügel auf.

Bevor ich stehenblieb und mich näher darum kümmerte, schaute ich mich um. Ich wollte nicht unbedingt beobachtet werden, und es hielt sich zum Glück kein anderer Besucher in meiner Nähe auf. Letzte Grüße von

Freunden und Bekannten sah ich auch, aber die Blumen waren bereits verwelkt.

Ungewöhnliches konnte ich nicht feststellen. Doch ich verließ mich nicht auf den ersten Blick, sondern wanderte um das Grab herum. Dabei nahm ich jede Stelle genau in Augenschein.

Da konnte ich hundertmal und mehr das Grab umrunden und mit den Sohlen in feuchtes Erdreich versinken, ich entdeckte nichts, was auf einen ungewöhnlichen Vorgang hingedeutet hätte. Das Grab und auch dessen unmittelbare Umgebung blieben normal.

Ein Fehlschuß.

Man kann nicht immer Erfolg haben. Ich wünschte der Toten ihre ewige Ruhe und machte mich wieder auf den Weg zurück zur großen Trauerhalle.

Sehr ruhig war es um mich herum. Hin und wieder vernahm ich nur die entfernten Geräusche. Ansonsten aber lullte mich die beklemmende Stille des Friedhofs ein, die auch nicht durch Vogelgesang unterbrochen wurde. Die meisten Singvögel waren in Richtung Süden geflogen, und die Spatzen hielten sich zurück.

Zur Leichenhalle hin öffnete sich das Gelände, so daß ich schon einen Blick auf das düstere Gebäude werfen konnte. Aber es interessiertem ich nicht besonders, denn mir war der dunkle Leichenwagen aufgefallen, der nahe der Leichenhalle hielt.

Fahrer und Beifahrer stiegen aus und näherten sich dem Heck des Fahrzeugs.

Noch ein weiterer Mann fiel mir auf. Er war hochgewachsen, dunkel gekleidet und hatte sein langes Haar zu einem Zopf im Nacken gebunden. Es war der Friedhofswächter, wie ich wußte, denn ich hatte ihn schon bei meiner Ankunft kurz gesehen und auch gesprochen, um mich bei ihm nach Sybilles Grab zu erkundigen.

Auch jetzt musterte mich der Mann, sagte aber nichts,

obwohl ich auf die beiden Männer zuging, die dabei waren, einen Sarg auszuladen, auf dem ein Namenszettel klebte.

Bevor die Träger den Sarg in die Aufbewahrungshalle schaffen konnten, blieb ich neben ihnen stehen und hob den rechten Arm. »Einen Moment noch, bitte.«

»Was ist denn?«

»Ich möchte den Sarg öffnen.«

»Warum das?«

»Polizei«, sagte ich nur.

Ob die beiden das Wort eingeschüchtert hatte, wußte ich nicht. Für mich zählte, daß sie zur Seite traten und ich freie Bahn hatte, um meiner Aufgabe nachzugehen.

Ich schaute noch einmal auf das Namensschild.

PETRA KLINGER

Ein harter Kloß setzte sich in meiner Kehle fest, denn sie war die Person, die im Hyde Park tot zusammengebrochen war, gegen die ich gekämpft hatte und die nun vor mir lag, aber noch nicht sichtbar war, denn ich mußte den Sarg erst öffnen.

Die Träger ließen mich in Ruhe. Der Friedhofswärter trat neugierig näher, schaute zu, hielt sich aber mit irgendwelchen Kommentaren zurück. Ich hievte den schweren Deckel hoch und sah die Tote vor mir.

Ein Ziehen in der Herzgegend machte mir zu schaffen. Mit Petra Klingers Anblick waren zahlreiche Erinnerungen verbunden, und wieder sah ich sie so steif auf dem Rücken liegen.

Als ich mich über den offenen Sarg beugte, trat auch der Friedhofswärter näher, hielt sich aber mit einem Kommentar zurück und schaute in den Sarg.

Eines war für mich besonders wichtig. Ich wollte wissen, ob sich das von mir gemalte Aschenkreuz noch auf ihrer Stirn befand.

Ja, es war vorhanden und gut zu erkennen. Mir fiel ein

Stein vom Herzen. Die Gesichtshaut der Toten war bleich, und mir wehte ein nicht eben angenehmer Geruch in die Nase.

Ich richtete mich wieder auf und nickte den beiden Männern zu. »Sie können den Sarg wieder verschließen. Es ist alles in Ordnung.«

»Und dann?«

»Schaffen Sie ihn in die Trauerhalle.«

Sie machten sich an die Arbeit, während ich zurücktrat, mich dann drehte und auf den Friedhofswärter zuging. Als er mich anschaute, wußte er nicht, ob er lächeln oder weinen sollte. Er wußte, daß ich etwas von ihm wollte, aber er überließ es mir, ihn anzusprechen.

»Ich habe eine Bitte an Sie.«

»Und?«

»Lassen Sie keinen Menschen an den Sarg der Petra Klinger heran. Haben Sie gehört?«

»Sicher.«

Ich wurde noch deutlicher. »Keiner darf auch nur in die Nähe der Leiche gelangen.«

Er nickte.

»Dann ist es gut.«

»Aber warum ist das so?«

Ich hob die Schultern. »Fragen Sie mich nicht. Es ist besser so für Sie und für uns alle.«

Begriffen hatte er mich bestimmt nicht, aber er nickte trotzdem.

Ich verließ den Friedhof, denn mir stand ein weiterer Besuch bevor. Bisher agierte ich in Köln als Einzelkämpfer.

Das sollte sich ändern, denn ich wollte Kontakt mit einem deutschen Kollegen aufnehmen, mit einem Kommissar namens Willi Krüger …

An diesem Tag lief kaum jemand fröhlich in Köln herum. Es mußte am Wetter liegen, das einfach nicht fröhlich machen konnte. Da Polizisten auch Menschen sind, hatte auch Kommissar Willi Krüger nicht eben die beste Laune, als er in seinem Büro saß und auf seinen Schreibtisch starrte.

Es war eine Situation eingetreten, die ihm überhaupt nicht gefiel. Er kannte sie, denn er machte diesen Job schon ziemlich lange. Etwas lag in der Luft, etwas würde sich ereignen, etwas war unbedingt da, aber es war nicht greifbar.

Ahnungen nannte Krüger so etwas. Oder auch dumpfe Vorahnungen, wenn sich etwas zusammenbraute, und das konnte durchaus mit dem Fax aus London zusammenhängen, das ihm Yard-Kollegen geschickt hatten. Aber auch mit dem angekündigten Besuch eines englischen Kollegen, auf den Willi Krüger wartete, wobei er sich nicht gerade darüber freute.

Er wollte alles auf sich zukommen lassen, mußte aber zunächst abwarten.

Telefonisch gemeldet hatte sich der Knabe nicht. So etwas schienen die Engländer nicht nötig zu haben, und Krügers Laune besserte sich nicht.

Das war auch in seinem Vorzimmer spürbar, das jeder Besucher durchqueren mußte.

Da machte auch ich keine Ausnahme.

Ich stellte mich seiner Mitarbeiterin vor, die mich kurz musterte, dann lächelte, was ihr ernstes Gesicht noch hübscher machte. »Sie können hineingehen, Herr Sinclair. Der Kommissar erwartet Sie bereits.«

»Warum sagen Sie das in einem so komischen Tonfall?«

»Weil seine Laune nicht gerade die beste ist.«

»Das kenne ich.«

»Dann viel Spaß.«

Da man mir schon die Warnung mit auf den Weg gegeben hatte, verhielt ich mich entsprechend, klopfte behutsam an, öffnete die Tür vorsichtig und nur so weit, bis ich den Kopf durch die Lücke strecken und in den Raum hineinschauen konnte.

»Ja bitte?«

Das klang nicht unfreundlich. Vielleicht hatte die Vorzimmermaus auch übertrieben. »Guten Tag, Herr Krüger. Mein Name ist John Sinclair. Woher ich komme, brauche ich Ihnen ja wohl nicht zu sagen, nehme ich mal an.« Sicherheitshalber hatte ich meinen Ausweis in die Hand genommen, als ich das Büro betrat und mich rasch umschaute, wobei mich weniger die Einrichtung interessierte, zu der auch die Deutschland-Karte hinter Krüger an der Wand gehörte, sondern mehr der deutsche Kollege.

Er mußte so um die Fünfzig sein. Das kurze Haar schmückte nur mehr die hintere Hälfte als ziemlich heller Schatten. Die Ohren lagen frei. Sie paßten größenmäßig zu seinem kräftigen Gesicht mit den breiten Lippen, der kurzen, aber ebenfalls kräftigen Nase, der hohen Stirnglatze und den skeptisch blickenden Augen, die ich auf mich gerichtet sah.

Krüger warf einen Blick auf meinen Ausweis und nickte.

»Sinclair«, wiederholte er meinen Namen. »Haben wir nicht gestern ein Fax von Ihnen bekommen?«

»Das stimmt.«

Der deutsche Kollege lächelte. Dabei strich er mit seinen Handflächen über den Stoff seines dunkelblauen Anzugs, zu dem er ein leicht glänzendes rötliches Hemd trug und sich eine Krawatte umgebunden hatte, in dessen Muster sich die Hemdfarbe wiederholte.

Ich trug weiterhin meinen Mantel und traf auch keine Anstalten, ihn auszuziehen.

»Ja, Sie können sich setzen, Kollege.«

»Danke.«

Krüger sprach weiter, als ich meinen Platz auf dem Stuhl eingenommen hatte. »Ich weiß, daß Sie alles über eine Leiche wissen wollen, deren Blut nicht geronnen ist. Selbstverständlich habe ich alles Nötige veranlaßt, bin allerdings noch nicht dazu gekommen, Ihnen die Antwort zu schicken, Kollege.«

»Das ist nicht weiter tragisch, ich ...«

Krüger ließ mich meinen Satz nicht beenden. »Aber ich habe Sie hier, damit Sie sehen können, daß ich Ihnen nichts vom Pferd erzähle.« Er griff in die Ablage und holte ein Blatt hervor, das er mir reichte. Ich schaute nicht weiter auf den Text, was Krüger schon etwas irritierte. Er drückte sich auf seinem Stuhl zurück und fragte mit leicht amüsiert klingender Stimme: »Sind Sie wirklich hergekommen, um sich die Antwort persönlich abzuholen? Auch wenn Sie von London aus geflogen sind, ist das doch mit Umständen verbunden.«

»Da gebe ich Ihnen recht, Herr Krüger. Das ist auch nicht der eigentliche Grund gewesen.«

»Sondern?«

»Mir geht es um eine deutsche Touristin namens Petra Klinger, die im Londoner Hyde Park tot zusammengebrochen ist. Ich habe sie nach Köln überführen lassen.«

Krüger hatte zwar zugehört, war aber inzwischen aufgestanden und zur Kaffeemaschine gegangen. »Auch eine Tasse?«

»Gern.«

Er schenkte zwei Tassen ein und kehrte an den Schreibtisch zurück. »Klar, Sie sprechen von der toten Studentin.«

»Exakt.« Ich probierte den Kaffee, der nicht so gut war wie der meiner Sekretärin Glenda. Sie war ja die Weltmeisterin im Kaffeekochen.

Auch Krüger hatte getrunken. Noch während er die Tasse abstellte, fragte er: »Seit wann überführen Beamte von Scotland Yard die Leichen toter Touristinnen?«

»Gute Frage, Kollege. Das ist in der Regel auch nicht der Fall. Aber bei Petra Klinger handelt es sich um eine besondere Tote.«

Krüger grinste mich an. Er versuchte, es von der witzigen Seite zu sehen. »Aber sie ist doch tot? Oder nur scheintot?«

»Nein, das nicht.«

»Na bitte.«

»Sie ist nicht ganz tot, Herr Krüger.«

Der deutsche Kommissar schaute mich an, als hätte ich mich auf seine Kosten lustig gemacht. Sein bulliges Gesicht rötete sich, und in seinen Augen erkannte ich den leicht wütenden oder ärgerlichen Ausdruck. Er fühlte sich von mir auf den Arm genommen, hielt sich aber noch zurück und sagte nur: »Pardon, aber ich verstehe nicht ganz ...«

»Es ist auch nicht einfach zu begreifen, und ich bitte Sie, Ihre Vorurteile über Bord zu werfen. Bei Petra Klinger handelt es sich um eine sogenannte Untote.«

»Ähm ...«

Ich sprach weiter. »Sie befindet sich in einem todesähnlichen Stadium, kann aber jederzeit reaktiviert werden.«

»Und das glauben Sie?«

»Es ist eine Tatsache«, erklärte ich ernst.

Krügers Mund hatte sich geöffnet und klappte auch nicht wieder zu. Dann schüttelte er den Kopf und fragte flüsternd: »Hören Sie, Sinclair, sind Sie eigentlich hergekommen, um mich zu verarschen?«

Ich verdrehte die Augen, denn ich hatte gewußt, daß er mich so etwas fragen würde. »Keinesfalls, Herr Krüger. Die Angelegenheit ist mir viel zu ernst.«

Er starrte mich noch immer mit offenem Mund an, suchte nach Worten, fand aber keine, und so probierte ich es mit einer Erklärung. »Ich bin ja auch nicht mehr neu im Geschäft, Herr Krüger, und ich bin es auch gewohnt, daß viele Kollegen meinen Ausführungen und Theorien skeptisch gegenüberstehen, aber ich kann Ihnen versichern, daß sich so etwas nach einer Weile legt.«

»Klar«, erwiderte der Kommissar. »Natürlich. Das legt sich alles.« Er lachte wieder und schaute mich so an, als würde er mir noch immer kein Wort glauben. »Ich will ja nicht päpstlicher sein als der Papst, Sinclair, aber kann ich noch einmal Ihren Ausweis sehen?«

Ich mußte lächeln, griff dabei in die Tasche und holte den Ausweis hervor, den ich Krüger reichte, damit er ihn genau studieren konnte, was er auch tat. Er nickte und gab mir das Dokument mit einem unverständlichen Knurrlaut wieder zurück.

»Alles klar?« fragte ich ihn.

Er winkte ab. »Nicht mal die Hälfte, aber ich werde Ihnen weiter zuhören, Kollege.« Das letzte Wort betonte er besonders, was mich allerdings nicht störte.

»Ich verstehe durchaus Ihre Vorbehalte, Herr Krüger. Aber ich muß die Leiche untersuchen, bevor ein Unglück geschieht.«

Krüger grinste scharf. »Wir sind hier in Deutschland, in einem Beamtenstaat, wo alles geregelt ist. Für Ihr Vorhaben benötigen Sie zuvor einen richterlichen Beschluß. Und der wiederum muß erst einmal beantragt werden.«

»Das hatte ich mir schon gedacht, so blauäugig bin ich auch nicht. Die Sache könnte doch ganz normal laufen, wenn Sie mir dabei behilflich wären.«

Krüger lachte. Erst einmal, dann mehrere Male. Und plötzlich schien er in seinem Schreibtischstuhl zu wachsen, bevor er sich nach vorn beugte, die Arme ausbreitete und sie auf seinen Schreibtisch legte. »Das werde ich nicht machen, Herr Sinclair. Und wissen Sie auch, warum ich das nicht tun werde?«

»Nein.«

Krüger fixierte mich wie eine Katze die Maus. Dann deutete er auf einen Kalender an der Wand. »Ich habe noch zwölf Jahre, drei Monate, sechs Wochen und vier Tage bis zu meiner Pensionierung. Und diese Zeit möchte ich zum Großteil hier in meinem Büro verbringen.« Er klopfte mit dem Finger auf seinen Schreibtisch, damit ich ihm auch nur zuhörte. »Und nicht bei der Verkehrspolizei, weil ich mich mit irgendwelchen dummen Spukgeschichten lächerlich gemacht habe. Haben Sie das verstanden, Kollege Sinclair?«

»Ja, das habe ich«, gab ich zu und versuchte, die Enttäuschung in meiner Stimme nicht mitschwingen zu lassen.

Ich hatte aufs falsche Pferd gesetzt und diesen Kommissar leider nicht überzeugen können. Ich ahnte, daß weitere Worte Zeitverschwendung sein würden. Deshalb stand ich auf und reichte Krüger die Hand.

Er ergriff sie.

»Eines noch, Kollege Krüger. Ich bin fest davon überzeugt, daß wir uns wiedersehen werden. Aber an einem anderen Ort und unter Umständen, die sich keiner von uns beiden herbeiwünschen sollte.«

Krügers Mund verzog sich zu einem schiefen Lächeln. »Meinen Sie wirklich?«

»Sie können sich darauf verlassen.«

Ziemlich frustriert verließ ich das Büro des Kommissars, hörte ihn noch etwas murmeln und war froh, daß ich die Bemerkung nicht verstand.

Immer auf die Kleinen, dachte Bill. Aber die mußte es ja auch geben, und so hatte er sich kurz vor Johns Abfahrt von Pater Ignatius dazu überreden lassen, im Kloster zu bleiben, um dem Mönch bei der Arbeit zu helfen.

Ignatius hatte ihn gewarnt. »Es ist wirklich Knochenarbeit, Bill.«

»Kenne ich.«

»Wieso?«

»Als Reporter muß ich oft recherchieren, in Archiven, Akten wälzen ...«

»Aber hier sind es antike Schriften«, erklärte Ignatius, »die wir sehr vorsichtig behandeln müssen.«

»Darin bin ich Meister. Das ist eine meiner leichtesten Übungen.«

»Dann bin ich ja zufrieden.«

Hin und wieder machte sich Ignatius Notizen. Dabei erklärte er Bill, daß er sie für eine Nachricht oder einen Bericht brauchte, der nach Deutschland mitgenommen werden sollte.

»Mache ich doch alles, Father.«

»Schön.«

»Um was geht es denn genau?« erkundigte sich der Reporter, als er wieder ein Schriftstück behutsam zur Seite legte.

»Eigentlich um Mathematik.«

Bill heulte auf. »Nur das nicht. Darin war ich immer der Beste von hinten.«

»Ich will es genauer sagen. »Um die exakte Berechnung einer Sonnenfinsternis.«

»Ahhh – so ist das«, sagte Bill, ohne die Zusammenhänge richtig begriffen zu haben. Aber er machte weiter, denn er wollte Father Ignatius nicht enttäuschen. Außerdem war er von der Priorität seiner Arbeit überzeugt und vertiefte sich dermaßen darin, daß er nicht merkte, wie die Stunden verflogen und der neue Tag anbrach.

Gestört wurden die beiden nur, als sich die Tür der Bibliothek leise öffnete und der Küchenmönch den Raum betrat. Er schlich auf den Arbeitstisch der Männer zu.

Bill schaute hoch. Er sah das Lächeln im Gesicht des Besuchers, wollte schon etwas fragen, als der Mönch seine Arme, die er bisher hinter dem Rücken versteckt gehalten hatte, nach vorn brachte.

In den Händen hielt er eine Flasche vom besten Rotwein.

Bill atmete so tief ein, als könnte er die Blume des Weins bereits riechen. »Endlich jemand, der genau weiß, was ich jetzt gebrauche kann«, sagte er und bekam auch mit, daß Father Ignatius nickte.

Dem Genuß stand nichts mehr im Weg.

Ich wohnte im Dom-Hotel!

Es war eines der älteren Hotels in Köln, und es lag vor allen Dingen wunderbar zentral. Von meinem Zimmer aus fiel der Blick auf den großen Domplatz. Schaute ich nach links, sah ich das gewaltige Gebäude. Wenn ich direkt nach vorn schaute, fiel mein Blick auf das Römisch-Germanische Museum, für das Köln ebenfalls berühmt ist. Zudem hatte mir auch der Wintergarten des Hotels gefallen, in dem es eine nette Bar gab, aber auch ein Restaurant, wo man wunderbar sitzen und speisen konnte, natürlich mit Blick auf den Domplatz, auf dem immer Betrieb herrschte. Sei es nun durch Touristen, Einheimische oder Skater.

Vielleicht bekam ich ja noch die Zeit, diesen Ausblick in Ruhe zu genießen, zunächst jedoch mußte ich mich um den Fall kümmern, und das tat ich im Zimmer.

Ich hatte mich dort ausgebreitet und es fast in ein kleines Büro verwandelt. Da ich mich schon in Deutschland aufhielt, wollte ich mich auch mit der deutschen Petra Klinger näher beschäftigen. Die Kollegen hatten bei der jungen Frau eine Mappe mit Unterlagen gefunden, die sich nun in meinem Besitz befand.

Ich hatte mich an den kleinen Schreibtisch gesetzt und holte die Unterlagen aus der Mappe hervor.

Ein Stück Heimat rutschte mir entgegen. Es war eine Ansichtskarte von London. Sie hatte zwischen den Fotos geklemmt, die Petra Klinger bereits geschossen hatte.

Mich interessierte die Karte.

Ich drehte sie um.

Mein erster Blick fiel auf die Adresse.

Petra Klinger hatte die Karte an eine gewisse Kerstin Möller geschrieben ...

Das Wetter hatte sich gehalten. Es regnete nicht, und ich war mit einem Taxi zu dem Haus gefahren, in dem Kerstin Möller wohnte. Wie immer, wenn die Zeit nicht unbedingt eilte, hatte ich mir die Umgebung etwas näher angeschaut und festgestellt, daß sie völlig normal war. Hier standen Wohnhäuser, hier gab es zahlreiche kleine Geschäfte und auch hin und wieder eine Kneipe.

Anhand der Schilder hatte ich festgestellt, daß Kerstin im zweiten Stock wohnte. Bevor ich das Haus betrat, ließ ich ein paar junge Leute passieren, die es verließen. Dann huschte ich in den Flur und verzichtete darauf, den Aufzug zu nehmen. Zu Fuß lief ich hoch in die zweite Etage und blieb vor Kerstins Wohnungstür stehen.

Alles war okay, der Name stimmte, ich brauchte nur noch zu klingeln, was ich auch tat.

Es sind immer wieder die mit Spannung erfüllten Sekunden, wenn man auf etwas Bestimmtes wartet, und ich war auch gespannt darauf, wie die Person aussah, die mir hoffentlich öffnen würde.

Die Hoffnung erfüllte sich, denn die Tür wurde aufgezogen, allerdings nur spaltbreit. Trotzdem konnte ich die junge Frau sehen, deren blondes Haar noch feucht vom Duschen war. Auch sonst hatte Kerstin nicht viel an. Sie hatte sich einen Morgenmantel um den Körper gewickelt und lächelte plötzlich, als ich sie freundlich anschaute. Wahrscheinlich hatte dieser Blick das Eis zwischen uns gebrochen, denn sie fragte: Ja, bitte ...«

»Ich heiße Sinclair. John Sinclair.«

»Ach, nicht Bond?«

»Nein, das ist ein anderer. Aber ich komme ebenfalls aus England, nur arbeite ich für Scotland Yard.«

»Ohhh ...«

»Und ich hoffe, daß ich Sie nicht störe.«

»Hm ...« Kerstin wiegte den Kopf, als sie mich anlächelte. »Es kommt ganz darauf an«, sagte sie etwas kokett.

»Da beginne ich gleich mal mit einer Frage.«

»Tun Sie das.«

»Sie sind doch eine Freundin von Petra Klinger, nicht wahr?«

»Das bin ich.«

»Darf ich Sie dann für einen Moment sprechen?«

»Geht es nicht um mich?«

»Das wird sich dann herausstellen.«

Kerstin Möller überlegte.

Dabei musterte sie mich von Kopf bis Fuß, schien zufrieden zu sein, denn sie öffnete die Tür und ließ mich eintreten.

Im Flur blieb ich stehen und wurde von Kerstin angesprochen. »Wissen Sie denn, daß ich hier nicht allein wohne?«

»Das war mir bisher nicht bekannt. Wie auch?«

»Ich teile mir die Wohnung mit meiner Freundin Marion Baumann. Wir haben hier drei Zimmer und

Der dreißigjährige Florian Fitz spielt den Geisterjäger John Sinclair.

Ein Blick auf Johns Büro und auf die hübsche Glenda Perkins, seine Sekretärin, gespielt von Nicole Belstler-Böttcher.

Der Voodoo-Mörder in Action.

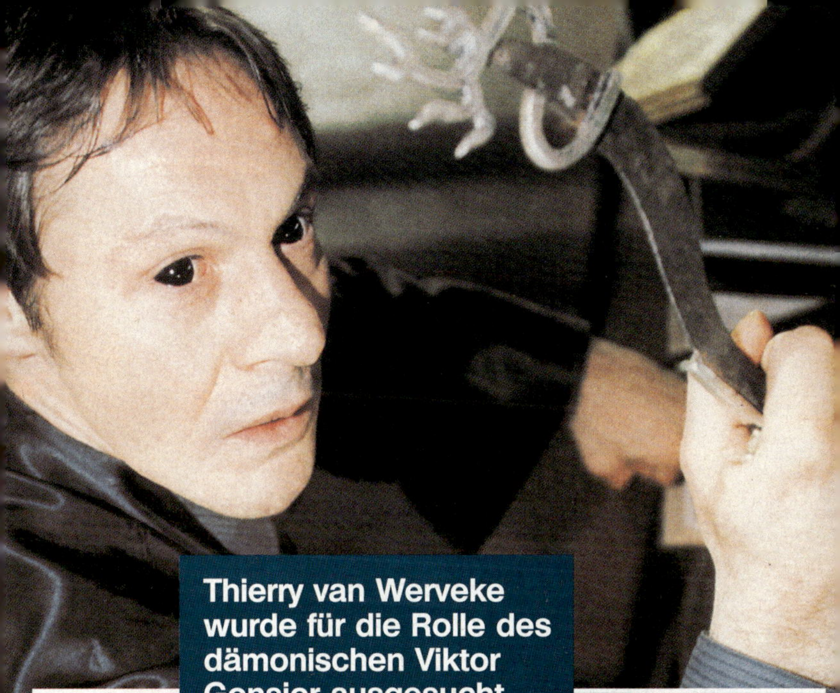

Thierry van Werveke wurde für die Rolle des dämonischen Viktor Gonsior ausgesucht.

John Sinclair und Bill Conolly haben Viktor Gonsior gestellt.

Noch herrscht Stille in der Leichenhalle ...

... was sich Minuten später ändert, als die ›Tote‹ erwacht.

Eine Studie über die Hexenverfolgung im Mittelalter wollten diese Studentinnen der Völkerkunde schreiben. Bei Recherchen auf der Burg Rabenstein überrollt sie die Magie ...
Aufwendige, gelungene Dreharbeiten!

Im Leichenschauhaus nähert sich John Sinclair der toten (?) Studentin (gespielt von Konstanze Proebster). Sir James Powell (dargestellt von Holger Petzold) schaut skeptisch zu.

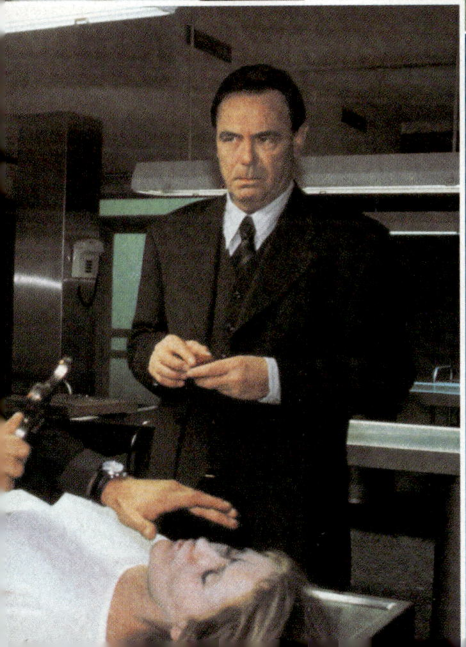

John Sinclair erhält den Beweis. Petra Klinger (gespielt von Anja Rudy) ist eine lebende Leiche.

Drehpause in der Klosterkirche. Florian Fitz mit den hübschen Hauptdarstellerinnen Konstanze Proebster und Tabea Tiesler (im Hintergrund).

John Sinclairs Versuch, Kerstin Müller (Tabea Tiesler) aus dem Bann des Bösen zu befreien.

Lächeln für den Schwarzen Tod: Tabea Tiesler, Florian Fitz, Nicole Belstler-Böttcher und Anja Rudy.

John holt sich Rat bei Pater Ignatius.

Die Aufnahmen entstanden in einem belgischen Kloster.
Atmosphäre pur.
Florian Fitz und Peter Fitz – ein eingespieltes Team.
Vater und Sohn in Wirklichkeit.

Ein schlagkräftiges Team!
John Sinclair (links)
und Bill Conolly
(gespielt von Jophi Ries).

benutzen nur das Wohnzimmer gemeinsam. Ist ganz praktisch.«

»Das glaube ich Ihnen.« Ich ging tiefer in den Flur, und Kerstin schloß die Wohnungstür hinter mir. Sie führte mich in ihr Zimmer, das nett eingerichtet war, obwohl kein Möbel zum anderen so richtig paßte.

Als Polizist lernt man, sich schnell auf wichtige Dinge zu konzentrieren und sie auch zu entdecken, und es dauerte nur Sekunden, bis mir ein Foto aufgefallen war, das jemand vergrößert und hinter eine Glasscheibe gehängt hatte.

Neugierig trat ich näher und schaute mir die Aufnahme an, die vier junge Frauen zeigte, deren Namen mit Kerstin, Petra, Sybille und Marion angegeben waren.

Kerstin war zu mir gekommen. Sie stand dicht neben mir. Ich roch noch die Feuchtigkeit in ihrem Haar und nahm ebenfalls den Duft eines Duschgels wahr.

»Was haben Sie, John?«

Ich räusperte mich und wies mit dem ausgestreckten Zeigefinger auf Petra Klinger.

»Was ist denn mit Petra?«

Ich drehte den Kopf und blickte Kerstin ernst an. »Sie ist im Hyde Park zusammengebrochen.«

»Ach, sagen Sie nur.« Kerstin hatte die Worte geflüstert. Sie wirkte irritiert und auch leicht geschockt.

»Das wußten Sie nicht?«

»Nein, ich schwöre . . .«

Verdammt, ich mußte es ihr beibringen, und es fiel mir wahrlich nicht leicht. »Es wird Ihnen sehr weh tun, Kerstin, aber es ist leider nicht zu ändern.« Meine Stimme klang belegt. »Petra Klinger lebt nicht mehr. – Sie ist tot.«

Kerstin sagte nichts. Sie schaute mich nur an. Ihr helles Gesicht schien noch blasser zu werden. »Was . . .?«

»Ja, sie ist leider gestorben.«

Kerstin Möller schüttelte fassungslos den Kopf. Plötzlich erfaßte sie der Schock. Außerdem schien sie erst jetzt die gesamte Tragweite meiner Nachricht zu begreifen, und ich sah, daß sie schwankte. Allein würde sie sich kaum auf den Beinen halten können, so griff ich schnell zu und erfaßte ihren Arm.

»Setzen Sie sich, Kerstin, das ist am besten.«

Sie tat nichts. Hing in meinem Griff und starrte ins Leere. Ich brachte sie zu einem Stuhl und drückte sie darauf nieder. Dort saß sie dann auch wie eine Figur, so klein, so schmächtig, den Kopf gesenkt, die Hände flach auf die Oberschenkel gelegt.

Ich wußte, daß sie Fragen hatte, ließ Kerstin aber zunächst in Ruhe, die einige Male über ihr feuchtes Haar strich, schluckte, vielleicht auch lautlos weinte und dann mit kaum zu verstehender Stimme fragte: »Wie – konnte das geschehen?«

»Herzversagen!«

Kerstin Möller zuckte zusammen. Dann schüttelte sie den Kopf, und plötzlich mußte sie weinen, was ihr sicherlich guttat. Sie fing sich wieder und wischte mit dem Ärmel des Bademantels durch ihr Gesicht. »Aber das kann doch nicht sein«, hauchte sie.

Ich hätte an ihrer Stelle ebenso reagiert, wollte aber nicht näher darauf eingehen und schlug ihr vor, etwas zu trinken zu holen.

Sie schüttelte den Kopf. »Nein, das möchte ich nicht. Es ist alles so schlimm.«

»Das stimmt, und Sie werden auch verstehen, daß ich einige Fragen an Sie habe.«

Die Studentin nickte.

»Können Sie mir sagen, warum Petra Klinger nach London gefahren ist?«

Kerstin hob den Kopf an und schaute zur Decke, als könnte sie die Antwort dort ablesen. »Tja – warum fährt man? Petra stand unter Streß. Sie wollte ihr Studium vergessen. Einfach mal für ein paar Tage abschalten. Eben vergessen.«

Das Wort hatte sie zweimal betont, und ich hakte noch einmal nach. »Was denn vergessen?«

»Sybilles Tod«, erwiderte Kerstin wie abwesend. Dann fing sie wieder an zu weinen. Von mir bekam sie ein sauberes Taschentuch, so daß sie sich die Tränen abwischen konnte. »Sie starb auch an Herzversagen, nicht wahr?«

Meine Bemerkung hatte Kerstin elektrisiert. Sie schrak zusammen, dann legte sie mit einer ruckartigen Bewegung den Kopf zurück und schaute zu mir hoch. »Das gibt es doch gar nicht – oder? Das kann doch nicht normal sein.«

Ich hob die Schultern. »Ehrlich gesagt, finde ich es auch ungewöhnlich. Und ich nehme an, daß Sie die beiden sehr gut kannten. Wie gut kannten Sie denn Sybille und Petra?«

Die Studentin schwieg. Ich hatte den Eindruck, daß sie nicht antworten wollte. Zudem schien sie zu überlegen, denn sie krauste einige Male die Stirn. Wußte sie möglicherweise mehr, als sie bisher zugegeben hatte?

Schließlich redete Kerstin. Ihre Stimme klang monoton. »Wir kannten uns von der Uni. Wir haben uns gefunden, um zusammen eine Arbeit zu schreiben. Sybille, Petra, Marion ...«

»Moment mal«, unterbrach ich sie. »Ist das Marion Baumann, Ihre Mitbewohnerin?«

Kerstin nickte nur.

Ich spürte die heiße Woge durch meinen Körper schießen. Plötzlich stand ich wie auf glühenden Kohlen. »Hören Sie, Kerstin, es ist verdammt wichtig. Ich muß mit Marion reden. Ist sie hier in der Wohnung?«

»Nein, sie ist in der Nacht nicht nach Hause gekommen. Sicherlich ist sie noch bei Frank.«

»Und wer ist das?«

»Ihr Freund.« Nach dieser Antwort veränderte sich Kerstin. Ihre Beinahe-Starre war vorbei. Sie wurde plötzlich unruhig und konnte nicht mehr länger auf dem Stuhl sitzen bleiben. Heftig stand sie auf. »Eigentlich wollte Marion zum Frühstück wieder zurück sein. Aber nichts. Sie ist nicht gekommen.«

»Können Sie mir Franks Adresse geben?«

Die Studentin nickte. »Sicher kann ich das. Aber ich möchte sie nicht allein fahren lassen. Ich bleibe bei Ihnen, muß mich aber zuvor noch umziehen.«

»Tun Sie das.«

Kerstin strich noch einmal über ihr Gesicht, lächelte mir dann zu und ging ins Bad.

Ich wollte nicht allein im Zimmer bleiben und folgte ihr ein Stück. Vor der Tür blieb ich stehen, innerlich aufgeregt, denn ich wußte, daß die Spur heiß geworden war.

Kerstin Möller hatte mich wohl gehört, obgleich ich nicht laut gewesen war. Sie öffnete die Tür wieder, und ich sah ihr Gesicht, das sich verändert hatte. Ihr Blick war frech und kokett geworden. »Oder haben Sie etwas dagegen, daß ich mich umziehe und dann mitfahre?«

Die Frage hatte mich aus meinen Gedanken gerissen. Ich schüttelte den Kopf und lächelte ihr dabei zu. »Nein, ganz im Gegenteil.«

Die junge Frau wußte nicht, was sie davon halten sollte. Der fordernde Ausdruck verschwand aus ihrem Gesicht, dann zog sie die Tür zu und war nicht mehr zu sehen.

Ich blieb zurück und wunderte mich schon über ihren Stimmungswechsel. Normal war der nicht gewesen ...

Ich war es eigentlich gewohnt, mit einem Auto zu fahren, oder mit der U-Bahn, wenn zuviel Verkehr herrschte, aber in Köln fuhr ich zusammen mit Kerstin auf einem Roller und mußte erleben, wie flexibel man auf so einem derartigen Fahrzeug war, denn wir kamen schneller voran als die Autos.

Zum Glück regnete es nicht.

Vor einem modernen Wohnhaus stoppten wir. Kerstin nahm den Helm ab; ich war ohne gefahren, und ich sah, als sie den Roller aufgebockt hatte, wie erleichtert sie aufatmete.

»Was haben Sie?«

Sie wies auf eine Parktasche, die von einem alten BMW ausgefüllt war. »Das ist Marions Wagen. Sie muß also zu Hause sein. Himmel, bin ich froh!«

»Es kann ja nicht immer nur negativ enden.«

»Da haben Sie recht, John.« Kerstin Möller ging entschlossen auf die Haustür zu und ich folgte ihr.

Zum Glück war der Eingang nicht verschlossen, und wir konnten das Haus betreten.

»Nehmen wir die Treppe?«

Kerstin nickte. Sie war sauer wegen ihrer Freundin Marion. »Sie hätte mich auch anrufen können. Schließlich waren wir so gut wie verabredet. Das kenne ich gar nicht von ihr.« Entschlossen ging wie weiter, so daß ich Mühe hatte, mit ihr Schritt zu halten. Auf Marions Ärger wollte ich nicht eingehen. Gedanklich hatte ich mich bereits mit diesen Frank beschäftigt und erkundigte mich, was er eigentlich machte. »Beruflich, meine ich.«

Kerstin lachte schallend auf und nahm die nächsten Stufen in Angriff. »Eigentlich nichts, wenn man es genau nimmt. Er gibt Papis Geld aus.«

»Wie nett. Und wofür?«

Mit der freien, linken Hans winkte Kerstin ab. »Für allerlei Geschäfte, die nichts einbringen. Irgendwann will er mal den großen Wurf machen, aber ich glaube nicht daran.«

»Und Marion?«

Sie hob nur die Schultern. Damit war für Kerstin das Thema erledigt. Außerdem hatten wir unser Ziel erreicht und standen vor Marions Wohnungstür. Ich wunderte mich über einen auf diesem Absatz stehenden Zigarettenautomaten, das hatte ich auch noch nicht erlebt, ansonsten war alles normal, bis auf die Tatsache, daß niemand öffnete, obwohl Kerstin Sturm geklingelt hatte.

»Das verstehe ich nicht«, sagte sie und drehte sich zu mir um.

»Kann ja sein, daß die beiden gerade mal weggegangen sind.«

Ich erhielt keine Antwort, denn Kerstin dachte bereits an etwas anderes. Die folgenden Worte sprach sie mehr zu sich selbst und nagte dabei auch auf ihrer Unterlippe. »Moment mal«, murmelte sie nachdenklich. »Er hat hier irgendwo einen Ersatzschlüssel versteckt. Ich glaube, ich kenne den Ort sogar ...«

Sie ging auf den Zigarettenautomaten zu und klaubte aus seiner Deckung den Schlüssel hervor, den sie triumphierend hochhielt. »Wer sagt's denn? Er ist ebenso vergeßlich wie Marion. Aber mehr Gemeinsamkeiten haben die beiden nicht.«

»Sie mögen Frank nicht, wie?«

»Vergessen Sie ihn, John.« Kerstin steckte den Schlüssel ins Schloß und drehte ihn.

Dann betraten wir die Wohnung, in der es überraschend still war. Beide schauten wir uns an.

»Da stimmt was nicht!« hauchte Kerstin.

»Das denke ich auch.«

»So still sind sie nie.«

»Lassen Sie uns mal weitersuchen.« Ich übernahm jetzt die Führung, obwohl ich mich nicht auskannte. Aber ich hatte instinktiv die richtige Tür geöffnet, denn ich sah einen jungen, schwarzhaarigen Mann, der auf einer Couch lag, nichts anhatte und sich überrascht aufsetzte, als ich das Zimmer betrat, wo mir sofort die auf dem Boden liegenden Pillen auffielen.

»He!« beschwerte sich der Knabe. »Was wollen Sie hier?«

Ich drehte mich scharf zu ihm um. Kerstin war zunächst einmal zurückgeblieben. »Sind Sie Frank Gällweiler?«

»Klar, wer sonst?«

»Sehr gut. Ich bin ...«

Er fuchtelte mit der Hand. »Hören Sie, Mann, wenn Sie ein Bulle sind und sich wegen der Pillen da umschauen wollen, dann ...«

Ich winkte so scharf ab, daß er verstummte. »Ihr Drogenkonsum interessiert mich nicht. Mir geht es einzig und allein um Marion Baumann.« Ich schaute mich bei dieser Bemerkung suchend um.

Dabei entging mir, wie blaß Frank wurde. Er lenkte mich auch ab, indem er aufstand und das Bettuch um seinen Nackten Körper schlang. »Die ist nicht hier.«

»Wo dann?«

Er ging nicht darauf ein. »Darf ich mich wenigstens anziehen? Ich bin nicht gerade ein Nudist.«

»Okay, das können Sie. Wo?«

Er grinste mich schief an. »Im Bad natürlich.«

»Okay, gehen Sie.«

Frank verschwand eilig aus meinem Blickfeld.

Kaum hatte Frank das Bad betreten, da war es mit seiner Beherrschung vorbei. Er blieb dicht hinter der Tür stehen und zitterte so stark, daß er nicht in der Lage war, das Bettlaken zu halten, das an seinem Körper hinabrutschte.

Die Panik überfiel ihn, und er zitterte wie das berühmte Espenlaub.

Es war auch schlimm genug, und er gab zu, daß er nicht in einem normalen Bad stand.

Denn dort liegen eigentlich keine Toten.

Hier war es anders.

Marion Baumann lag in der Badewanne.

Und sie war tot.

Er schaute auf ihren Körper, er sah in das entstellte Gesicht, in die starren Augen, er spürte seinen eigenen Herzschlag wie ein Dröhnen in den Ohren, aber er hörte auch die Stimmen seiner Besucher aus dem Zimmer nebenan.

Kerstin war zu dem Bullen gegangen. Was er sagte, war für Frank nicht zu verstehen, anders verhielt es sich bei ihr, da schnappte er schon ein paar Satzteile auf.

»Ich glaube das nicht. Da spielt man uns was vor.«

Der Mann sprach, aber Frank hörte nichts.

Dann wieder Kerstin. »Ihr Wagen steht vor der Tür.«

»Das ist allerdings verwunderlich.«

Frank stand dicht vor dem Durchdrehen, und er gab Marion einzig und allein die Schuld. Er starrte sie an, obwohl ihm ihr Anblick bestimmt nicht gefiel. Er sprach sogar mit ihr, und in seinen Worten schwangen Wut und Haß mit.

»Du hättest den Scheiß eben nicht schlucken sollen. Mist auch, verdammter Mist!«

Eine Antwort gab sie nicht.

Frank starrte sie weiterhin an. Er hätte sie würgen können. Erwürgen sogar, wenn sie nicht schon tot gewesen wäre. Jetzt stand er hier, wußte nicht, wie er sich verhalten sollte, und wünschte den Bullen und auch Marions Freundin Kerstin zum Teufel.

Der Wunsch würde sich bestimmt nicht erfüllen. Er mußte sich etwas einfallen lassen.

Der Schweiß rann über sein Gesicht. Auch der Körper war wieder feucht geworden. Das Bad kam ihm plötzlich eng wie eine Gefängniszelle vor und war auch überheizt. Die Knie zitterten. Zu lange durfte er sich hier nicht aufhalten, dann würde der Bulle – oder wer immer der Kerl auch war – mißtrauisch werden.

Die jetzt laute Stimme des Fremden drang durch die geschlossene Tür. »Frank, hören Sie?«

Er antwortete nicht. Nur sein Mund verzerrte sich.

Der Mann ließ nicht locker. »Sie würden uns wirklich sehr helfen, wenn Sie uns sagen können, wo sich Ihre Freundin aufhält.«

»Scheiße!« keuchte er, schloß für einen Moment die Augen, sammelte sich auf diese Art und Weise, bevor er den Bademantel vom Haken nahm und ihn um seinen nackten Körper schlang.

Dann verließ er das Bad.

Von mir aus war es der letzte Versuch gewesen, Frank aus dem Bad zu locken. Ich hatte das unbestimmte Gefühl, daß hier eine böse Überraschung lauerte. Kerstin, die neben mir stand, starrte gegen die Badezimmertür. Ihrem Gesicht war anzusehen, daß sie sich nicht eben mit freundlichen Gedanken beschäftigte.

»Wenn er nicht gleich aus dem Bad kommt, werde ich ihn holen!« kündigte ich an.

Kerstin nickte. »Tun Sie das. Hier stimmt was nicht. Marion ist sonst nicht so.«

In diesem Augenblick riß Frank die Tür auf. Aber nur so weit, daß er sich hindurchzwängen konnte. Dann knallte er die Tür wieder zu und stellte sich davor. Er trug jetzt einen Bademantel.

Okay, er war da. Nur machte er auf mich nicht eben den Eindruck eines Menschen, der sich kooperativ verhalten wollte. Sein Gesicht zeigte eine gewisse Ablehnung. Der Blick war unstet, denn er konnte weder Kerstin noch mich richtig anschauen.

»Was ist mit Marion?« fragte ich.

Frank hob die Schultern. Mit der rechten Hand winkte er ab. »Ich weiß es nicht.«

»Was wissen Sie nicht?«

»Wo sie ist.«

Kerstin lachte schrill, bevor sie sagte: »Das glaubt dir doch keiner, verdammt!«

»Es ist aber so!« beharrte er. »Wir hatten in der Nacht Krach, deshalb ist sie abgehauen.«

Ich mußte lächeln. Und dieses Lächeln fiel schon etwas spöttisch aus. »Warum steht denn dann ihr Wagen noch vor der Tür?«

Frank lachte bellend. »Warum? Warum? Die konnte doch nicht mehr fahren. Sie war vollgedröhnt – und kaum in der Lage zu laufen.« Er streckte die Arme vor. »Wie – wie eine Schlafwandlerin bewegte sie sich durch meine Bude.«

Jetzt wußten wir Bescheid, aber ich zeigte mich nicht zufrieden, und Kerstin war es auch nicht, denn die schüttelte den Kopf. Ich konzentrierte mich auf Frank, der einfach nicht von der Badezimmertür wich.

Im Zimmer hatte ich keine Spur von der Verschwundenen gesehen, deshalb schaute ich mir Frank genauer an, dessen Augen sich verengten, als er meinen Blick bemerkte. Ich roch seinen Atem und trat wieder einen halben Schritt zurück, was Frank mit einem Aufatmen quittierte.

»Sollte sich Marion Baumann bei Ihnen melden, dann geben Sie mir bitte Bescheid. Ich wohne im Dom-Hotel.« Aus der Tasche hatte ich eine Visitenkarte des Hotels hervorgeholt und sie zwischen meine Finger geklemmt.

Frank nahm sie mir ab. Er nickte. »Mache ich, aber ich

glaube kaum, daß sie sich noch einmal meldet. Nein, nicht nach dem Theater, das wir beide miteinander hatten.«

»Manchmal gibt es Wunder«, sagte ich. »Außerdem steht ihr Wagen noch draußen.«

»Den kannst du vergessen.«

Ich nickte ihm zu. »Wir sehen uns bestimmt noch.« Dann ging ich, aber Kerstin blieb noch zurück. Ich hörte, wie sie Frank etwas zuzischte, konnte aber nichts verstehen.

Vor dem Haus blieben wir für einen Moment stehen und schauten uns an. Wir waren beide davon überzeugt, daß wir belogen worden waren, doch so richtig raus mit der Sprache wollten weder Kerstin und ich.

»Kann ich Sie irgendwohin fahren?« fragte sie schließlich.

»Ja, ins Hotel, wenn es Ihnen nichts ausmacht.«

Kerstin schaute hoch und lächelte mich dabei wieder auf diese kokette Art an. »Ganz im Gegenteil, es macht mir überhaupt nichts aus.«

»Okay, dann los!« Ich reichte ihr den Helm, den sie aufsetzte. Zuerst stieg sie auf den Roller, anschließend war ich an der Reihe. Um beim Fahren nicht umzukippen, umschlang ich mit beiden Armen ihren Körper.

»Zu fest?« fragte ich.

Kerstin lehnte sich zurück und drehte zugleich den Kopf. Wieder lächelte sie frech. »Überhaupt nicht, John, es kann gar nicht fest genug sein.«

Danach gab sie Gas.

Frank hatte das Gefühl, von einem Ungeheuer befallen zu sein, das sich in seinem Körper fest etabliert hatte. Dieser verdammte Kelch war soeben noch an ihm vorübergegangen, aber es war verflucht knapp gewesen.

Hätte der Bulle die Bude durchsucht, dann wäre es zur Katastrophe gekommen.

Trotzdem war es hart gewesen, und die Folgen spürte er noch jetzt. Er war aufgebracht, er kam mit sich und dem Erlebten nicht zurecht, und er mußte dagegen etwas tun.

Einige Sekunden ließ er noch verstreichen, bevor er auf eine Kommode zustürzte, eine Lade dort aufriß und die Pillen hervorholte, die er hastig schluckte, ohne dabei auch nur einen Schluck Wasser zu trinken. Das Zeug brauchte er jetzt. Aber er wollte auf Nummer Sicher gehen und eilte zum Fenster. Er würde Kerstin und den Bullen sehen, wenn sie das Haus verließen.

Sie waren schon da.

Kerstin stülpte ihren Helm über, denn sie und der Bulle waren mit dem Roller gekommen.

Und mit dem fuhren sie auch wieder weg. Frank atmete erleichtert auf, was nichts daran änderte, daß er in größten Schwierigkeiten steckte.

Allein konnte er das sowieso nicht schaffen, und ihm fiel sein Freund Bernie ein, so etwas wie ein Knabe für alle Fälle.

Frank eilte zum Telefon. Er setzte sich, als er Bernies Nummer wählte. »Sei nur zu Hause«, flüsterte er vor sich hin. »Sei nur zu Hause.« Er kannte Bernie gut genug, um zu wissen, daß er sich um diese Zeit eigentlich immer in der Wohnung aufhielt, denn Bernies Biokurve stieg erst am Nachmittag oder am Abend an.

Es tutete einige Male durch, und Frank wurde allmählich noch unruhiger und nervöser.

Dann meldete sich Bernie. Wie immer klang seine Stimme um diese Zeit ziemlich verschlafen. »Welcher Affe wagt es denn, mich um diese Zeit zu wecken? Verflucht!«

»Ich bin es – Frank!«

Bernie mußte gemerkt haben, daß mit Frank etwas nicht stimmte und er Probleme hatte. Plötzlich klang seine Stimme nicht mehr so verschlafen, als er fragte: »Was ist passiert?«

»Ich habe Probleme.«

»Welche?«

Frank drehte sich auf seinem Stuhl und schaute zur Decke. »Das kann ich dir am Telefon nicht erklären, aber da ist eine große Scheiße passiert. Kommst du?«

Bernie wartete einen Moment.

»Los, antworte!«

»Okay, ich komme.«

»Danke.«

Frank legte und stöhnte auf. Er klatschte seine Hände gegen seine Wangen. Er war fertig. Er fühlte sich wie eine Marionette, deren Fäden man durchschnitten hatte. Jede Bewegung fiel ihm schwer, sogar das Aufstehen. Aber er mußte hoch, und er fixierte dabei die Tür zum Bad. Er hatte sie nach dem Verschwinden seiner beiden Besucher nicht wieder geöffnet. Auch jetzt traute er sich noch nicht, blieb davor stehen wie jemand, der erst seine Gedanken sortieren muß.

Schließlich hob er mit einer langsamen Bewegung die rechte Hand und legte sie auf die Klinke.

Trotzdem dauerte es noch, bis er die Tür aufriß.

Der Blick ins Bad.

Nur die Wanne sah er, alles andere interessierte ihn nicht.

Marion lag noch immer dort.

Und sie bewegte sich nicht ...

In der unmittelbaren Nähe des Kölner Doms herrscht immer ein gewisser Wind, der meine Haare aufwühlte.

Ich stand an der Seite des Dom-Hotels, die Drehtür

zum Wintergarten im Rücken, und hatte den Kopf in den Nacken gelegt, um mir das Bauwerk anzuschauen.

Es war schon imposant, da gab es nichts. Jahrhunderte hatten die besten Handwerker daran gearbeitet, um dieses Bauwerk fertigstellen zu können. Es hatte viele Rückschläge gegeben. Kriege und Brände hatten für Zerstörungen gesorgt, aber vor mehr als hundert Jahren war er dann doch fertiggestellt worden.

Leider hatte der Zahn der Zeit schon kräftig an seinen Mauern genagt. Hinzu kam die Umweltverschmutzung. Ständig mußte deshalb ausgebessert, renoviert und gesäubert werden. Ob es nun dabei um das Mauerwerk ging, die prächtigen Fenster oder all die Figuren, die außen und innen angebracht worden waren.

Auch jetzt standen an einigen Stellen des Doms Gerüste. Was getan werden konnte, das wurde getan. Die Gelder wurden durch Spenden und durch eine Lotterie aufgebracht.

Ich mochte dieses prächtige Gebäude und bekam einen fast schon heiligen Schauer, als ich daran dachte, daß diesem gewaltigen Bauwerk durch schwarzmagische Kräfte etwas angetan werden sollte.

Nein, das durfte man nicht zulassen. Auf keinen Fall durfte es passieren, und ich würde alles tun, was in meinen Kräften stand, um dies zu verhindern.

Kerstin Möller machte die Sorge um Marion doch schwer zu schaffen, und so war sie ins Hotel gegangen, um noch einmal zu telefonieren. Sie rechnete trotz Franks Aussagen noch immer damit, daß Marion zurückkehrte.

Dunkle Vögel gerieten in mein Blickfeld. Sie schwebten am Dom vorbei und ließen sich von den Winden tragen.

Hoffentlich waren sie kein untotes Vorzeichen.

Die Menschen um mich herum fotografierten oder

schauten sich einfach nur den Dom an. Holländer, Japaner und Amerikaner bildeten einen Großteil der Touristen.

Hinter und dann neben mir räusperte sich jemand. Ich senkte den Kopf und schaute nach rechts.

Dort stand Kerstin.

Eigentlich brauchte ich nur in ihr Gesicht zu schauen, um zu erkennen, welche Antwort sie erhalten hatte, aber ich fragte trotzdem nach. »Haben Sie Marion erreicht?«

»Nein.«

»Das dachte ich mir.«

»Sie ist noch nicht zu Hause.«

»Bei Frank haben Sie nicht mehr angerufen?«

»Nein. Der lügt sowieso.«

»Was macht Sie so sicher?«

»Mein Gefühl, John.«

»Und jetzt sind Sie beunruhigt – oder?«

»Mehr als das.« Sie nickte mir zu. »Es ist einfach nicht ihre Art, einfach wegzubleiben. Dazu kenne ich sie einfach zu gut. Da ist irgend etwas passiert.« Sie schüttelte sich, als wollte sie ihre Sorgen abwerfen. Dann blickte sie zum Dom hin.

»Ein prächtiges Bauwerk«, sagte ich.

»Stimmt. Waren Sie schon mal drin?«

»Ja – schon«, gab ich zu. »Aber das ist einige Jahre her.«

Ich schaute auf das Gebäude. »Es ist schon imposant. Von außen wie auch von innen. Ich war damals hellauf begeistert, obwohl ich sonst kein großer Museumsmensch bin.« Ich wollte weitersprechen, aber mir fiel Kerstins Lächeln auf. Spontan fragte ich: »Haben Sie eben an mich gedacht . . .?«

»Nein, nein, nicht an Sie«, sagte sie lächelnd. »Mehr an meine Kindheit. Ich habe immer davon geträumt, mal einen Prinzen zu heiraten.«

»Toll.«

»Kindisch, nicht?«

»Finde ich gar nicht.«

Sie knuffte mich an. »Hören Sie auf, das sagen Sie doch nur so dahin, John.«

»Und die Hochzeit mit dem Prinzen sollte hier im Kölner Dom stattfinden. Stimmt's?«

Kerstins blaue Augen wurden groß. »Woher wissen Sie das, John? Sind Sie auch noch Hellseher?«

»Das bestimmt nicht. Aber es war nicht schwer zu erraten.« Ich blinzelte ihr mit einem Auge zu. Dabei hörte ich, wie Kerstin leise seufzte. »Was ist denn jetzt?«

»Leider erfüllen sich Träume nur selten.«

Wieder blinzelte ich ihr zu. »Muß es denn unbedingt ein Prinz sein, den Sie heiraten wollen?«

»Weiß nicht.« Sie hob die Schultern und trat von einem Fuß auf den anderen. »Eigentlich nicht. Aber der Dom sollte schon die Hauptrolle spielen, meine ich.«

Wie auf einen Befehl hin drehten wir uns dem Bauwerk zu. Ich bekam plötzlich einen Schauer, am Wind lag es nicht, das mußte etwas anderes gewesen sein.

»Was ist denn, John?«

Kerstins Frage brachte mich wieder zurück in die Realität. Ich legte ihr die Hände auf die Schultern. »Sorry, aber ich muß zurück ins Hotel. Machen Sie's gut.« Dann hauchte ich ihr zwei Küsse auf die kalten Wangen.

»Bis später, John.«

Ich ging und winkte ihr noch zu. Dann, als ich ihr den Rücken zugedreht hatte, passierte es. Kerstin, die schon einige Schritte hinter sich gebracht hatte, schrak zusammen, als hätte man sie mit einer Peitsche geschlagen.

Sie hörte ein Geräusch. Ein Rasseln oder einen schnarrenden, zugleich unheimlich klingenden Atem.

Plötzlich überfiel sie das Gefühl einer dichten Furcht. Sie wollte nicht mehr weitergehen und drehte sich um.

Hastig lief sie hinter John Sinclair her, der sich dem Eingang des Hotels auf der Schmalseite näherte.

Ich hörte in meinem Rücken die heftigen Schritte. Neben einem Geschäft, in dem es exklusive französische Mode zu kaufen gab, drehte ich mich um.

Fast wäre mir Kerstin in die Arme gelaufen. Sie sah so blaß aus und flüsterte: »John . . .«

»He, was ist denn?«

Sie blieb stehen, bewegte nur den Kopf. Dabei sah sie aus wie jemand, der auf irgendein Geräusch lauschte. Sie bewegte auch sehr unruhig die Augen, hatte sich aber schnell wieder gefangen und sagte: »Jetzt ist es nicht mehr da.«

Ich wußte von nichts und schüttelte etwas irritiert den Kopf. »Was haben Sie damit gemeint?«

»Tja«, murmelte sie. »Das weiß ich selbst nicht. Irgendwas war in der Nähe und hat mich sogar verfolgt. Aber fragen Sie mich nicht, was es genau gewesen ist, das kann ich Ihnen nämlich nicht sagen. Aber ich habe es schon als bedrohlich und auch als unheimlich empfunden.« Ihr kleiner Mund verzog sich. »Dabei war nichts zu sehen, nicht mal zu fühlen. Trotzdem bin ich der Meinung, etwas gespürt zu haben.«

Ich nickte ihr zu. »Das sollte man nicht zu sehr auf die leichte Schulter nehmen.«

»Sicher, da haben Sie recht, John.« Sie mußte plötzlich lachen und schaute mich dabei ein wenig verliebt an. Bevor sie jedoch zum Thema kommen konnte, wurde ich wieder dienstlicher. »Ich möchte mich bei Ihnen bedanken, daß Sie Zeit für mich gehabt haben. Und auch dafür, daß Sie mich zu Frank fuhren.«

»Das war doch selbstverständlich. Es hat mir sogar Spaß gemacht. Keine Ursache.«

Ich nickte. »Gut, dann werde ich jetzt gehen. Wir sehen uns morgen. Schlafen Sie gut.«

Damit hatte Kerstin nicht gerechnet. »Wie? – Was?« Sie nickte. »Okay, dann bis morgen.«

Es fiel mir nicht leicht, aber ich mußte einfach weg und ging auf das Hotel zu.

»John?«

Ich drehte mich um. Kerstin lief auf mich zu. Heftig atmend blieb sie vor mir stehen. »Ich weiß, es gehört sich nicht so recht oder wie auch immer, aber ich heiße Kerstin.«

»Wunderbar«, sagte ich lachend. »Meinen Namen kennst du ja.« Wir reichten uns die Hände und trennten uns.

Kerstin blieb noch stehen. Sie schaute John Sinclair nach und ging erst weg, als er im Hotel verschwunden war. Sie wollte zu ihrem Roller und nach Hause fahren.

Plötzlich war wieder das knurrende und schnarrende Atmen da, das ihr langsam folgte ...

Etwas stimmte nicht!

Ich stand vor meiner Zimmertür und war froh, allein auf dem Gang zu sein und nicht beobachtet zu werden. Es war still um mich herum. Keine störenden Geräusche von außen, aber hinter der Tür, im Zimmer, stimmte etwas nicht.

Da hatte ich sehr komische Geräusche gehört.

Noch ließ ich meine Waffe stecken, als ich behutsam die Tür öffnete und mir dabei wieder vorkam wie ein Dieb. Die Tür war so weit geöffnet, daß ich in das Hotelzimmer hineinhorchen konnte und jetzt auch bestimmte Geräusche wahrnahm.

Zunächst einmal brannte das Licht im kleinen Vorflur. Dann war der Fernseher eingeschaltet, und es befand sich jemand im Bad, denn ich hörte sehr deutlich das Rauschen der Dusche.

War das überhaupt mein Zimmer?

Ich beugte mich noch einmal zurück und schaute auf die Nummer. Ja, es stimmte, ich hatte mich nicht vertan.

Okay, meinetwegen. Nicht nur ich sollte mich überrascht fühlen, sondern auch der Fremde, der jetzt in meinem Hotelzimmer duschte.

Zur Sicherheit zog ich die Beretta, schob mich in den Vorflur hinein, schloß leise wieder die Tür und näherte mich dem Bad, wo die Tür auch nicht ganz geschlossen war.

Der fremde Gast jedenfalls mußte sich sehr sicher fühlen. Ich gab der Tür einen leichten Druck, damit sie nach innen glitt, blieb für einen Moment auf der Stelle stehen und konzentrierte mich auf die Dusche. Hinter der Abtrennung zeichnete sich die Silhouette eines nackten Menschen ab. Eine Frau war es nicht, das hatte ich sehr schnell festgestellt.

Bis zum Ziel waren es nur wenige Schritte. Wer immer sich dort duschte, er hatte nichts bemerkt, nicht mal den Luftzug, der beim Öffnen der Tür entstanden war.

Der würde sich wundern!

Die linke Hand streckte ich aus. Meine Finger fanden die Vertiefung in der Duschwand, dann riß ich die Wand mit einer heftigen Bewegung zur Seite.

Der Finger lag am Abzug der Waffe. Aber ich zog nicht durch. Statt dessen schaute ich fassungslos in die Dusche hinein und auf einen nackten Mann, den ich verdammt gut kannte.

»Hi, John!« sagte Bill Conolly und drehte die Strahlen ab. »Schön, dich zu sehen.«

»Bill?« Ich war noch immer konsterniert. Sogar die Waffe hatte ich nicht weggesteckt.

Der Reporter wedelte mit der Hand. »Ach sei doch mal so gut und reich mir ein Handtuch rüber.«

Ich steckte die Waffe weg und holte es. Bill duschte die

letzten Schaumreste ab. Dabei redete er mit mir. »Übrigens, auf dem Bett liegt eine Nachricht für dich.«

»Toll. Ein Liebesbrief?«

»Wohl kaum. Schließlich haben Father Ignatius und ich in der Nacht keine Liebesbriefe gebastelt.«

»Das allerdings.«

Ich ließ Bill allein und nahm mir die Nachricht vor.

Sie bestand aus verschiedenen Seiten, die schon vorsortiert worden waren. Ich vertiefte mich in das Studium und fand einen ziemlich umfassenden Bericht über Hexenverbrennungen in Köln vor, speziell am sogenannten Rabenstein.

Der Name sagte mir leider nichts, auch bei intensivem Nachdenken nicht.

Als ich das Pfeifen hörte, wußte ich, daß Bill die Dusche endgültig verlassen hatte. Er trug den Bademantel des Hotels und stellte sich neben mich.

»Na, was sagst du?«

Ich ließ das Blatt sinken. »Den ganzen Kram hättest du mir auch faxen können.«

»Weiß ich«, erklärte Bill breit grinsend. »Aber dann hätte ich keinen Grund gehabt, mit dir hier in Köln ein Gläschen Tee zu trinken.«

»Tee?«

»Klar.« Er bewegte sich auf die Minibar zu. »Natürlich meine ich damit Tee mit Rum.«

»Das ist was anderes.«

Rum fand er zwar, den Tee allerdings nicht, also mußten wir ohne diese Verlängerung anstoßen, was ja auch nicht schlecht war.

Der Rum tat mir gut. Wir saßen uns gegenüber, und auch Bill war wieder fit. Die Strapazen der Reise hatte er abgeschüttelt. »Ich liebe eben die Überraschungen«, erklärte er.

»Meinst du?«

»Wieso nicht?«

»Wäre ich ein guter Polizist, dann hätte ich mir denken können, daß du dich hier in Köln, sogar im Dom-Hotel, aufhältst.«

»Sag nur.«

»Ja«, erklärte ich grinsend. »Das hat nicht einmal etwas mit Hellsehen zu tun oder irgendwelchen anderen Para ...«

»Mach's nicht so kompliziert.«

»Okay. Als ich zum Hoteleingang ging, habe ich einen Porsche gesehen. Heiße Kiste. Ich weiß ja, daß ein gewisser Bill Conolly diese Flundern auf vier Rädern liebt. Aber ich habe nicht näher darüber nachgedacht. War zu beschäftigt.«

»Aha.« Bill lachte hämisch. »Womit denn? Oder soll ich fragen, wie die Dame heißt?«

»Kerstin.«

Mein Freund schnalzte mit der Zunge.

»Ist sie hübsch?«

»Kann man sagen.«

Bill rieb seine Hände. »Toll, und weiter?«

»Nichts weiter.«

»Schade.«

»Ich bin nicht zum Spaß in Köln, Alter. Daran solltest du dich erinnern.«

Bill nickte betrübt. »Ja – leider«, gab er zu. »Spaßig ist das wirklich nicht. Auch das nicht, was Ignatius und ich herausgefunden haben.«

Ich war plötzlich ganz Ohr. Das sah Bill mir auch an. Er sprach mit ernster Stimme weiter. »Man hat damals nicht irgendeine Hexe so einfach verbrannt. Sie war mehr als das. Sie war die Fürstin der Finsternis. Und sie stand auf Feuer.«

»Das ist mir neu.«

Bill spannte mich auf die Folter. Er holte Nüsse aus der

Minibar und warf einige in den Mund. Kauend sprach er weiter. »Wie gesagt, sie wurde verbrannt, aber das Wichtigste verbrannte nicht – ihr Herz. Und das ist nicht alles. Es verschwand noch in derselben Nacht, als hätte es sich in Luft aufgelöst.« Er zwinkerte mir zu. »Jetzt bist du an der Reihe. Willst du auch Nüsse?«

»Nein, hör auf mit dem Kram.« Ich versank in dumpfes Nachdenken. »Das Herz ist verschwunden. Es verbrannte nicht. Es wurde vielleicht geholt«, wiederholte ich murmelnd. »Das sollte eigentlich für eine Wiedergeburt reichen, Bill.«

Der Reporter verschluckte sich beinahe an den Nüssen. Mit offenem Mund schaute er mich an. »Meinst du?«

Ich wiegelte ab. »Hundertprozentig sicher bin ich mir nicht. Wir brauchen mehr Informationen. Und die könnten wir im Kölner Kirchenarchiv bekommen. Möglicherweise weiß man dort mehr.«

Bill rieb seine Hände. »Gut. Du kriegst den ersten Preis. Eine Baggerfahrt durch die Alpen. Das gleiche hat nämlich Father Ignatius gesagt. Er hat mir deshalb ein Empfehlungsschreiben mitgegeben.«

»Das habe ich ja hier bei den Unterlagen.«

»Okay, das können wir abhaken.« Bill schlug die Beine übereinander. »Wie ist es denn bei dir hier gelaufen? Abgesehen von dieser Kerstin. Du bist ja länger in der Stadt. Hast du schon eine Spur aufnehmen können?«

Ich nickte. »Ja, es gibt leider zwei tote Mädchen. Junge Frauen – Studentinnen.«

»O Scheiße.«

Ich hob die Schultern. »Der Anfang ist zumindest gemacht. Wir werden sehen, wie es weitergeht. Wichtig ist der Besuch im Archiv, und ich bin davon überzeugt, daß er uns etwas bringt. Das habe ich einfach im Gefühl, Bill.«

»Dann ist der Tag für heute gelaufen?«

»So ähnlich.« Plötzlich fiel mir etwas ein. Bill hatte es ebenfalls an meiner Haltung bemerkt, als ich mich dabei ganz auf ihn konzentrierte.

»He, was hast du?«

»Hör mal zu, du alter Tiger. Hast du eigentlich hier schon eingecheckt? Soviel ich weiß, ist das Hotel ausgebucht.«

»Das stimmt auch.«

»Toll. Und wo erreiche ich dich, sollte sich etwas ...?«

Bill Conolly ließ mich nicht ausreden. Er lachte und freute sich diebisch. »Hier im Zimmer. Du alter Lüstling hast doch ein Doppelzimmer gebucht, und das werden wir auch ausnutzen.«

Ich verdrehte die Augen. »Na prima. Genau das war es, was mir in meinem Leben noch gefehlt hat ...«

Kerstin Möller war völlig durcheinander. Die Furcht saß ihr im Nacken wie ein Alp. Sie hatte nichts von ihrer Freundin Marion Baumann gehört und das leichte Grauen auf der Domplatte nicht vergessen, denn da war sie davon überzeugt gewesen, von etwas Unheimlichem und Unsichtbarem verfolgt worden zu sein, auch dann, als sie sich von John Sinclair getrennt hatte. Das alles war ihr durch den Kopf gegangen, und es steigerte sich noch, als sich die Dämmerung über die Stadt am Rhein legte wie ein gewaltiges Tuch. Von Sekunde zu Sekunde verdichtete es sich immer mehr und ließ die Lichter der Stadt – mal normal hell, mal bunt – immer deutlicher hervortreten.

Trotzdem wollte sie nicht die ganze Nacht über auf den Beinen bleiben. Und sie wollte auch nicht in irgendeine Pinte gehen, um sich dort ablenken zu lassen. Das Gerede der Leute würde ihr auf die Nerven gehen und sie kaum beruhigen.

Die beiden anderen waren rot. Marion war ebenfalls verschwunden. Lag es da nicht nahe, daß sie auch die dritte Freundin nicht mehr lebend wiedersah?

Der Gedanke daran verursachte bei ihr Herzstechen und Beklemmungen. Immer wieder bildete sich Schweiß auf ihrer Stirn. Sie verspürte Durst, sie trank viel Wasser, aber sie merkte auch, daß sie trotz dieser ungewöhnlichen Vorkommnisse allmählich müde wurde. Der Körper verlangte einfach sein Recht.

Und so ging sie schlafen.

Das heißt, schlafen war nicht der richtige Ausdruck. Zwar lag Marion im Bett, aber sie schaute immer wieder mit offenen Augen an die Decke, weil sich dort schwache Licht- und Schattenspiele abzeichneten, was an einer Reklame am Haus gegenüber lag. Sie schickte ihren Widerschein auch durch das Fenster in Kerstins Wohnung.

Es hatte begonnen. Etwas Unheimliches, Schreckliches hatte begonnen und sie mit in den Kreislauf hineingezogen. Nur fragte sich Kerstin, wie und wo es schließlich endete.

Auch mit ihrem Tod?

»Nein, nicht«, flüsterte sie. »Bitte nicht. Ich will nicht sterben. Es ist so schrecklich und ...« Sie fand keine Worte mehr. Dafür spürte sie den Druck in ihren Augen und das Tränenwasser. Am liebsten wäre sie jetzt – mitten in der Nacht – aufgestanden und irgendwohin gegangen, doch dazu fand sie nicht die Kraft. Der Wille war da, das Fleisch allerdings schwach, denn die Müdigkeit hatte ihre Glieder allmählich schwer werden lassen. Selbst auf den Augendeckeln schienen Gewichte zu lasten. Kerstin hatte Mühe, die Augen offenzuhalten, und schließlich fielen sie ihr von allein zu.

Sie war eingeschlafen.

Das allerdings war nur die eine Seite, denn Kerstin

Möller mußte es vorkommen, als wäre sie durch den Schlaf in eine andere Welt gelangt. Ihr war nicht klar, daß sie anfing zu träumen, aber dieser Traum, diese Bilder aus der anderen Welt, waren einfach schrecklich.

Eine düstere Landschaft. Eine alte Burg. Ein fahler Mond, der sein bleiches Licht niederschickte. Feuer waberte hoch. Schrecklich aussehende Gestalten tanzten um einen lachenden Mann mit schwarzen Augen.

Der Mann war Viktor Gonsior!

Die Gestalten, die aussahen, als wären sie aus ihren Gräbern gekrochen, bewegten sich nur langsam, schon mehr etwas unbeholfen. Sie waren nicht nackt. Um ihre Körper flatterte der Stoff von alten und schmutzigen Leichenhemden. Immer wieder umtanzten die Gestalten den schrecklich lachenden Gonsior, in dessen Augen sich das Böse festgenistet hatte.

Die Studentin litt unter dem intensiven Traum und bekam Schweißausbrüche. Ihre Augen waren geschlossen, immer wieder zuckten die Lider, als liefe dahinter dieser schreckliche Vorgang ab.

Sie litt im Traum.

Sie stöhnte.

Sie weinte auch.

Sie durchlebte eine Hölle.

Und immer wieder sah sie die Flammen, diese fürchterlichen Flammen, deren Spitzen sich hoch in den dunklen Himmel reckten, als wollten sie den Mond in Brand stecken.

So hoch kamen sie nicht, aber sie fauchten und wirbelten, während die Gestalten weiterhin tanzten.

Bleichgrüne Gesichter. Tote Augen. Verfilzte Haare, aber dennoch waren sie für die Schlafende zu erkennen.

Sybille Thelen, Marion Baumann, Petra Klinger ...

Wieder schrie die schlafende Kerstin auf.

Diesmal so laut und intensiv, daß sie von ihrem eigenen Schrei erwachte und aus dem Traum gerissen wurde. Schlagartig verschwanden die schaurigen Bilder, und ebenso schlagartig setzte sie sich hin.

Kerstin starrte in die Dunkelheit des Zimmers. Sie hatte das Gefühl, Besuch erhalten zu haben, besonders, als es um die Geräusche ging, die zu hören waren.

Bis ihr einfiel, daß sie es war, die diese Geräusche produzierte. Sie atmete heftig und stöhnte zugleich. Auch ein Röcheln floß über ihre Lippen.

Aus der Badewanne kam sie nicht. Dennoch war sie naß am gesamten Körper.

Es war der Schweiß, der überall an ihr klebte, und die Erinnerung an den Traum wollte sie ebenfalls nicht loslassen. Selbst im Wachzustand sah sie die Gestalten ihrer drei Freundinnen, und ihr wurde plötzlich furchtbar kalt.

Wie die Totenkälte, dachte sie ...

Kerstin schluckte. Nein, das schaffte sie nicht. Der Mund war trocken, als hätte ihr jemand während des Schlafs Staub hineingeblasen. Sie mußte etwas trinken, drehte sich zur Bettkante hin und ließ sich darauf nieder, das Gesicht in beide Hände vergraben und hin und wieder mit den Fingern durch das hellblonde Haar streichend.

Schließlich überwand sich Kerstin dazu, das Licht einzuschalten. Die Lampe stand nahe am Bett, auch die Flasche mit dem Mineralwasser. Sie schraubte den Verschluß ab, setzte die Flasche nach einem großen Schluck ab und spürte, daß sie Schwierigkeiten mit der Atmung hatte. Sie zwang sich zur Ruhe; eine Hand hielt sie auf den Buch gepreßt, stieß dabei einige Male auf und merkte, daß es klappte.

Aber der Traum war noch da.

Nur nicht mehr so intensiv. Wie Schattenbilder wischten die einzelnen Sequenzen an ihren Augen vorbei, produziert von der noch nicht lange zurückliegenden Erinnerung.

Kerstin stand auf. Daß sie zitterte, nahm sie wie nebenbei wahr. Sie versuchte jetzt, sich zu konzentrieren, und ging davon aus, daß sie der Traum nicht grundlos so stark gefoltert hatte. Es steckte mehr dahinter. Eine Vorbedeutung, denn sie ging davon aus, daß dieser Traum nicht nur ihre Freundinnen oder Gonsior anging, sondern auch sie.

»Marion war dabei gewesen«, flüsterte sie und dachte über ihre eigenen Worte nach, die sie sogleich erschreckten.

Wieso denn Marion?

Petra und Sybille waren tot, aber Marion nicht. Oder sollte sie inzwischen auch gestorben sein?

Dieser Gedanke sorgte für einen rasenden Herzschlag. Wieder schoß die Furcht in ihr hoch. Kerstin empfand sie als eine feurige Lohe, die selbst ihre Haarspitzen erreichte. Sie spürte, wie schwer es ihr fiel, auf den Beinen zu bleiben. Sie hatte den Eindruck, alles in ihrem Zimmer würde sich drehen, und sie bekam kaum mit, daß sie sich auf einen Stuhl setzte. Erst als sie den Arm bewegte und mit dem Ellbogen am Telefon stieß, da durchzuckte sie die Erkenntnis wie ein Blitzstrahl.

»Hilfe, ich brauche Hilfe!« flüsterte sie. Kerstin kannte nur einen, der ihr zur Seite stehen würde und dem sie auch vertrauen konnte. Das war John Sinclair.

Und sie wählte mit Zitterfingern die Nummer des Dom-Hotels ...

»Fühlst du dich wohl, John?«

Ich lachte glucksend. »Sollte ich das? Weil du neben mir liegst?«

»Könnte ja sein.«

»Nicht unbedingt«, gab ich zurück.

»Ja, ja«, seufzte Bill, »du magst mich eben nicht. Ich spüre das genau. Da bin ich sehr sensibel.«

»Immerhin etwas.«

Im Zimmer war es halbdunkel. Ich hatte die Vorhänge nicht ganz zugezogen und schaute durch das große Fenster zum Dom. Er wurde des Nachts angestrahlt, als sollte er die Stadt und seine Bewohner vor dem Bösen beschützen.

Nichts gegen dieses wunderbare Bauwerk, aber ob er es schaffte, war zumindest für mich fraglich. Denn ich gehörte zu den Wissenden, im Gegensatz zu den zahlreichen Bewohnern, die möglicherweise in den Kreislauf des Schreckens hineingerieten.

Schlafen konnten wir beide nicht richtig. Nur ein kurzes Wegtauchen, aus dem wir immer wieder erwacht waren. Rechts von mir malte sich Bills Gestalt ab. Wie ich, so lag auch er auf dem Rücken, schaute zur Decke und hatte seine Hände hinter dem Kopf verschränkt. Komisch war immer nur gewesen, daß wir beide stets zur selben Zeit nach dem kurzen Wegtauchen erwachten.

Ich hörte ihn stöhnen. »Irgend etwas stört mich, John.«

»Doch nicht ich.«

»Auch das.«

»Vergiß nicht, daß ich das Zimmer auf meinen Namen gebucht habe.«

»Keine Sorge, du Geizhals, aber etwas anderes läßt mich nicht schlafen.«

»Was denn?«

»Kann ich schlecht sagen. Ich habe den Eindruck oder das unbestimmte Gefühl, daß in naher Zukunft noch etwas passieren wird. Frag mich nicht weiter, denn ich weiß nichts Genaues, aber könnte es dir nicht ebenso ergehen?«

»Da liegst du richtig.«

»Wunderbar. Aber du bist auch länger in Köln.«

»Was hat das denn damit zu tun?« fragte ich verwundert.

»Vergiß es. Ich wollte eigentlich nur wissen, mit wem du hier alles Kontakt gehabt hast, abgesehen von dieser Kerstin.«

»Mit Krüger, dem Kommissar.«

Bill lachte unterdrückt. »Ist der auch blond?«

Ich schnaufte und setzte mich aufrecht. Im Dunkeln sah ich, daß Bill breit grinste. »Kannst du eigentlich an nichts anderes als nur an Blondinen denken?«

»Fällt mir schwer, wenn ich an die Witze denke. Kennst du den? Da sitzen vier Blondinen ...«

»Nein!« rief ich. »Bitte, ich will meine Ruhe haben! Außerdem sind die Witze sexistisch und – out.«

»Schade.«

»Tu mir einen Gefallen und schlaf jetzt!«

Bill salutierte. »Jawohl, Sir, ich werde es versuchen.«

Er hielt tatsächlich den Mund. Außerdem waren wir mittlerweile müde geworden, und der Körper fordert nun eben mal sein Recht.

Unser Schlaf dauerte nicht lange. Er wurde brutal durch das Geräusch des anschlagenden Telefons zerstört. Ich hörte es zwar, lag aber noch zu tief in Morpheus' Armen, um schneller reagieren zu können. Da war Bill schon besser.

Er hob ab und meldete sich. Ich hörte ihn sprechen, und seine Worte wurden allmählich immer klarer. »Aber nein, Sie stören gar nicht. Um Himmels willen!« Bill drehte sich zur Seite und streckte mir den Hörer entgegen. Sein Grinsen sah ich dabei nicht, aber ich hörte ihn sprechen. »Es ist Krüger.«

»Danke.« Ich hatte mich schon gesetzt, drückte den Hörer ans Ohr und wollte den Kommissar ansprechen, als ich das Keuchen hörte, das bestimmt nicht von einem Mann stammte und erst recht nicht von Krüger.

»Ja bitte ...?« Ich lauschte und drohte Bill dabei mit der linken Faust. »Du, Kerstin? Himmel, was ist denn passiert?« Ich hörte zu und sagte dann: »Nein, nein, das ist schon in Ordnung, daß du um diese Zeit anrufst. Was ist los?« Wieder mußte ich zuhören. Wäre es hell gewesen, hätte auch Bill sehen können, wie ich allmählich erbleichte. »Keine Panik, Kerstin, ich komme sofort!«

Damit legte ich auf. Bill hatte die Lampe an seiner Bettseite eingeschaltet. Er gab keinen Kommentar ab und schaute zu, wie ich aus dem Bett sprang und hastig in meine Klamotten schlüpfte.

»Ich will ja nichts sagen, John, aber ...«

»Dann laß es auch.«

»In meiner Jugend«, redete er weiter, »war das irgendwie anders. Da gab es keine Anrufe in der Nacht, wenn man einen sexuellen Notstand hatte. Man lernte sich kennen, ging zunächst einige Male miteinander essen. Dann kam es zum ersten Kuß. Es folgte der Besuch bei den Eltern des Mädchens ...«

Ich war mittlerweile angezogen und blieb neben dem Bett stehen. »Hör auf, Bill, die Sache ist ernst. Kerstin hat ein echtes Problem.«

Jetzt nickte mein Freund nur.

Auf einem Zettel schrieb ich Bill Kerstins Adresse auf, die sie mir durchgegeben hatte.

»Solltest du nichts mehr von mir hören, dann fahr morgen früh zu ihr.«

Bill nahm den Zettel entgegen. »Sonst noch was?«

»Nein.« Ich war schon auf dem Weg zur Tür und hörte Bills Stimme.

»Sei nur vorsichtig, Alter ...«

Kerstin Möller war mir in die Arme gefallen, als ich die Schwelle zu ihrer Wohnung überschritt. Sie zitterte, sie war erleichtert und aufgeregt zugleich, und sie hatte mich tiefer in das Zimmer geführt, wo das Licht der Deckenleuchte auf einen großen Tisch fiel und die dort aufgestapelten alten Bücher und jede Menge beschriebener Seiten beleuchtete.

Kerstin klopfte mit der flachen Hand auf die Papiere. »Das ist es, John, nichts anderes.«

»Was meinst du denn?«

»Das Ergebnis unserer wochenlangen Arbeit. Wir haben doch eine Arbeit über Hexenverbrennungen im Mittelalter geschrieben, und hier liegen die Tatsachen.«

»Ja, das sehe ich. Aber wäre es nicht besser, wenn du anfängst, der Reihe nach zu erzählen?«

»Das wollte ich sowieso.«

»Sehr schön.«

Kerstin überlegte einen Moment. Dann sagte sie: »Nach unserem Besuch beim Rabenstein hat eigentlich alles angefangen ...«

»Rabenstein?« wiederholte ich.

Kerstin nickte. »Es ist ein historischer Platz mit einem nicht sehr guten Ruf. Früher wurden dort Hexen verbrannt. Wir wollten uns dort mal umschauen. Eben wegen unserer Studienarbeit.«

»Ja, das kann ich verstehen. Und weiter?«

Kerstin wich meinem Blick aus. Sie erinnerte mich plötzlich an eine Person, die jegliche Energie verloren hatte. »Du wirst es nicht glauben, John, aber es ist ein Blackout. Eine Gedächtnislücke. Bei jeder von uns. Bei Sybille, Marion und Petra.«

Ich schwieg.

Das gefiel ihr auch nicht, denn sie wußte nicht, was sie noch sagen sollte. Kerstin schaute wieder auf die Unterlagen, bevor sie erneut anfing. »Wir waren dort bei Einbruch der Nacht. Seit dieser Zeit wiederholt sich dieser eine Traum. Und er wird von Nacht zu Nacht stärker und deutlicher. Da treten immer mehr Einzelheiten hervor. Ich habe dir ja kurz am Telefon davon berichtet. Ich weiß nicht, John, ich komme damit nicht mehr zurecht.«

»Das ist begreiflich.«

»Weißt du denn die Lösung? Du bist doch Fachmann auf dem Gebiet.« Sie schaute mich schon bittend an.

»So einfach ist das nicht, Kerstin, wir müssen schon nachdenken und auch spekulieren. Bleiben wir bei deinem Traum. Könnte es sein, daß bei dir das Unterbewußte erwacht ist?«

Kerstin sagte zunächst einmal nichts. Sie starrte mich nur an. Es war beinahe zu sehen, wie die Gedanken hinter ihrer Stirn wirbelten. »Ja«, sagte sie dann. »Ja, genau. Das muß es sein.«

»Was genau?«

Aufgeregt wirbelte sie mit den Händen durch die Luft. »Stell dir vor, John, wir stehen am Rabenstein. Alle vier sind wir dort. Es wird immer schlimmer.« Sie drückte die Arme jetzt hoch. »Das Feuer lodert, als wollte es den Himmel fressen, und schließlich steht der ganze Rabenstein in Flammen.« Sie schnappte nach Luft. Die Aufregung hielt sie voll und ganz unter Kontrolle. »Wir aber!« keuchte sie. »Wir aber – wir sind keine Menschen mehr, sondern tanzen als lebende Leichen, als schreckliche Zombies ...!«

Das letzte Wort schrie sie noch, bevor sie schluchzend zusammenbrach, aber nicht zu Boden fiel, weil ich sie auffing.

Ich wartete. Kerstin befand sich in einem Zustand, wo ich einfach Geduld mit ihr haben mußte. Ihre Folgerungen waren schrecklich gewesen, aber nicht von der Hand zu weisen, denn gerade ich kannte mich da besonders gut aus.

Allmählich fand sie wieder zu ihrem Normalzustand zurück. Noch lag sie in meinen Armen, aber sie hob den Kopf an, so daß sie mich anschauen konnte und ich diesem Blick auch nicht auswich.

Ich wollte sie noch nicht darauf ansprechen und verlängerte die Pause, aber Kerstin dachte anders darüber. »Du glaubst mir nicht – oder? Sei ehrlich, John!«

Ich lächelte, was sie nicht beruhigte und eine Antwort abermals von mir verlangte. »Weißt du, es ist so: Wenn ich dir nicht glauben würde, wäre ich dann hier? Ich hätte deinen Anruf auch als Spinnerei abtun können, um dir anschließend zu raten, bis zum Morgen zu warten, wo wir wieder Kontakt aufnehmen. Okay?«

Kerstin schloß für einen Moment die Augen. Sie wirkte direkt verschämt. Auf ihrem Gesicht zeichnete sich die Erleichterung ab. »Danke, John, das hast du schön gesagt.«

»Na ja, es war ja nicht schwer. Jedenfalls bin ich jetzt hier und denke auch nicht daran, so schnell zu verschwinden.«

»Das freut mich.«

Ich ließ Kerstin los und wanderte durch das Zimmer. Die Einrichtung nahm ich kaum wahr, da sich meine Gedanken mit Kerstins Träumen beschäftigten. Nach dem dritten Rundgang blieb ich stehen und schnickte mit den Fingern. Meine Stimme klang ziemlich geschäftsmäßig, als ich die Studentin ansprach. »Bitte, Kerstin, versuch noch einmal, dich auf den Traum zu konzentrieren. Ich brauche Einzelheiten. Ich möchte gern wissen, was dir noch alles aufgefallen ist.«

»Das habe ich dir doch gesagt.«

»Nicht mehr?«

»Nein, John, es war nur schrecklich. Widerlich, so grausam.«

»Ja, das kann ich verstehen. Ein Alptraum nimmt

jeden Menschen mit. Da mache auch ich keine Ausnahme. Trotzdem ist mir dabei etwas aufgefallen, bitte.«

»Was denn?«

Die Frage fiel mir nicht leicht, ich mußte sie trotzdem stellen. »Befand sich Marion Baumann auch unter den tanzenden Zombies?«

Kerstin nickte und biß dabei auf ihre Unterlippe.

»Das ist ...«

Sie ließ mich nicht weiterreden, weil ihr plötzlich noch etwas eingefallen war. »John, da war noch jemand!«

»Wer denn?«

»Jetzt fällt es mir ein!« flüsterte sie scharf. »Ein Mann. Ein Mann mit pechschwarzen Augen.«

»Kanntest du ihn?«

Sie lachte mich scharf an. »Und ob ich ihn kannte. Es war Gonsior, Viktor Gonsior.« Sie war plötzlich so aufgeregt wie vorhin, und ich mußte sie zunächst einmal beruhigen.

»Ganz langsam, Kerstin. Wer, zum Henker, ist dieser Gonsior?«

Es fiel ihr schwer, aber sie schaffte es, sich wieder besser unter Kontrolle zu bekommen. »Gonsior ist unser Institutsbibliothekar. Ein seltsamer Kauz. Einer, vor dem man richtig Angst bekommen kann. Außerdem trägt er einen abartigen Ring und hat mit dessen scharfer Kante Sybille als auch Marion verletzt. Sybille an der Hand, Marion am Arm. Beide haben geblutet.«

»Und das hast du gesehen?«

»Klar, sonst hätte ich es nicht gesagt.«

Die Aussage gefiel mir, denn allmählich nahm der Fall Gestalt an. Er trat hervor aus der diffusen Finsternis, die ihn bisher umschwebt hatte. »Du hast bisher nur von Marion und Sybille gesprochen. Aber was war mit Petra Klinger?«

»Tja – hm.« Sie überlegte und hob dabei die Schultern.

»Das weiß ich auch nicht so genau. Wir waren gemeinsam bei der Ruine. Danach hat sich Petra von uns ziemlich isoliert. Außerdem setzte sie sich ja nach London ab.«

»Wo sie leider starb«, murmelte ich.

»Ja, ich weiß.«

Ich dachte nach. Der Name Gonsior wollte mir einfach nicht aus dem Kopf. Er spukte ständig herum. Ich war davon überzeugt, ein wichtiges Teil des Puzzles in der Hand zu halten.

»Woran denkst du denn jetzt, John?« Kerstin mußte auflachen. »Du siehst so richtig finster aus, wie jemand, der unbedingt über etwas nachgrübeln will.«

»Es geht um Gonsior.«

Kerstins gute Laune war sofort wieder verschwunden. »Der Kerl ist einfach eklig.«

»Das mag sein, aber so subjektiv darf ich nicht denken, und du solltest es auch nicht tun. Ich habe eine Bitte an dich. Könntest du mich morgen früh zu diesem Viktor Gonsior bringen?«

»Ja, kein Problem.«

»Sehr gut.« Ich ging zum Sofa und setzte mich hin. »Das wird uns bestimmt weiterbringen.«

Kerstin sagte nichts. Sie lächelte nur etwas scheu. Danach schüttelte sie sich wie jemand, der einen plötzlichen Angstschauer erleidet.

»Komm zu mir«, bat ich sie.

»Gern.« Ihre Augen leuchteten auf, als sie sich neben mich setzte, und sie schauerte etwas zusammen, als ich ihre Hände nahm und sie streichelte.

»John, das tut gut«, flüsterte sie. »Ich habe Angst. Große, wahnsinnige Angst, wie ich sie überhaupt nicht kenne. Kannst du das begreifen?«

»Und ob ich dich verstehe. Sogar sehr gut.«

»Dann kennst du das auch?«

»Klar!«

Sie schaute mir direkt in die Augen. »Wer keine Angst hat, der kann auch nicht mutig sein, habe ich mal gelesen.«

»Stimmt.«

Kerstin holte durch die Nase Luft. Sie seufzte leise, schmiegte sich noch enger an mich, und ich spürte die Wärme ihres Körpers. Die Augen bekamen einen bestimmten Glanz, und als Kerstin den Mund öffnete, da wußte ich, was sie wollte.

Ich hätte ihr gern diesen Gefallen getan und auch mir selbst, aber nicht in dieser Situation, wo sie psychisch angeschlagen war.

Ich wäre mir wie ein ›Ausnutzer‹ vorgekommen, was ich nicht sein wollte.

Sicherlich ergab sich die Gelegenheit noch öfter, und so zog ich meinen Kopf zurück.

»Da wäre noch etwas«, sagte ich und zerstörte durch meine Worte den Zauber.

Kerstin zuckte zusammen. Sie wischte über ihre Augen. »Was denn?«

»Mir ist etwas aufgefallen.« Ich näherte mich mit Daumen und Zeigefinger ihrem Hals, wo sich auf der Haut eine Kette abzeichnete. »Hängt noch etwas daran?« fragte ich.

»Ja, ein – ein Kreuz!« Sie sprach es so aus, als würde sie sich dafür schämen.

»Darf ich es sehen?«

»Klar, wenn du magst.«

Ich zog es hervor. Es war kein normales Kreuz, wie man es in jedem Schmuckgeschäft kaufen konnte, sondern ein Erbstück. Alt und sehr edel aussehend. Mit Patina bedeckt und leicht schimmernd. »Es ist sehr hübsch, Kerstin. Glaubst du auch an die Kraft des Kreuzes?«

Sie verzog das Gesicht. »Ich weiß nicht so recht. Es ist ein Erbstück meiner Großmutter.«

Mein Gesicht bekam einen ernsten Ausdruck. »Ich würde dir raten, es nicht abzulegen. Trage es immer. Bei Tag und auch in der Nacht. Das mußt du mir versprechen.«

»Mach ich.« Kerstin streichelte meine Wange. »Du glaubst gar nicht, wie froh ich bin, daß du gekommen bist. Danke. Damit hätte ich nicht rechnen können.«

Das Lob war mir peinlich. »Unsinn, Mädchen. Das hat einfach dazugehört.«

»Nicht jeder hätte es getan.«

»Das kann ich auch nicht sagen.«

»Ha, viele Menschen sind eben schlecht.«

Ich winkte ab. »Darüber zu diskutieren, lohnt sich nicht. Am besten wird es sein, wenn du dich jetzt schlafen legst.«

»Und du?«

»Keine Sorge«, erwiderte ich. »Ich bleibe dir erhalten und werde nicht verschwinden.«

»Dann bleibst du also?«

»Richtig.« Ich nickte ihr zu. »Aber nicht nur wegen dir, Kerstin, sondern auch wegen der Bücher und eurer Nachforschungen. Sie scheinen mir sehr interessant zu sein, und ich möchte herausfinden, mit was ihr euch beschäftigt habt.«

Kerstin stand auf. »Das ist ein Hammer! Dann willst du hier noch arbeiten?«

»Es ist wirklich besser so.« Auch ich erhob mich. »Weißt du, jemand wie ich geht nicht gern uninformiert in einen Fall hinein, das mußt du verstehen.«

»Ja, das stimmt.« Sie stellte sich auf die Zehenspitzen und hauchte mir einen zärtlichen Kuß auf die Lippen. »Ich denke, daß ich jetzt schlafen kann, John.«

»Das hoffe ich für dich.«

»Gute Nacht.« Mit diesem Gruß verließ Kerstin Möller das Zimmer und ließ mich allein.

Ich setzte mich sofort an den Tisch und begann damit, in den Aufzeichnungen zu blättern. Ich wußte, daß Kerstin enttäuscht sein würde, aber diese Dinge hier waren wichtiger als das oft allzu Menschliche, auch wenn Kerstin attraktiv war.

Informationen mußten her. Ich las mich ein in die Materie und merkte dabei kaum, wie schnell die Zeit verging ...

Es gab noch jemanden, der in dieser Nacht nicht schlafen konnte und seine Probleme hatte.

Es war Frank, der den Tod seiner Freundin Marion nicht überwinden konnte.

Eines jedoch stand für ihn fest.

Er konnte und durfte Marion nicht in seiner Badewanne liegenlassen. Er durfte sie nicht mal im Haus behalten, sondern mußte sie wegschaffen.

Aber wie und wohin?

Frank hatte lange überlegt und war dann zu einem Entschluß gekommen. Er wußte von einem in der Nähe stehenden Haus, das abgerissen werden sollte. Die Mieter waren bereits ausgezogen, was natürlich von Vorteil war.

In dem Haus gab es Keller. Sie waren für ihn wichtig. In einem dieser Räume konnte er die Tote ablegen. Es würde lange dauern, bis man sie fand – wenn überhaupt.

Aus früheren Zeiten hing noch ein langer, schwarzer Mantel in Franks Schrank. Er hatte ihn damals gern getragen, auch wenn er ihm bis zu den Knöcheln gereicht hatte. Jetzt war die Mode out, aber der Mantel hing noch im Schrank. Er war nicht als Spende bei einer Altkleidersammlung gelandet.

Die lange Zeit des Wartens war vorbei. Längst hatte die Dunkelheit den Tag gefressen, und im Schutz der Nacht konnte er sich voranarbeiten, das stand fest.

Die Tür zum Bad hatte er schon geöffnet, als er den Mantel aus dem Schrank holte, ihn über den Arm legte und das kleine Badezimmer betrat. Marion lag noch immer in der Wanne wie eine starre Puppe, deren Haut etwas gefärbt worden war. Obwohl Frank sie schon einige Male gesehen hatte, konnte er sich nicht an den Anblick gewöhnen. Der Tod hatte für ihn ein zu schreckliches Gesicht.

Dann machte er sich an die Arbeit. Es war noch Platz genug, um den Mantel vor der Wanne ausbreiten zu können. Frank atmete jetzt schon heftig, und er zitterte auch, aber er mußte weitermachen und versuchen, so cool wie möglich zu bleiben.

Frank beugte sich über den Rand der Wanne hinweg und tauchte seine Arme hinein. Mit den Fingern umfaßte er die kalte Haut der Toten und schauderte bei der ersten Berührung zusammen. Um seine Mundwinkel grub sich ein Zug des Ekels. Er schüttelte sich und wäre am liebsten verschwunden, aber was getan werden mußte, das mußte er einfach tun.

Teufel, wie schwer Marion war!

Als Lebende hatte sie dieses Gewicht nicht auf die Waage gebracht. Er mußte sich schon anstrengen, um sie aus der Wanne zu holen, und beinahe wäre sie ihm noch aus den Händen geglitten.

Vor der Wanne prallte sie dann auf den Boden.

Das heißt, sie blieb schon auf dem zurechtgelegten Mantel liegen, den linken Arm gegen die Kacheln geklemmt, den rechten zur Seite ausgestreckt, wobei die starre Hand direkt auf die offene Tür hinzeigte, als wollte sie sich gleich erheben und dort verschwinden.

Frank arbeitete jetzt wie ein Automat. Er hatte es

geschafft und seinen Denkapparat ausgeschaltet. Den rechten Arm nahm er hoch und legte ihn dann eng gegen den Körper.

So lag sie richtig. Frank wickelte den starren Körper in den Mantel ein und war zufrieden, daß nichts von ihr hervorschaute. Er wuchtete die Tote über seine Schulter, verließ die Wohnung und blieb zunächst zitternd im Treppenhaus stehen.

Nichts war zu hören. Die nächtliche Stille und ein schwaches Dämmerlicht lagen über dem Treppenhaus.

Frank wünschte sich, eine Stunde älter zu sein. Dann hätte er alles hinter sich gehabt. So aber lag der Weg des Schreckens noch vor ihm, aber er mußte ihn gehen.

Das Haus verließ er durch einen Hintereingang, in Richtung Hinterhöfe.

Frank schaffte es.

Er hätte am liebsten laut gejubelt, als er das alte Abrißhaus mit seiner makabren Last betrat. Er stolperte in das Dunkel hinein, hielt sich aber auf den Beinen und war froh über das rostige und verstaubte Geländer an der Kellertreppe.

Schon ziemlich erschöpft wankte er in die Tiefe und in eine tintige Finsternis hinein.

Dagegen kämpfte er mit dem Licht einer Taschenlampe an, die er sich vor dem Verlassen der Wohnung noch eingesteckt hatte. Im kalten Licht dieser hellen Lanze tanzte der Staub. Der Kegel wischte über altes Mauerwerk hinweg, das an einigen Stellen breite Risse aufwies, weil der Putz dort abgefallen war.

Er sah auch die Kellertüren.

Sehr stabil kamen sie ihm nicht vor. Mit der freien Schulter brach er eine Tür auf, die zusammen mit ihm in die Finsternis fiel, auf den Boden prallte, und genau in diesem Augenblick rutschte ihm auch die tote Marion von der Schulter.

Er ließ sie liegen. Selbst hatte er sich abstützen können. Als er seine Hand wieder zurückzog, klebten graue Spinnweben auf der feuchten Fläche.

Geschafft!

Das Gefühl der Euphorie überkam ihn und verdrängte dabei den Zustand der Erschöpfung.

»Ich bin gut!« keuchte er und hämmerte sich diesen Satz immer wieder ein, als er den dunklen Keller und später auch das alte Abrißhaus verließ. An die tote Marion dachte er kaum noch. Sie hatte einen guten Platz gefunden.

Meinte Frank ...

Der Morgen graute bereits. Die Stadt Köln war aus ihrem Schlaf erwacht. Der Berufsverkehr lief an, und ich hockte noch immer über den Unterlagen, denn ich hatte die restlichen Stunden der Nacht durchgelesen und einiges erfahren.

Es war eine wirklich harte Arbeit gewesen, die sich die vier Studentinnen da aufgehalst hatten, aber es hatte sich letztendlich gelohnt, wie ich wußte.

Ich gähnte, es war beinahe ein Dauerzustand. Ich hatte nicht nachgezählt, wie oft mich dieses Zeichen der Müdigkeit überfallen hatte. Aber an Schlaf war trotzdem nicht zu denken. Der Fall mußte gelöst und aus meiner Sicht auch vorangetrieben werden. Das wollte ich durch einen Telefonanruf bei Bill Conolly in die Wege leiten.

Man verband mich mit Bills Zimmer, und ich hörte die frisch klingende Stimme meines Freundes, der im Gegensatz zu mir wohl gut geschlafen hatte.

»Ich bin es, Bill«, sagte ich und wühlte mit der freien Hand durch mein Haar.

»Morgen, Geisterjäger. Hast du gut geschlafen oder dich anderweitig beschäftigt?«

»Laß die Scherze jetzt. Wann willst du ins Archiv?«

»Nach dem Frühstück.«

»Vergiß es. Fahr sofort hin und komm dann zu der Adresse, die ich dir gestern gegeben habe.«

»Zu Kerstin Möller?«

»Wohin sonst?«

»Mach ich, John.«

»Aber bitte, beeil dich!«

Ich legte den Hörer mit einer schwerfälligen anmutenden Bewegung auf und nahm wahr, daß die Tür geöffnet wurde. Kerstin stand auf der Schwelle und lehnte dabei übermüdet am Rahmen. Sie mußte ebenfalls nur wenig oder überhaupt nicht geschlafen haben.

»Kaffee oder Tee?« fragte sie.

»Morgen«, sagte ich. »Das erste, bitte. Aber stark.«

»Gut. Willst du duschen?«

»Nein, jetzt nicht.«

»In einer Viertelstunde ist alles fertig.«

Da hatte sie nicht zuviel versprochen, denn fünfzehn Minuten später saßen wir tatsächlich am Frühstückstisch beisammen, waren zunächst einmal stumm, gähnten uns beide hin und wieder an und tranken zunächst nur Kaffee.

Ja, das war einer, der Tote erwecken konnte, obwohl mir dieser Vergleich momentan nicht so sehr gefiel, wenn ich an Kerstins Traum dachte, und den hatte ich auch in den vergangenen Stunden nicht vergessen. Die braune Brühe möbelte uns zwar etwas auf, aber eine gute Stimmung verbreitete sie nicht.

»Du hast also alles gelesen, John?«

Ich wiegte den Kopf. »Wie man's nimmt. Ich habe mir einen Überblick verschaffen können, weiß aber noch nicht im Detail, worum es bei eurer Studienarbeit geht.«

Kerstin verzog die Lippen. »Es hört sich jetzt etwas überspitzt an, wenn ich es dir jetzt sage.«

»Ich höre.« Die Tasse hatte ich zwischen meine Hände geklemmt und wartete auf Kerstins Antwort.

»Es geht um die Wurzeln des mittelalterlichen Frauenbildes. Reflektiert an der Emanzipation des zwanzigsten Jahrhunderts.«

Ich stellte die Tasse wieder ab. »Ah ja – hm.« Ich deutete auf die Unterlagen, die Kerstin beim Decken des Tisches zur Seite geschoben hatte. »Und ihr habt wirklich geglaubt, daß die Emanzipation mit den Hexenverbrennungen begonnen hat?«

»Nein, John. Sie wurde dadurch verzögert.«

Da war ich anderer Ansicht. »Tut mir leid, Kerstin, ich halte das für einen ausgemachten Blödsinn. Die Leute damals haben sich wirklich gefürchtet, und zwar vor echten Dämonen.«

Etwas düpiert und entsprechend steif lehnte sich Kerstin zurück. »Das ist typisch Mann«, erklärte sie. »Du und deine Artgenossen, ihr habt nichts dazugelernt. Ihr würdet ja heute noch die Frauen verbrennen, die euch unbequem geworden sind.«

»Moment mal. Da muß ich widersprechen, Kerstin, ob es dir nun paßt oder nicht. Was du mir gerade erklärt hast, stimmt auf keinen Fall. Das ist einfach Unsinn. Aber *echte* Hexen *muß* man verbrennen. Anders geht es nicht. Man muß ihr Herz vernichten. Hast du das begriffen?«

Kerstin zögerte einen Moment mit der Antwort. Dann sagte sie mit leiser, aber leicht drohend klingender Stimme. »Ja, das habe ich, John Sinclair. Sehr gut sogar.« Mit einer raschen Bewegung beugte sie sich über den Tisch hinweg.

Ihre heranfliegende Hand sah ich zu spät. Aber ich hörte den Schlag gegen meine Wange klatschen und spürte sofort das Brennen auf der Haut, die sich sicherlich auch rötete.

»Danke«, sagte ich nur.

Kerstin ballte die Hände zu Fäusten. Sie trommelte damit durch die Luft. »Ihr Männer seid Schweine in Schuhen. Ekelpakete. Einfach widerlich – manchmal.«

Ich rieb meine linke Wange.

»Kerstin, ich muß dir leider sagen, daß du keine Ahnung hast.«

Sie lachte spöttisch auf und blaffte mich dann an. »Aber du hast die große Ahnung, wie? – Sinclair, der Spezialist. Der große Kenner. Der mächtige Alleswisser …«

»Das ist doch Unsinn!«

»Ach? Auf einmal? Daß ich nicht lache.« Sie reckte ihr kleines Kinn vor. »Hexen, sagst du? Und woran erkennt man sie? Laufen sie mit einem Buckel herum? Reiten sie auf einem Besen durch die Nacht? Schreien sie nach dem Teufel, um mit ihm zu bumsen?«

Sie wartete auf meine Antwort. Ich ließ mir Zeit, denn Kerstin sollte ruhiger werden. »Wenn das alles so wäre, wie du es dir vorstellst, gäbe es weniger Hexen. Eines steht fest: Hexen können sich nicht vermehren.«

»Na toll. Und warum gibt es dann so viele von ihnen – angeblich.«

»Sie werden wiedergeboren. Um das zu verhindern, muß man ihr Herz vernichten. Damit ist die Wiedergeburt dann ausgeschlossen.«

Kerstin Möller blieb ruhig sitzen. Sie schaute auf ihre Kaffeetasse. Meine Worte schienen sie schon beeindruckt zu haben. Es war auch völlig natürlich, daß sie so aggressiv reagiert hatte. In dieses Gebiet war sie als junge Studentin nie eingetaucht. Sie hatte bisher in ihrer Welt gelebt und wollte den Hexenglauben und die damit verbundenen Greuel rational erfassen. Zusammen mit ihren drei Freundinnen, von denen zwei jetzt allerdings tot waren.

»Tut mir leid, John. Von dieser Theorie habe ich noch

nichts gehört. Das stand auch nicht in meinen Unterlagen.«

»Kann ich mir vorstellen.«

»Und woher weißt du das alles?«

Ich hob die Schultern. »Es sind Erfahrungswerte. Außerdem beschäftige ich mich beruflich mit un- und außergewöhnlichen Phänomenen. Und es gibt in der Kirche seit Jahrhunderten eine Erforschung dieser Gegenwelt. Das sind Fakten.«

Kerstin blickte mich an. Sie überlegte. Auf ihrer Stirnhaut bildeten sich Falten. »Weißt du, was ich dazu nur sagen kann?«

»Nein.«

Sie schlug mit der flachen Hand auf den Tisch und hätte beinahe den Teller erwischt. »Bullshit, John, nicht mehr und nicht weniger. Das ist einfach Bullshit! Aber«, jetzt hob sie die Schlaghand. »Ich gebe zu, daß du ihn überzeugend vorgetragen hast. Kompliment.«

»Oh – danke.«

Es klingelte an der Wohnungstür, und Kerstin schrak zusammen, während ich aufstand.

»Wer kann das denn sein, John?«

»Mein Freund Bill Conolly. Ich bin nicht allein hier in Köln. Er unterstützt mich. Ich habe ihm deine Adresse gegeben.« Ich verließ das Zimmer, betrat den Flur und öffnete wenig später die Tür, vor der Bill stand und mich angrinste.

»Alles klar?«

»Ja.«

»Du siehst trotzdem müde aus.«

»Komm rein.«

Wenig später lernte Bill Kerstin kennen, die sagte: »Sie also sind Bill Conolly.«

»In Lebensgröße. Wieso? Haben Sie schon von mir gehört?«

»Ja . . .«

»O je, das kann nichts Gutes gewesen sein. Wie dem auch ist, wir sollten uns an die Arbeit machen. Ich war nämlich inzwischen im Archiv, während ihr beide hier so nett zusammengesessen habt.« Er hielt einen Stapel Blätter hoch.

»Er hilft dir also wirklich?« fragte mich Kerstin leicht angesäuert.

»Ja, das weißt du.«

»Ach Gott, zwei von der Sorte.«

»He, he!« rief Bill. »Die Stimmung hier ist ja prächtig. Fast wie bei einer Ladung Dynamit, bei der schon die Lunte brennt.«

»Stimmt!« gab ich ihm recht. »Und aus diesem Grunde werde ich mich jetzt verabschieden und dich mit Kerstin allein lassen.« Ich wandte mich an die Studentin. »Zu Viktor Gonsior finde ich auch allein. Aber zuvor muß ich noch zu Krüger.«

Bill, der wirklich nicht auf den Mund gefallen war, konnte nur staunen. Er schaute zu, wie ich mir meinen Mantel schnappte und die Wohnung mit schnellen Schritten verließ.

Der Reporter schüttelte den Kopf. »He!« wandte er sich dann an Kerstin. »Was hat er denn?«

Kerstin hob die Schultern und sah dabei ein wenig verlegen aus. »Ach, da ist nichts weiter.«

»Hören Sie auf, ich kenne meinen alten Spezi doch. Was war zwischen euch beiden?«

Die Studentin funkelte Bill an. »Nicht das, was Sie denken.«

Er wehrte ab. »Um Himmels willen. Wenn es das gewesen wäre, dann hätte ich hier . . .«

Sie ließ ihn nicht ausreden. »Ich habe ihm eine gescheuert. Geklebt. Ihm eine Ohrfeige gegeben.«

Bill hörte die Antwort. Er schaute Kerstin an, schüttelte den Kopf, sah aber, daß sie nicht gelogen hatte, und brach plötzlich in schallendes Gelächter aus, wobei er sich noch auf die Schenkel schlug. »Wenn ich mir vorstelle, wie das gewesen ist, möchte ich die Zeit gern zurückdrehen, um das mitzuerleben.«

»Darauf kann ich verzichten.«

»Das glaube ich Ihnen gern.«

Es klingelte.

»Lassen Sie mal«, sagte Bill. »Ich werde öffnen.« Wenig später hatte er die Wohnungstür aufgezogen. Ein ziemlich genervter John Sinclair lehnte am Türrahmen.

»He, was willst du denn noch hier?«

»Hast du ein Auto?«

Als Antwort griff Bill in die Tasche, holte die Porscheschlüssel hervor und warf sie seinem Freund zu.

»Danke.«

Große Augen, lange Haare, ein lächelnder Mund, bekleidet mit einer Uniform, so lernte ich die junge Polizistin kennen, die vor dem Bildschirm eines Computers in der Polizeizentrale saß und auf den Monitor schaute. Ich hatte mich neben ihr aufgebaut, während sich Kommissar Krüger mürrisch im Hintergrund hielt.

»Dann fangen wir mal an, Herr Sinclair.«

»Womit?«

Sie errötete leicht, räusperte sich dann und hatte sich wieder gefangen. »Also, hier steht es. Viktor Gonsior, wohnhaft in Köln, nicht vorbestraft, beschäftigt an der Uni, geboren am ...«

Sie zählte mir die einzelnen Daten auf, die ich zusätzlich auf dem Monitor ablesen konnte. Sogar zu einem Fazit kam sie, denn sie sagte: »Der Mann ist absolut nicht verdächtig. Keine Vorstrafen – nichts. Er hat eine lupenreine Weste.«

»Zu rein?« fragte ich.

»Finden Sie es heraus.«

Ich wollte mich damit nicht zufriedengeben und legte ihr eine Hand auf die Schulter. »Wenn Sie trotzdem so lieb wären und noch einmal genau nachforschen würden ...«

Jetzt war es Krüger zuviel. Ich hörte seine Stimme in meinem Rücken. »Himmel, Sinclair, haben Sie denn immer noch nicht genug? Sie haben doch gehört, was die Kollegin Ihnen sagte. Gonsior ist sauber. *Sie* sind auf dem Holzweg. Viktor beißt keine Witwen oder Jungfrauen und schläft auch nicht auf Friedhöfen.«

Ich kam um einen Kommentar herum, denn die hübsche Polizistin mischte sich wieder ein. »Da wäre noch etwas«, sagte sie und deutete auf den Schirm, auf dem jetzt einige andere Informationen standen. »Gonsior hat bis vor zwei Monaten als Kirchenrestaurator gearbeitet. Dann ist er Bibliothekar am Ethnologischen Institut der Uni Köln geworden.«

»Das ist doch nichts Schlimmes!« blaffte Krüger.

Ich kümmerte mich nicht um seine Bemerkung, sondern wandte mich wieder an die hübsche Kollegin. »Ich hatte Ihnen ja noch einen Namen genannt. Frank Gällweiler.«

»Moment.« Sie drückte eine Taste, bewegte auch ihre Maus. Ein neues elektronisches Blatt erschien mit anderen Informationen. Wieder las die Polizistin vor. »Hier – Gäliweiler, Frank. Er ist vorbestraft. Hehlerei und Drogenmißbrauch. Ist auf Bewährung draußen.«

»Aha, das lohnt sich.«

Für Krüger nicht, denn er gab der Kollegin ein Zeichen, die aufstand und zur Seite ging. »Dann hat sich ihr Trip nach Köln ja richtig gelohnt«, erklärte der Kommissar voller Ironie. »Wenn Sie sich beeilen, erwischen Sie Gällweiler noch mit einem Joint in der Hand. – Es reicht jetzt. Außerdem hat die Kollegin noch etwas anderes zu tun.«

Ich ignorierte die ›Bulldogge‹ und nickte der Polizistin zu. »Jedenfalls danke ich Ihnen.«

»Oh, keine Ursache. Es war mir sogar ein Vergnügen, Ihnen zu helfen, Herr Sinclair.«

Als Krüger das hörte, zog er ein Gesicht, als hätte er Essig trinken müssen.

Ich wartete, bis wir beide allein waren, und fragte ihn dann: »Hören Sie mal, Herr Kollege, warum verbreiten Sie eigentlich eine so schlechte Stimmung? Was stört Sie? Nervt Sie meine Nase oder meine ganze Erscheinung? Wie soll ich das sehen?«

Kommissar Willi Krüger schaute mich an. Er verengte dabei die Augen. In ihnen sah ich keinen Schimmer Freundlichkeit. »Wir sind es gewohnt, unsere Fälle hier allein zu lösen und benötigen keinen bornierten Helfer von der Insel. Verstehen Sie?«

»Sie haben laut genug gesprochen.«

»Das zum ersten. Und zweitens«, fuhr er fort, »sind diese beiden Mädchen eines natürlichen Todes gestorben. Ich lasse mir von Ihnen da nicht hineinreden. Zudem haben wir wirklich Wichtigeres zu tun, als uns mit so einem Mist herumzuschlagen.«

»Das war deutlich«, sagte ich.

»Das hatte es auch sein sollen, Herr – Sinclair!«

Ich lächelte ihn kalt an. »Darf ich dann auch zu Ihnen deutlich werden, Herr Krüger?«

»Bitte, wenn Sie wollen.«

»Köln ist nicht meine Stadt und wird es auch leider nicht werden«, begann ich, wurde aber von Krüger rasch unterbrochen.

»Zum Glück, müssen Sie noch sagen.«

Ich ließ mich nicht beirren. »Wie dem auch sei, aber ich sage Ihnen jetzt, und es ist mir verdammt ernst, daß diese Stadt keine Zukunft mehr hat, wenn Sie nicht augenblicklich handeln, Krüger.«

»Oh, ich kriege jetzt schon Angst und fange an zu flattern.« Er hob die Arme und bewegte seine Hände. »Sehen Sie das nicht, Sinclair? Aber ich habe sehr gut verstanden, was Sie mir da sagten. Das ist wohl Ihr berühmter britischer Humor. Rabenschwarz und furztrocken. Oder etwa nicht?«

Verdammt, mit diesem Mann war einfach nicht zu reden. Ich hatte wirklich Mühe, sachlich zu bleiben und hier nicht noch auszuflippen. »Trotz allem schlage ich vor, daß Sie die beiden toten Mädchen bewachen lassen. Außerdem ist aus dem Quartett noch eine dritte Person verschwunden. Marion Baumann. Ich gehe mal davon aus, daß Sie sich bei ihrem Freund, Frank Gällweiler, aufhält.«

Krüger räusperte sich. Er schielte mich an. »Ehrlich gesagt, ich verstehe den Zusammenhang nicht.«

»Ganz einfach, Sie werden es gleich merken. Ich habe diesen Gällweiler besucht. Und er hat mir einen verdammt nervösen Eindruck gemacht.«

»Kein Wunder bei seinen Vorstrafen!« konterte Krüger.

»Davon mal abgesehen. Es geht um verdammt viel. Und ich glaube nicht, daß wir es allein durchziehen können, wenn es denn zu dem kommt, was ich zu recht befürchte. Da brauchen wir Hilfe. Und deshalb meine Frage, Kollege.«

»Worauf wollen Sie denn jetzt schon wieder hinaus?« Krüger quälte sich die Frage ab.

»Gibt es hier bei Ihnen so etwas wie eine Spezialeinheit? Klar, muß es ja geben.«

Kommissar Krüger schaute mich an. Ich konnte den Blick nicht deuten, ob er nun böse war oder spöttisch. Als er dann sprach, da zuckte es in seinen Augen. »Klar, Sinclair, so etwas haben wir hier in Germany. Diese Einheit heißt bei uns Ghostbusters e.V.! Eine perfekt ausgerüstete Truppe, die Tag und Nacht darauf wartet, daß irgendwo bei McDonalds ein Vampir einen Burger bestellt.« Krüger holte tief Luft. »Mann, Sinclair, wovon träumen Sie eigentlich nachts? Das ist doch alles Quatsch. Meine Männer haben im Durchschnitt einhundertfünfzig Überstunden im Jahr, die sie nicht abfeiern können. Wie viele von denen soll ich denn auf diesen Friedhof schicken? Oder wollen Sie die Kosten übernehmen? Oder Scotland Yard? Wäre mir recht.«

»Ich kenne die Probleme.«

»Sehr gut.«

»Trotzdem bleibe ich bei meiner Meinung.«

Krüger starrte mich an. Aber es war nicht böse gemeint. Er lächelte sogar nach einer Weile. »Ehrlich gesagt, Sinclair, vor einer Minute hätte ich Sie gern hochkant aus dem Fenster geworfen. Aber irgendwo imponieren Sie mir auch. Sie lassen einfach nicht locker, wenn Sie sich einmal festgebissen haben.«

»Es geht um zuviel, Herr Krüger.«

Krüger schloß für einen Moment die Augen. Er ballte die Hände zu Fäusten und legte den Kopf zurück. »Womit habe ich das verdient?« bedauerte er sich selbst. – »Lieber Gott!« Dann senkte er den Kopf und schaute mich wieder an. »Bevor ich mir durch Ihre Zähigkeit noch ein Magengeschwür hole, komme ich lieber Ihren Wünschen nach. Morgen werde ich einen Antrag um Abstellung von Fremdbeamten stellen. In achtundvierzig Stunden liegt dann die Antwort vor. Und das ist es gewesen, Kollege.«

»Danke. Es wird trotzdem zu spät sein.«

»Was wollen Sie denn noch?«

Ich blieb ruhig, obwohl Krüger geschrien hatte. »Da wäre noch Marion Baumann.«

Der Kommissar starrte mich wieder so furchterregend

an. Dann blies er seine Wangen auf, pustete die Luft wieder aus und stellte sich hinter seinen Schreibtisch. »Sie lassen ja doch nicht locker!« brummte er. Auf dem Telefon tippte er eine interne Nummer ein und wartete ab, bis sich jemand gemeldet hatte. Seine Anweisungen gab er mit mürrischer Stimme durch. »Krüger hier. Setzen Sie eine gewisse Marion Baumann auf die Fahndungsliste. Die Personalien werde ich Ihnen noch später geben. Und überprüfen Sie einen Mann namens Frank Gällweiler, aber unauffällig, bitte.« Krüger legte wieder auf, stemmte die Hände auf den Schreibtisch und starrte mich giftig an. »Mit der Nummer, Sinclair, komme ich in die Zeitung.«

»Kann für Sie nur förderlich sein, Kollege.«

»In meinem Alter wohl kaum.«

»Ich bedanke mich trotzdem sehr herzlich.« Zum Gruß hob ich die Hand. »Wir sehen uns bestimmt noch.«

»Hoffentlich nicht«, murmelte der Kommissar.

Das bekam ich noch mit, als ich mich bereits auf dem Weg zur Tür befand.

Kerstin Möller war noch nicht dazu gekommen, sich umzuziehen. Sie trug noch ihren Morgenmantel. Es war einfach zu interessant, John Sinclairs Freund Bill Conolly über die Schulter zu schauen, und das tat sie im wahrsten Sinne des Wortes, denn sie stand hinter ihm.

Bill saß auf einem Stuhl. Der Computer stand vor ihm auf dem Tisch. Brütend schaute er auf den Bildschirm.

Kerstin wollte das Schweigen unterbrechen. »John hat von echten Hexen gesprochen. Echten Hexen?« Sie lachte.

Bill nickte nur.

»Sie also auch.«

»Was meinen Sie?«

»Glauben Sie daran, daß es echte Hexen gibt?«

»Ja – inzwischen schon.«

»Ich nicht.«

»Aber John.«

Kerstin kicherte. »Das ist richtig. Deshalb habe ich ihm auch eine Ohrfeige gegeben.«

»Ich zwar verständlich, Kerstin, aber ich würde vorschlagen, daß Sie ihm besser glauben.«

»Das kann ich nicht so sagen.« Sie verließ ihren Platz, weil es ihr zu langweilig geworden war. Der Sessel lockte sie, und in ihn lümmelte sich Kerstin, streckte die Beine aus und spielte mit dem Gürtel des Morgenmantels, ohne ihn allerdings zu öffnen.

Bill war weiterhin mit seinem Computer beschäftigt. Für Kerstin hatte er keinen Blick, was sie als Frau ein wenig ärgerte. Es war ihr selten passiert, daß sie für einen Mann einfach Luft war. Außerdem gefiel ihr das lange Schweigen nicht.

Sie hob das rechte Bein an und wippte mit dem Fuß. »Darf ich Sie mal was fragen, Bill?«

»Immer.«

»Es geht mich ja nichts an«, sagte Kerstin und bemühte sich um einen gleichmütigen Stimmenklang. »Aber hat John eigentlich eine feste Freundin?«

Bill schüttelte den Kopf, was Kerstin doch erstaunte. »Sagen Sie nur? Wollen Sie mich auf den Arm nehmen?«

»Im Prinzip gern, aber John hat tatsächlich keine feste Freundin.«

»Und warum nicht?« erkundigte sie sich listig.

»Er hat Angst.«

Kerstin prustete los.

Nur für einen Moment, dann hatte sie sich wieder gefangen. »Doch nicht vor Frauen, Bill. Nein, das können Sie mir nicht erzählen.«

Bill schaute von seinem Computer auf. »Er hat nicht

Angst vor Frauen, sondern um sie. Besser gesagt, um jede, die ihm zu nahe kommen könnte.«

Kerstin schwieg. Nach einer Weile schüttelte sie den Kopf. »Puh, das begreife ich nicht. So etwas habe ich nie gehört – ehrlich.«

»Tja, meine Liebe, normal ist das auch nicht. Sie wissen sicherlich, welchen Job John hat.«

»Er ist ein Bul ... – ähm, ein Polizist!«

»Jjjjaaa ...«

»Sie sagen das so komisch, Bill.«

Der Reporter drehte sich etwas, verschränkte die Arme vor der Brust und schaute Kerstin durchdringend an. »John Sinclair ist nicht nur Polizist, wie ich Ihnen sagte, er ist auch noch etwas anderes. Man sagt Geisterjäger dazu. Er jagt Dämonen und Wesen, die aus rätselhaften Zwischenwelten stammen. Das wissen seine Gegner. Allein ist er nicht so angreifbar wie jemand, der mit einer Partnerin oder Ehefrau Tisch und Bett teilt. Ist das vorerst verständlich genug?«

»Ist es!« bestätigte Kerstin.

»Schön.«

»Dann hat er aber einen Scheißjob!«

Bill nickte nur.

Ich hatte vor dem Gebäude einen Parkplatz gefunden, war ausgestiegen und auf den feuchten Blätterteppich getreten, so daß ich achtgeben mußte, nicht darauf auszurutschen.

Viktor Gonsior arbeitete in diesem Bau. Ich hätte nur zu klingeln brauchen, meine Ankunft anmelden und dann ...

Ja, und dann.

Ich tat es nicht.

Das Haus lag in einem Garten. Auch er zeigte ein

herbstliches Bild. Einer Eingebung folgend betrat ich den Garten, schritt aber nicht auf die Eingangstür zu, sondern nahm einen anderen Weg. Ich ging um das Haus herum, weil ich die Rückseite erreichen wollte. Einen erklärbaren Grund gab es dafür nicht. Ich hatte mich einfach auf mein Gefühl verlassen, und das ist manchmal nicht schlecht.

Der Boden war weich. Das feuchte Laub klebte unter den Schuhsohlen. In der naßkalten Luft lag ein bestimmter Geruch von Erde und Vergänglichkeit, eben typisch für den Monat November, den wir schrieben.

Dieses Haus hatte auch auf der Rückseite Fenster.

Ich duckte mich und bewegte mich auf eine der Scheiben zu. Soviel ich gesehen hatte, wurde ich von keinem Menschen beobachtet, was mir sehr entgegenkam.

Vor einem Fenster, neben dem auch eine Hintertür hochwuchs, blieb ich stehen und schaute durch die Scheibe.

Ich hatte Glück und sah Viktor Gonsior, der so in seine Arbeit vertieft war, daß er nicht auf den Gedanken kam, mal in Richtung Fenster zu schauen.

Er arbeitete und tat eigentlich nichts. Gonsior hockte an seinem Schreibtisch. Man hätte den Eindruck haben können, hier einen Schriftsteller vor sich zu sehen, der sich über ein neues Thema Gedanken machte.

Seine Augen waren zwar auf einen Punkt gerichtet, aber seine Gedanken schienen sich zu überschlagen. Zudem versuchte er stets, den ungewöhnlichen Ring von seinem linken Ringfinger zu ziehen, aber er schaffte es nicht. Der Ring mit dem großen Stein schien regelrecht festgewachsen zu sein.

Hell war das Büro nicht gerade. Ein Halbdunkel hatte sich über alles gelegt, und Gonsior schien diese Atmosphäre zu mögen.

Ich wollte wissen, was ihn an der Wand so interessierte, denn er blickte auch weiterhin dorthin. Als ich den Kopf ein wenig zur Seite drehte, entdeckte ich das Bild. Ein Gemälde, dessen Motiv schon ziemlich schaurig war.

Es zeigte eine alte Ruine, in der die Flammen tosten und Menschen verbrannt wurden – Hexen!

Ich dachte an Kerstin Möllers Erzählungen, und der Ort Rabenstein kam mir wieder in den Sinn. Nun wußte ich endgültig, daß ich hier, bei Viktor Gonsior, nicht falsch lag.

Meiner Ansicht nach hatte ich ihn schon lange genug in Ruhe gelassen. Ich war gespannt, wie er auf mein Erscheinen reagieren würde. Auch als ich mich vom Fenster weg und auf die Hintertür zubewegte, registrierte er nichts. Erst als ich gegen die Tür klopfte, schrak der Mann zusammen.

»Ja???!!!« Seine Antwort war zur Hälfte ein Aufschrei, zur anderen Hälfte eine Frage.

Ich interpretierte sie in meinem Sinn, drückte die Klinke und trat sofort ein.

Eigentlich hatte ich damit gerechnet, daß dieser düstere Bursche von seinem Stuhl aufspringen würde, weil er mich, den Fremden, sah. Aber Gonsior drehte nur den Kopf in meine Richtung und schaute mich an, matt und desinteressiert.

Erst als die Tür hinter mir leise wieder zugefallen war, sprach ich den Knaben an. »Mein Name ist John Sinclair!«

»Ach so?« erwiderte Gonsior nur müde und ließ einen mißmutigen Blick über meine Gestalt streifen. »Wir haben auch einen Haupteingang, Herr Sinclair.« Seine Augen verengten sich etwas. Er sah aus wie jemand, dem etwas eingefallen war. »Haben Sie schon länger im Garten gestanden und mich beobachtet?«

Er bekam von mir eine besondere Antwort. Keine akustische. Ich ging auf ihn zu und holte meine Visitenkarte hervor, die ich ihm reichte. Gonsior starrte die Karte an, bevor er sich zu einer Antwort entschlossen hatte. »Was ich Ihnen vorhin gesagt habe, das gilt auch für Scotland Yard.« Er legte die Karte hin. »Ist ja egal, jetzt, wo Sie schon bei mir sind. Was kann ich für Sie tun?«

»Das ist ganz einfach«, sagte ich und blieb stehen, weil mir Gonsior keinen Platz angeboten hatte. »Wie Sie wissen, arbeite ich in London, und dort habe ich durch Zufall eine Studentin aus Köln kennengelernt.«

»Toll, meinen Glückwunsch!«

»Danke, Herr Gonsior. Nur war das Glück leider nicht von langer Dauer.«

Er amüsierte sich und begleitete seine nächste Frage mit einem leisen Lachen. »Wieso? Hat die junge Dame Sie sitzenlassen?«

»Wenn es das nur gewesen wäre. Sie ist leider tot.«

Gonsior hob die Schultern. »Tut mir leid für Sie. Wie traurig. Es ist Ihr Pech. Ich weiß nur nicht, was das alles mit mir zu tun hat, wenn ich ehrlich sein soll.«

Ich ging noch näher auf ihn zu, um ihn zu verunsichern. Dabei senkte ich den Blick und schaute auf Gonsiors Ring. Er sah es und versuchte hastig, ihn mit seiner Hand zu bedecken. »Kurz vor ihrem Tod berichtete mir Petra Klinger noch, daß sie Kontakt aufgenommen hätte zu einer Voodoo-Sekte.«

»Das ist wohl jetzt modern bei den jungen Leuten, denke ich. Spiritismus, neue Wege gehen, um zu sich selbst zu finden. Haben wir alles schon gehabt, Sinclair.«

Ich ließ mich nicht ablenken und fragte: »Sie kannten Petra Klinger doch – oder?«

Viktor Gonsior verzog die Lippen. Ein dünnes Spottlächeln umkräuselte seinen Mund. »Petra Klinger? Komisch, den Namen habe ich nie im Leben gehört.«

»Überlegen Sie!«

»Nein, verdammt!«

Meine Blicke mußten ihm vorkommen wie abgeschossene Pfeile. Er fühlte sich auch sichtlich unwohl und strich immer wieder mit einer Hand über seinen Ring hinweg.

»Seltsam«, sagte ich. »Aber Petra Klinger hat mir des öfteren von Ihnen erzählt, Herr Gonsior.«

Er blieb sitzen und schaute auf seine linke Hand. Es war still zwischen uns, aber Gonsior erlebte plötzlich eine Veränderung. Er duckte sich leicht und schoß plötzlich von seinem Stuhl so schnell in die Höhe, daß ich sicherheitshalber einen kleinen Schritt zurücktrat. Gonsior kümmerte sich nicht um mich, er starrte ins Leere, wie jemand, der etwas Bestimmtes bemerkt hatte.

Nicht lange, einige Sekunden nur. Dann fuhr er auf der Stelle herum, und plötzlich schaute er nicht mehr zur Seite, sondern mir genau in die Augen.

Das war ein anderer Viktor Gonsior, den ich nun erlebte. Er war in der kurzen Zeit stärker geworden. Er wirkte innerlich gefestigt, ich mußte ihn plötzlich als Gegner ansehen. Er schaffte es sogar, meinem Blick standzuhalten. In seinen Augen erkannte ich, daß er nicht mehr nachgeben wollte.

Als er mich ansprach, bewegte er kaum seine Lippen. »Sinclair, Sie sind hier falsch. Sie sollten besser nach London zurückfahren und Ihr Glück bei anderen Touristinnen versuchen. Bei Ihrem Aussehen werden Sie bestimmt Erfolg haben«, fügte er noch spöttisch hinzu.

Ich blieb hart beim Thema. »Lenken Sie nicht ab. Ich hatte Sie gefragt, ob Sie Petra Klinger kennen.«

Gonsior lächelte. »Was soll der Unsinn? Ich kann nicht alle Studentinnen kennen, die herumlaufen. Es sind einfach zu viele. Außerdem müssen Sie an den Wechsel denken, der hier ständig abläuft. Die kommen und gehen. Es ist manchmal wie in einem Bienenhaus ...«

Ich unterbrach ihn. »Das weiß ich selbst. Nur sollte ich

Ihnen noch sagen, daß Petra Klinger Ethnologie studiert hat. Da müßten ...«

Diesmal unterbrach mich Gonsior. Er blähte sich dabei auf wie ein Pfau. Es hätte nicht viel gefehlt, und seine Haare hätten sich aufgestellt. »Was gibt Ihnen überhaupt das Recht, hier hereinzukommen und mich zu verhören? Das ist eine Unverschämtheit, sogar Hausfriedensbruch!«

»Langsam, langsam«, sagte ich. »Soweit sind wir noch nicht. Haben Sie den Eindruck, verhört zu werden?«

»Was ist es dann?«

»Ich wollte nur mit Ihnen reden. Sie können auch plaudern dazu sagen. Das ist alles.«

»Lüge!«

»Das sehe ich anders.«

Viktor Gonsior kam mit meiner Art nicht zurecht. Aber er machte auch keinen Rückzieher. Sein Blick bohrte sich in meine Augen. Er wirkte wie ein Mensch, der versuchte, die Gedanken des anderen zu erraten oder zu erfühlen.

Aber ich war noch nicht fertig, auch wenn ich in den letzten Sekunden geschwiegen hatte. Mir war nur die Atmosphäre in diesem Zimmer stärker zu Bewußtsein gekommen.

Sie konnte mir nicht gefallen. Nur nahe des Fensters an der Hintertür war es heller. Ansonsten verschwamm der Raum im grauen Dämmerlicht.

»Wollen Sie nicht gehen, Sinclair?«

»Ja, gleich. Nur eines noch.«

»Was denn?«

»Schon die ganze Zeit über ist mir Ihr Ring aufgefallen. Ein außergewöhnliches Schmuckstück. Einen Ring wie diesen hat sicherlich nicht jeder.«

»Freut mich, daß er Ihnen gefällt«, sagte Gonsior ungerührt.

»Er ist wirklich gut. Wenn Sie nichts dagegen haben, würde ich ihn mir gern aus der Nähe anschauen.«

»Nein, das dürfen Sie nicht. – Ich habe etwas dagegen, verdammt noch mal!« Er holte zweimal schnell Luft. »Aber Sie dürfen etwas anders, Sinclair. Sie dürfen mein Haus jetzt verlassen, und zwar auf der Stelle und so schnell wie möglich!«

»Natürlich, entschuldigen Sie. Ich habe eben – na ja, manchmal irrt man sich eben.« Schon während meiner Antwort hatte ich mich umgedreht, und nun ging ich wieder auf die Tür zu.

Gonsior blieb jetzt hinter mir stehen. Ich hörte ihn nicht mehr sprechen, nur schwer atmen, und dieses Geräusch sorgte für einen Stopp. Etwa einen Schritt vor der Hintertür blieb ich stehen, wartete noch einen Moment und drehte mich dann schnell um.

Gonsior hatte seinen Platz nicht verlassen. Aber er hatte sich verändert. Der Mann zitterte am gesamten Leib.

Für einen Moment hatte er sich gehenlassen, jetzt aber, als ich ihn wieder anschaute, da riß er sich zusammen.

Ich lächelte harmlos. »Bisher kenne ich nur den hinteren Eingang. Wo geht's denn hier ...?«

»Sie sind doch Bulle«, unterbrach mich Gonsior und senkte den Kopf. »Allwissend. Gehen Sie immer Ihrer Nase nach.«

»Gute Idee.«

Ich tat es nicht, noch nicht, denn ich wollte mehr über Gonsiors Veränderung wissen. Deshalb blieb ich so dicht vor ihm stehen, daß er mir nicht ausweichen konnte.

»Wir sind keine Freunde, Herr Gonsior, das bestimmt nicht. Dennoch möchte ich Sie warnen.« Ich zeigte auf den Ring. »Von ihm geht die Gefahr aus, nur von ihm. Er wird Sie aussaugen, er wird Sie verändern, er wird Sie vernichten, und ich weiß, daß Sie allein gegen seine

Macht nicht ankommen werden. Deshalb sollten Sie mich anrufen, wenn die Gefahr zu groß wird. – Rufen Sie mich an, Viktor, es kann Ihr Leben retten.«

Gonsior lachte nur. Er sah aus, als wollte er mir ins Gesicht spucken.

Ich ließ trotzdem nicht locker. »Wenn Ihnen jemand helfen kann, dann bin ich es. Und ich werde es tun. Sie brauchen mich nur darum zu bitten.«

»Hauen Sie ab!«

Ich schüttelte den Kopf, als wäre er ein unartiges Kind, das einfach nicht hören wollte. »Gonsior, Sie sind nicht der Gewinner und werden es auch nie sein«, erklärte ich eindringlich. »Sie sind und bleiben einzig und allein das Opfer. Sie werden es noch merken, aber wenn Sie es gemerkt haben, ist es zu spät. Viel zu spät.«

»Hau endlich ab!«

»Sicher.« Ich nickte ihn noch einmal zu und drehte mich um. Dann ging ich denselben Weg zurück, den ich auch gekommen war ...

Ihm wurde kotzübel, als hätte er verdorbene Nahrung zu sich genommen. Gonsior schaffte es nicht mal, auf den Beinen zu stehen. Er mußte sich setzen, und so ließ er sich auf den Schreibtischstuhl fallen.

Die Übelkeit war nicht grundlos in ihm hochgestiegen. Er wußte genau, woran es gelegen hatte.

An Sinclair! An dessen Besuch! Gonsior hatte rasch gemerkt, daß er und dieser Sinclair so unterschiedlich wie Tag und Nacht waren. Da hatte ihn nicht einfach nur ein Mensch besucht, er war zugleich ein Feind gewesen, ein Todfeind.

Und dieses Wissen hatte eben für die Übelkeit gesorgt. Wissen mit Haß gepaart, das war es gewesen. Nie hatte er einen derartig starken Haß und Widerwillen einem anderen Menschen gegenüber verspürt. Gonsior war kaum in der Lage, sich zu beruhigen. Auch nicht, als er am Schreibtisch saß. Seine Hände glitten über die Platte hinweg, als wollte er sie blankputzen. Er bewegte den Kopf, starrte dabei in verschiedene Richtungen und hatte längst gemerkt, daß sich eine andere Kraft wie Gift in seinen Körper geschlichen hatte. Es war ein Teil der bösen Macht, der er huldigte, und an seinen Augen erkannte er die Veränderung.

Die Augen verdüsterten sich.

Erst wurden sie grau, danach nahm diese Farbe an Intensität zu und wechselte über in ein tiefes Schwarz.

Schwarze Augen!

Gonsior öffnete den Mund. Er konnte sehen wie immer, trotzdem war er ein anderer geworden und innerlich wahnsinnig aufgewühlt. Seine Hände tasteten über den Schreibtisch hinweg, und sie faßten nach einem Bleistift, den er für einen Moment mit beiden Fäusten an verschiedenen Seiten festhielt.

Mit einer heftigen Bewegung brach er ihn plötzlich auseinander.

Er ließ die eine Hälfte fallen und behielt nur die mit der Spitze in der Faust.

Plötzlich stieß er sie vor.

Tief bohrte sich die Spitze in seinen Handballen und blieb dort stecken.

Blut quoll hervor. Es tropfte auf den Schreibtisch, wo es häßliche, dunkle Flecken hinterließ.

Gonsior schaute gar nicht hin.

Er schrie auch nicht, blieb an seinem Schreibtisch hocken, den Blick seiner schwarzen Augen ins Leere gerichtet.

Doch in seinem Innern tobte eine Hölle.

Kerstin hatte es selbst nicht begriffen, aber sie hatte einfach nicht mehr in ihrer Wohnung bleiben können und war zu Marion gegangen. Sie kannte die kleine Wohnung gut. Sie hatte sich dort immer wohl gefühlt, wenn die beiden jungen Frauen allein gewesen waren. Jetzt aber hatten sich die Dinge dramatisch verändert. Kerstin wußte nicht, was vorgefallen war, sie streifte nur immer wieder durch den Raum und blieb ab und zu vor den Wandfotos stehen und betrachtete sie, doch so richtig nahm sie die Motive nicht zur Kenntnis, und sie dachte auch nicht über sie nach. Kerstin fühlte sich eingeengt. Sie schwitzte. Sie kam sich schmutzig vor.

Duschen! Ich brauche eine Dusche. Es war seltsam, aber sie setzte den Vorsatz sofort in die Tat um. Dabei hatte sie das Gefühl, daß dieser Wunsch gar nicht so sehr der ihre war, sondern ihr irgendwie und von irgend jemandem eingegeben worden war.

Sie zog sich aus, fand Marions Bademantel, streifte ihn über und schaute sich im Bad nachdenklich um, wie jemand, der erst darüber nachdenken muß, wie es dazu gekommen ist.

Nichts zu machen.

Nur der kalte Schauer lag plötzlich auf ihrem Rücken, und sie hatte auch das Gefühl, beobachtet zu werden.

Sie drehte sich dem Fenster zu.

Etwas wehte ihr entgegen.

Sie hörte auch ein Geräusch.

Nur war es nicht wirklich da. Es tönte aber durch ihre Ohren, hörte sich keuchend und schnarrend an. Sie erinnerte sich daran, es nicht zum erstenmal wahrgenommen zu haben.

Noch vor kurzem, auf der Domplatte, war es ebenso gewesen.

War da ein Schatten am Fenster?

Schatten sind nur schwer wahrzunehmen, aber Kerstin war sich sicher, daß vor der Scheibe etwas entlanggehuscht war. Etwas Düsteres und Unheimliches. Ein amorpher Gegenstand, der sich einige Lidschläge später aufgelöst hatte.

Die Studentin atmete wieder durch. Aber wohler fühlte sie sich trotzdem nicht.

Sie räusperte sich. Tupfte mit einem Handtuch den Schweiß aus dem Gesicht. Die Dusche lockte noch immer. Kerstin wollte nicht nur den Körper reinigen, sie glaubte auch daran, daß die dumpfen, schrecklichen Gefühle von dem heißen Wasser weggespült wurden.

Kerstin wollte so leben wie früher, bevor dieses ... Ihre Gedanken wurden unterbrochen. Da war plötzlich so eine Leere vorhanden. Sie kam damit nicht zurecht. In ihrer Erinnerung befand sich ein tiefes Loch. Aber da war etwas gewesen, etwas sehr Wichtiges und Entscheidendes. Sie mußte es nur noch auf die Reihe bekommen ...

Kerstin drehte sich nach links und schaute zur Duschkabine. Hinter dem Vorhang bewegte sich nichts. Die schmale Kabine war leer, es war alles normal.

Trotzdem ...

Kerstin Möller wollte darüber nicht weiter nachdenken. Sie zog den Bademantel aus, streifte den Slip ab, dann betrat sie die Kabine und zuckte zusammen, als der kalte Duschvorhang ihren nackten Körper am Rücken berührte.

Auch als sie die ersten heißen Strahlen erwischten, war ihr für einen Moment kalt. Das Gefühl verging sehr schnell, denn das Wasser wärmte sie durch.

Die heißen Strahlen trommelten auf ihren Körper. Sie massierten die Haut, und Kerstin fühlte sich plötzlich wohl, auch wenn dicke Dunstschwaden durch die enge Dusche zogen.

Das Bad war nicht sehr groß und glich sehr bald eine dampferfüllten Waschküche, in der die scharfen

Konturen allmählich aufweichten und für eine andere Umgebung sorgen. Eine Welt, in die jemand lautlos eingedrungen war.

Etwas huschte durch das kleine Bad, als wollte es die Schwaden zu einer grauen Masse verdichten.

Das amorphe Etwas fand seinen Weg. Es glitt dabei an der beschlagenen Siegelfläche entlang und schien sich dort mit den kleinen Tropfen zu vereinigen.

Der Schatten drehte.

Er sah trotz seiner Geschmeidigkeit unförmig aus. Hin und wieder kristallisierte er sich für einen winzigen Moment hervor, so daß eine Skelettfratze erschien, aber wirklich nur für eine winzige, kaum meßbare Zeitspanne.

Dann war der Dunst da, der den Schatten wieder zu einem verschwommenen Etwas machte.

Er hatte die Mitte des kleinen Bads längst erreicht und stemmte sich hoch wie ein Mensch, der aus seiner sitzenden Haltung hervorkommen wollte.

Ohne daß er einen Laut von sich gab, näherte er sich dem Duschvorhang. Er schwebte auf ihn zu, befand sich in einer schon tänzerischen Bewegung, und Kerstin, die noch immer das auf sie prasselnde Wasser genoß, merkte nichts von der Gefahr.

Sie hatte sich zwischendurch eingeseift und war nun dabei, sich den Schaum vom Körper zu spülen. Dabei hielt sie den Blick gesenkt, um zuzuschauen, wie sich der cremige Schaum auflöste und fortgespült wurde.

Und der Schatten wanderte weiter. Dabei schien er denselben Weg zu nehmen wie die Dunstschwaden. Sich dabei drehend und völlig lautlos.

Kerstin drehte sich ebenfalls.

Sie wollte, daß jede Stelle des Körpers abgespült wurde. Dabei hielt sie die Augen geschlossen.

Sie zuckte zusammen. Es hatte geklingelt.

Für einen Moment tat Kerstin nichts. Sie blieb einfach nur stehen und dachte darüber nach, ob sie sich geirrt hatte. Sie drehte sich nicht. Hätte sie es getan, wäre ihr möglicherweise die huschende Bewegung aufgefallen, mit der sich der unheimliche Schatten zurückzog.

Als die Türglocke zum drittenmal erklang, hatte Kerstin die Dusche bereits verlassen. Sie schlang den Bademantel hastig um ihren nackten Körper und rief, während sie auf die Wohnungstür zulief und die nassen Füße feuchte Flecken auf dem Teppich hinterließen: »Bist du es, Marion?«

»Nein, nur John!«

Kerstin blieb stehen. Sie wußte nicht, ob sie sich ärgern sollte oder nicht, denn das war auf keinen Fall Johns Stimme gewesen, sondern die seines Freundes Bill.

Dann aber wußte sie, daß die Männer zu zweit waren, denn sie hörte auch John Sinclair sprechen. »Was heißt hier *nur*?«

Kerstin öffnete.

Beide Männer lächelten sie an.

»Hi«, sagte ich. »Frisch geduscht?«

»Das sieht man ja wohl – oder?« Sie strich über das nasse Haar.

»Dürfen wir denn reinkommen?«

»Ihr seid ja schon so gut wie in der Wohnung.«

Bill war mir gefolgt und schloß die Tür. Etwas verloren wirkend stand Kerstin zwischen uns und sagte dann: »Ihr habt doch nichts dagegen, wenn ich mich anziehe?«

»Natürlich nicht.«

Sie warf mir noch einen koketten Blick zu und zog sich zurück. Bill schlug mir auf die Schulter. »So, Alter, dann wollen wir uns mal an die Arbeit machen.«

Dazu setzten wir uns an den Tisch. Dort lag nicht nur das bedruckte Papier, auch ein Notebook hatte hier seinen Platz gefunden. Bill nickte mir zu. »Da kann man nur sagen, daß Father Ignatius den richtigen Riecher gehabt hat. Seine Informationen machen sich jetzt für uns bezahlt, John, darauf kannst du Gift nehmen.«

»Bevor ich das tue, erklär mir lieber, was du alles herausgefunden hast.«

»Sagt dir der Name Pater Nubius etwas?«

»Nein, sollte er denn?«

»Nicht unbedingt«, gab Bill zu. Wie ich auch mit Ignatius' Hilfe herausfinden konnte, ist es Pater Nubius von Köln gewesen, der damals die Dämonenhochzeit verhinderte, indem er die auserkorene Hexe auf dem Scheiterhaufen am Rabenstein verbrennen ließ.«

Ich brauchte nicht lange nachzudenken. »Das paßt haargenau. Am Rabenstein waren auch Kerstin und ihre Freundinnen.«

Bill schüttelte den Kopf. Mir fiel auf, daß er dabei sehr ernst geworden war. »Es paßt nicht unbedingt, John.«

»Warum nicht?«

Bill schaute mal auf das Notebook, dann wieder auf die Papiere, als könnte er dort die Antwort finden. »Unsere Mädels waren zu viert.«

»Na und?«

»Es ist so, mein Lieber. Pater Nubius berichtet nur von drei Frauen, die sich mit dem nicht verbrannten Herz aus dem Staub machten.« Er deutete auf einen bestimmten Text in den Unterlagen. »Ich zitiere jetzt wörtlich: Drei unbeseelte Weiber trugen das Herz in die Nacht . . .«

Bei den letzten beiden Worten war Bills Stimme schon leiser geworden. Er schaute mich an und ich ihn. »Gut«, sagte ich und nickte. »Wenn wir also nachrechnen, dann haben wir eine zuviel.«

»Exakt.«

»Kerstin!«

Den Namen hatten wir beide zugleich flüsternd ausgesprochen, und wir lächelten auch. Allerdings verschwand dieser Ausdruck rasch, denn Bill seufzte und hob die Schultern. »Ich entdecke leider keinen Zusammenhang.«

»Wie meinst du das?«

»Mit unseren drei toten Frauen.« Er ballte die rechte Hand zur Faust. »Das ist mir zu hoch, verstehst du?«

»Ja, alles klar, aber nur, wenn man nicht hinter die Dinge schaut.«

»Ach. Und das hast du getan?«

»Versucht, Bill, versucht.«

»Okay, ich bin ganz Ohr.«

Ich lehnte mich zurück und rückte dann mit der Erklärung heraus. »Hexen können sich nicht vermehren, das ist eine Tatsache. Sie werden wiedergeboren. Und dafür benötigen sie einen Wegbereiter. Menschen, die ihre Wiederkunft auf der Erde vorbereiten.«

»Ja«, murmelte Bill Conolly nur, »ja ...«

Wir beide schwiegen in den nächsten Minuten. Das Gesagte mußte sich erst einmal setzen. So ganz faßbar war das noch nicht für mich, und ich sprach es auch aus. »Das Herz ist damals nicht verbrannt, sondern gestohlen worden, aber wer hat es in seinem Besitz? Eigentlich hätte die Hexe schon längst wieder zurückgekehrt sein müssen oder können. Da ist ein Bruch, Bill.«

Er gab mir durch sein Nicken recht. »So ähnlich wie du hat auch Pater Nubius reagiert. Er ging davon aus, daß die Hexenfürstin nach elf Jahren wiedererscheinen wird. Im günstigsten Fall.«

Diesmal schaute ich Bill verständnislos an, der dies genoß und sagte: »Wenn du mich nicht hättest, alter Freund. Ich zitiere noch einmal. Nach elf Jahren in entweihter Erde kann die Hexe ihre Reich wieder betreten. Nur eine heilige Erde hält sie weitere hundert Jahre in ihrem Grab.«

Das war gut. Ich wollte eine Zwischenfrage stellen und

noch eine Bemerkung hinzufügen, aber Freund Bill war so in Fahrt geraten, daß er sich nicht aufhielt. »Habe ich alles schon ausgerechnet, John. Demnach hätte sie 1231 mal wieder Hallo sagen können. Oder auch 1331. Beides ist aber nicht der Fall gewesen.«

»Natürlich nicht!«

Diese beiden Worte hatten Bill aus dem Konzept gebracht. Diesmal war er es, der mich verständnislos anschaute und auf eine Erklärung wartete, mit der ich auch nicht hinter dem Berg hielt. »Nubius' Theorien stimmen meistens.«

»Das meine ich auch.«

»Aber etwas konnte er wirklich nicht wissen. Seine Theorie basiert mit Sicherheit auf einer dämonischen Schrift, einem alten Erbe möglicherweise.«

»Kann sein.«

»Und ich gehe sogar noch einen Schritt weiter, wo du schon mit Zahlen angefangen hast.«

»Ich bin gespannt.«

»Unsere Zahlen stimmen sicherlich mit denen der Dämonen oder Dämonendiener überein. Deshalb sprechen wir auch nicht von Menschenjahren, sondern von Dämonenjahren. Und die, Bill, dauern siebenmal so lange. Also müssen wir das Jahr 1297 als den ersten Termin annehmen. Und da dem nicht so war ...«

»Augenblick«, unterbrach mich Bill. Er war plötzlich sehr aufgeregt und rechnete laut nach. Dabei verlor sein Gesicht an Farbe. Als er das Ergebnis hatte, wurde er noch bleicher. »Scheiße, das ist ja – 1997, und das haben wir jetzt.«

»Exakt.«

Mein Freund ließ sich zurücksinken. Die Stuhllehne protestierte gegen den ungewohnten Druck. »Das ist hart, John.«

»Und wie!«

»Was machen wir jetzt?«

Ich zeigte ihm ein schiefes Lächeln. »Jedenfalls müssen wir uns beeilen.«

»Sicher, aber wo fangen wir an?«

»Ich weiß es noch nicht.«

»Wann genau wurde die Hexe verbrannt?«

»Moment, das habe ich gleich.« Bill blätterte in einen Unterlagen und suchte. Als er mir das Ergebnis mitteilte, nickte ich nur.

»Was meinst du damit, John?«

»Ich muß zum Rabenstein.«

»Das sehe ich auch so.«

»Aber du nicht.«

»Wieso?« Ich ...«

»Nein, du mußt hier bei Kerstin bleiben.« Ich schnickte mit den Fingern. »Wenn ich ehrlich sein soll, dann habe ich mich bereits an deinen Flitzer gewöhnt.«

»Du willst ihn also haben?«

»Wenn du so nett bist.«

Bill verdrehte die Augen. Er griff in die Tasche und schob den Schlüssel über den Tisch.

»Aber fahr nicht so schnell.«

»Keine Sorge. Bleib du nur hier. Wenn was ist, rufe ich dich an ...«

»Okay, viel Glück ...«

»Immer nur Arbeit, Bill. Immer nur Arbeit!«

»Wieso?«

Kerstin lachte leise. »Wenn ich dich sehe, dann – na ja, ist schon gut.« Sie deutete auf das Notebook. »Eigentlich mag ich solche Apparate ja nicht.«

»Sie können sehr wertvoll sein.«

»Das weiß ich.«

Bill schaute hoch. »Und jetzt?«

»Bin ich einfach nur müde, Bill, und werde mich deshalb etwas hinlegen. Mal abwarten, vielleicht kann ich schlafen.«

»Bestimmt.«

Kerstin winkte Bill noch zu, um danach im Schlafzimmer zu verschwinden. Das gefiel dem Reporter. Er hatte nichts gegen Kerstin, aber in diesem Fall wollte er schon ungestört bleiben, da noch einige Dinge aufzuarbeiten waren.

Kerstin war wirklich müde. Sie lag kaum im Bett, als ihr schon die Augen zufielen. Was in ihrer Umgebung passierte, bekam sie selbstverständlich nicht mit.

Sie hörte nicht den schnarrenden und keuchenden Atem, der den gesamten Raum ausfüllte. Er war plötzlich da, fing sich in jeder Ecke. Er wehte über den Boden, kroch an den Wänden entlang und breitete sich unter der Decke aus.

Diesmal verschwand er nicht. Er kreiste über der schlafenden Kerstin. Ein böses, unheimliches Geräusch, das auch von einem Raubtier hätte stammen können und eine Botschaft mitbrachte, die nur in den Tiefen der Hölle geboren sein konnte.

Das rasselnde Atmen war nur der Vorbote!

In einer Zimmerecke leuchtete es, als hingen dort glühende Kohlen über dem Boden, befestigt an unsichtbaren Bändern.

Es waren keine Kohlen, sondern zwei Augen, die in das Zimmer hineinglotzten und sich dabei auf das Bett und die dort liegende Frauengestalt konzentrierten.

Kerstin merkte nichts.

Sie war in ihrer Schlafwelt gefangen. Wer immer in das eingedrungen war, er hatte leichtes Spiel mit der bewegungslosen Frau, und aus der Zimmerecke schob sich eine unheimliche, große und schreckliche Gestalt hervor. Eingepackt in eine tintige Düsternis. Ein monströser

Schatten mit menschlichen Umrissen, der sich dem Bett näherte, als wäre er vom Atem der Schlafenden angelockt worden.

Es war der Schwarze Tod!

Endlich war die Zeit reif, um die Grenzen überwinden zu können. Endlich brauchte er nicht mehr in seinem Zwischenreich auf den richtigen Zeitpunkt zu lauern.

Er war da.

Und er stand zum Greifen nahe vor seinem ahnungslosen Opfer, dem er sich entgegenbeugte.

Was dann mit Kerstin passierte, wußte sie selbst nicht genau. Plötzlich war es mit ihrer Ruhe vorbei. Sie erwachte schlagartig. Das Unterbewußtsein mußte ihr eine Mahnung geschickt haben, und mit dem Erwachen riß sie auch die Augen auf.

Sie sah nichts – oder?

Ihr Gehirn war noch nicht in der Lage, die Dinge zu ordnen. Es vergingen Sekunden, bis es soweit war, und nun erkannte sie das Grauen.

Sie sah die glühenden Augen inmitten der dunklen Knochenfratze, und sie wußte plötzlich, daß sie keinen Traum erlebte. Das hier war echt, so verdammt echt.

Kerstin riß den Mund auf. Sie wollte schreien, doch es blieb beim Vorsatz. Kerstin erlebte in dieser Sekunde die mörderische Macht des Schwarzen Tods. Er brauchte sich selbst nicht mal einzubringen, er verließ sich einzig und allein auf die Kraft seiner Augen.

Sie glühten stärker auf. Das Rot der Glotzer war schlimm, und Kerstin konnte nichts mehr tun. Wenn es den Beweis für einen stummen Schrei gab, dann trat sie ihn hier an, denn der Schrei war in ihrer Kehle regelrecht versandet.

Mit weit geöffneten Augen blieb sie liegen und geriet immer tiefer in den Bann des Schwarzen Tods. Der Widerschein seiner höllischen Glutaugen fiel auch über das Gesicht der jungen Frau, erreichte dort die Augen, die sich veränderten.

Sie dunkelten nach.

Grau, noch grauer, und wenig später waren sie so schwarz geworden wie die des Viktor Gonsior.

Kerstin steckte fest im Bann des Unheimlichen, und sie tat genau das, was er sich wünschte.

Ihre rechte Hand zuckte hoch. Die Finger näherten sich dem Hals, wo auch das Kreuz ihrer Großmutter hing.

Mit einer einzigen und ruckhaften Bewegung hatte sie es abgerissen und schleuderte es zu Boden.

Der Schwarze Tod war mehr als zufrieden. Das letzte Hindernis hatte Kerstin selbst beseitigt.

Wie eine dunkle und dicke Spinne kroch die Klaue des Schwarzen Tods über den Unterkörper der Studentin, in Richtung Busen ...

Schlafen – und das tagsüber!

Bill kam plötzlich dieser Gedanke in den Sinn, und er schaute von seinen Unterlagen hoch.

Unbeweglich saß er am Tisch. Seine Ohren schienen zu Lauschern geworden zu sein. Er achtete auf jedes Geräusch, aber es war nichts Verdächtiges zu hören.

Die Stille der Wohnung empfand Bill als beklemmend. Es war für ihn zu still, zu bedrückend, und gerade deshalb breitete sich in seinem Innern die Unruhe aus.

Bill gehörte zu den Menschen, die auch auf Instinkte und innere Warnungen hörten. Das brachte die Freundschaft mit John Sinclair halt so mit sich, und Bill hatte sich darüber nie lustig gemacht. In dieser Situation erst recht nicht.

Bill blieb noch für einen Moment sitzen und lauschte diesmal in sich hinein. Er wünschte sich, daß sein Gefühl zu ihm sprechen könnte. Da dies nicht möglich war, hörte er auf die inneren Warnungen und drückte sich langsam von seinem Stuhl in die Höhe, wobei er sich schon jetzt gespannt umschaute.

In diesem Raum war alles normal geblieben. Das mußte nichts sagen. Es gab ja noch Kerstin. Sie hatte sich in Marions Schlafzimmer zurückgezogen.

Bill zog seine Waffe.

Den Weg zur Schlafzimmertür kannte er. Und jeden Schritt setzte er so leise wie möglich. Er wollte auf keinen Fall unnötig auf sich aufmerksam machen.

Er verließ den Raum, ging ebenso vorsichtig durch den Flur und blieb vor der Tür des Schlafzimmers stehen.

Bill riß sie nicht sofort auf. Er wollte sich erst vergewissern, und deshalb lauschte er an der Tür.

Er hörte nichts.

Dennoch war er nicht beruhigter. Auch die Stille hinter der Tür kam ihm unheimlich vor. Überhaupt hatte sich in der Wohnung einiges verändert. Ihm kam es sogar vor, als wäre die Temperatur gesunken, aber das war auf keinen Fall eine normale winterliche Kälte, die ihn umgab. Hier herrschten plötzlich andere Gesetze.

Bill ging nicht davon aus, daß Kerstin abgeschlossen hatte. Dafür gab es keinen Grund.

»Also dann!« sagte er und hatte sich damit selbst den Befehl gegeben. Hart und schwungvoll riß er die Tür auf.

Normalerweise war es nicht finster im Zimmer. Zwar war das Fenster bedeckt, aber das Tageslicht sorgte für ausreichend Helligkeit, so daß ein Dämmerlicht entstand, das aber nichts mit der Schwarzen Wolke und den ebenfalls dunklen Schwaden zu tun hatte, die durch den Raum trieben.

Die finstere Wolke schwebte über dem Bett, wo Kerstin regungslos auf dem Rücken lag.

»Scheiße!« schrie Bill und riß die Waffe hoch.

Im selben Augenblick löste sich aus der Wolke die häßliche, schwarze Knochenfratze.

Sie huschte auf Bill zu und erreichte ihn in dem Augenblick, als der Reporter abdrückte. Der Schuß peitschte auf, dann wurde es schwarz um Bill Conolly.

Pechschwarz ...

Ich hatte die Ruine Rabenstein kurz vor Einbruch der Dämmerung erreicht, war den schmalen Weg hochgefahren und hatte vor dem Gittertor geparkt.

Das Tor ließ sich aufziehen. Blätter raschelten, als ich über den Laubteppich schritt. Schon nach den ersten Schritten wußte ich, daß hier etwas nicht stimmte. Ein magischer Ort war hier vor Hunderten von Jahren gewesen, und diese Magie hatte sich bis zum heutigen Tag erhalten.

Hätte mich jemand nach den Gründen dieses Gefühls gefragt, ich hätte nur die Schultern gehoben, ohne eine konkrete Erklärung geben zu können, aber ich war davon überzeugt, daß der Boden, die alten Mauern und die Durchlässe noch diesen Schrecken des Mittelalters konserviert hatten.

Um den Ort der damaligen Verbrennung zu erreichen, mußte ich die Anhöhe zu der Ruine hochsteigen. Der Wind begleitete mich als kalter Bote. An einigen Stellen wirbelte er das Laub auf, und so wurde ich manchmal von raschelnden Geräuschen begleitet, die mir vorkamen wie das geheimnisvolle Atmen eines Fremden.

Ich fühlte in meiner Brusttasche nach und war zufrieden, als ich dort das Knistern vernahm. Da steckte die Nachricht, die ich aus dem Kloster mitgenommen hatte. Ebenfalls die kleine Flasche mit der geheimnisvollen Mixtur, auch ein Geschenk von Father Ignatius.

Ich hatte jetzt die höchste Stelle erreicht und stand vor einer hüfthohen Mauer, direkt gegenüber der alten Burgwand. Sehr düster wirkte sie, sehr wuchtig war sie. Durchsetzt von leeren Fenstern, die aussahen wie dunkle Augenhöhlen.

Über mir zog sich der Himmel zu, und seine bleigraue Farbe dunkelte immer mehr ein.

Ich schaute über die kleinere Mauer hinweg.

Weit im Hintergrund und leicht im Dunst grüßten die Lichter der Stadt Köln. Täuschte ich mich, oder entsprach es der Wahrheit, daß der Dom besonders stark hervortrat?

Ich wußte es nicht. Ich mußte mich auch um andere Dinge kümmern, dabei stand der Opferplatz an erster Stelle. Es mußte eine alte Granitplatte in die Erde eingesetzt worden sein. Die verwitterte auch nicht in Hunderten von Jahren.

Mit dem Fuß räumte ich das Laub zur Seite. Es lag noch nicht lange zurück, als vier junge Frauen hiergewesen waren und die Platte umstanden hatten.

Vor mir lag die rauhe Platte.

Zufrieden nickte ich und ging dann in die Knie. In dieser Haltung blieb ich und strich über das Gestein. Mit den Fingern fuhr ich durch die Einkerbungen, die nur von Menschenhand in das Gestein hatten gearbeitet werden können.

Schon jetzt war ich einigermaßen zufrieden. Bevor ich das alte Pergament aus der Tasche holte, schaute ich mich noch um.

Es war niemand da, der mich bei meiner Arbeit beobachtete. Ich befand mich mutterseelenallein an dieser zentralen Stelle der Ruine Rabenstein.

Das alte Pergament war wichtig. Ich holte es aus der Innentasche hervor und breitete es auf dem Stein aus, wobei ich es festhielt, damit es der Wind nicht wegwehen konnte. Dann griff ich in die Seitentasche und holte das kleine Fläschchen mit der geheimnisvollen Tinktur hervor. Ich wußte nichts über seinen Inhalt, aber ich mußte Father Ignatius einfach voll und ganz vertrauen.

Vorsichtig leerte ich das Fläschchen über dem alten Pergament. Die Tropfen verteilten sich darauf, und ich wußte auch, was ich weiterhin zu tun hatte.

Mit einer Hand verrieb ich die Flüssigkeit, genau so, wie es mir mein väterlicher Freund aus dem Kloster verraten hatte.

Und das ›Wunder‹ geschah!

Über den Auslöser machte ich mir keine Gedanken. Es mußte etwas mit einer alten Magie oder mit geheimnisvollen urzeitlichen Kräften zu tun haben, jedenfalls veränderte sich das Pergament. Es entstanden Linien, die miteinander verbunden waren und mir beinahe so vorkamen wie auf einem Stadtplan.

Damit hätte ich beim besten Willen nichts anfangen können. Für mich war es eine Botschaft, die ich nur noch entziffern mußte.

Ich ließ mir dabei Zeit und suchte das Pergament Stück für Stück ab. Dabei schaute ich auch in die vier Ecken hinein, konzentrierte mich dann auf die Mitte und hatte die Lösung bald gefunden.

In der Mitte zeichnete sich etwas ab.

Bisher hatte ich es immer übersehen, doch jetzt, wo ich es wußte und noch einmal genau nachschaute, war es plötzlich einfach. Ich sah deutlich die beiden Druidensterne, die ineinander verwoben waren.

Alte Hexenzeichen ...

Mein Herz klopfte schneller, als ich mich gerade halb aufgerichtet hatte. Die ungewohnte Haltung hatte in meinem Rücken ein leichtes Ziehen hinterlassen. Trotz der Kühle lagen Schweißperlen auf meiner Stirn. Langsam stand ich auf.

Ich schaute mich um.

Nichts war zu sehen. Vor mir lag die hohe Wand mit den Fenstern, die wie tote Augen wirkten.

Aber war ich wirklich allein? Oder lauerte in der Umgebung etwas Unheimliches, Böses?

Ich wußte es nicht. Noch nicht.

Deshalb ging ich wieder zurück.

Bernie Schupp war ein Typ, den nichts so leicht aus der Fassung bringen konnte. Doch Franks Bericht hatte auf seinem kahlen Kopf eine leichte Gänsehaut verursachte. Hin und wieder schaute er zu dem grauen Kleidersack aus Nylon hinüber, der über einer Sessellehne hing.

Frank Gällweiler hatte alles gebeichtet und berichtet.

»Du machst vielleicht Sachen, Frank«, sagte Bernie.

»Hör auf zu quatschen!«

»Wieso? Das hättest du alles allein managen können. Einfach die Tote nehmen und ab damit zu den Rheinwiesen. Wäre alles kein großes Problem gewesen.« Er hob mit einer lässigen Bewegung die Schultern. »Wo ist da das Problem?«

Frank konnte nur lachen. »Hör doch auf mit deinen Ratschlägen. Ich hätte dich gerne sehen wollen.«

»Ja, ja, du bist durcheinander. Aber ein Betriebsunfall passiert immer mal wieder.«

Gällweilers rechter Arm schnellte ebenso vor wie sein Zeigefinger. »Betriebsunfall – ja, du hast recht. Aber ich habe nicht gewollt, daß es ausgerechnet bei mir geschieht.«

»Davor ist keiner gefeit!«

Frank regte sich auf. »Rede doch nicht so klugscheißerisch daher. Letztendlich bist du es gewesen, der mir dieses Traumzeug verschafft hat. Also kannst du es dir auch anziehen, wenn die Kleine den Löffel abgibt.«

»Ist doch nicht meine Schuld, wenn ihr die richtige Dosis nicht einhaltet. Du hast doch auch Erfahrung.«

»Red nicht so 'n Scheiß, Mann! Ich sehe überhaupt nicht ein, daß ich die Drecksarbeit allein machen soll. Du wirst mir dabei helfen, Bernie.« Frank nickte entschlossen, bevor er aufstand und sich dem Sessel näherte, über dem der Sack hing.

Auch Bernie stand auf. »Meinetwegen«, sagte er. »Ich will ja keinen Ärger mit dir.«

»Also los, packen wir es!«

Man hatte den Sarg nicht geschlossen, und so lag die Leiche der Petra Klinger aufgebahrt in der Totenhalle in einer Stille, wie sie einfach dazugehörte.

Die dicken Mauern der Leichenhalle hielten die Außengeräusche zurück, und nichts sollte die Ruhe der Toten mit dem Kreuz aus Asche auf der Stirn stören.

Nichts?

Etwas war da, etwas war zu spüren.

Etwas Unheimliches, unsagbar Böses, das einen Menschen in die Flucht hätte schlagen können. Aber niemand, abgesehen von der toten Petra, befand sich in dieser stillen Umgebung. Und sie lag starr in ihrem Sarg. Das Gesicht so bleich, den Mund verzerrt, als hätte sie in der letzten Sekunde ihres Lebens noch einen Fluch ausstoßen wollen.

Ein leichter Wind fuhr durch die Leichenhalle, und er brachte etwas mit, das sich lautlos, behutsam und dennoch zielstrebig der Gestalt im Sarg näherte.

Es war eine Hand.

Dunkel – und mit langen, bösen Fingern, die genau wußten, wohin sie zu fassen hatten.

Sehr bald schon schwebte die Klaue über dem Sarg. Es war der Schatten des Bösen, der weiterwanderte, in der

Höhe blieb und sich erst senkte, als er den Kopf der Toten erreicht hatte.

Hier konzentrierte sich die Hand auf die Stirn der Leiche, auf der sich das graue Mal abzeichnete.

Die Berührung war nicht mehr als ein Hauch, ein leichtes Streifen, aber sie reichte aus, um das Kreuz aus Asche verschwinden zu lassen. Der letzte Staub flog davon, dann lag die Stirn der Toten frei.

Einen Augenblick später geschah es. Die Leiche zuckte zusammen.

Und dieses Zucken blieb nur auf das Gesicht beschränkt, dessen Züge sich verhärteten und einen widerlich bösen Ausdruck annahmen.

Petra Klinger war wieder erwacht ...

Viktor Gonsior saß noch immer in seinem Büro und dachte über den Besucher aus England nach. Dieser Mann wußte mehr, als er zugegeben hatte, das stand für Gonsior längst fest. Er hatte nur so harmlos getan, tatsächlich aber mußte er es faustdick hinter den Ohren haben, und Gonsior sah in Sinclair einen Feind.

Wie er sich verhalten sollte, wußte er nicht. Auch für ihn waren die Dinge neu, und sie hatten sich rasend schnel! entwickelt.

Es schien dem Ende zuzugehen, das zugleich ein neuer Anfang sein würde.

Als Gonsior dieser Gedanke kam, da schaute er auch auf den Ring. Der Blick war wie ein Zeichen, denn urplötzlich und ohne irgendeine Vorwarnung fing der Ring an zu glühen.

Viktor schrie. Er haßte ihn auf einmal und wollte ihn mit aller Macht abstreifen.

Es war nicht möglich.

Und er hörte zugleich diesen rasselnden Atem im Hintergrund, ohne jedoch einen Fremden oder etwas Fremdes entdecken zu können.

Das Glühen hörte nicht auf. Gonsior wurde fast verrückt. Er verspürte keine Schmerzen, aber er konnte dieses verdammte Gleißen nicht mehr ertragen.

Bisher hatte er sich als einen selbständigen Menschen betrachtet und sich selbst für sein Tun verantwortlich gemacht. Das war nun vorbei. Er konnte sich zwar bewegen wie immer, aber er stand dabei unter fremder Kontrolle.

Viktor Gonsior jaulte auf wie ein getretener Hund. Er konnte auf einmal nicht mehr an seinem Platz bleiben. Das Sitzen war furchtbar geworden. Er mußte weg von diesem Stuhl, und er sprang so heftig in die Höhe, daß das Sitzmöbel umkippte.

Dann drehte er sich um. Mit langen und schnellen Schritten lief er durch das Zimmer, schlenkerte mit dem linken Arm, aber so konnte er den Ring nicht loswerden. Dessen Stein glühte immer stärker und blendete ihn nicht nur, sondern schien seine Kraft auch in das Innere des Menschen schicken zu wollen.

Wieder versuchte Gonsior es, den Ring abzustreifen, seine Hand zuckte dabei, aber er schaffte es nicht. Mit der Schulter streifte er an den Wänden entlang, wo er auch seine Mitbringsel und Trophäen aus fremden Ländern berührte. Waffen, Masken, Fetische, unheimliche Dinge, die plötzlich ein Eigenleben zu führen schienen.

Ich werde verrückt! schoß es ihm durch den Kopf. Ich werde noch irre! Er ging weiter. Schwankend jetzt, mal nach rechts, mal nach links. Er atmete nicht mehr, er keuchte und röhrte nur noch, während der Ring auch weiterhin gleißte und mit seiner Magie alles überstrahlte.

Gonsior blieb stehen. Er schnappte nach Luft. Dabei kippte er zurück und drehte sich noch.

Mit dem Körper prallte er gegen die Wand. Weit aufgerissen und zugleich verdreht waren seine Augen. Trotzdem sah er den Dolch mit dem kunstvoll gearbeiteten Griff, der unmittelbar neben ihm an der Wand hing.

Er wußte nicht mehr, aus welchem Land die Waffe stammte. In ihm sah er den Ausweg aus dem Schrecken.

Viktor Gonsior riß die Waffe von der Wand weg. Er rannte damit zu seinem Schreibtisch und legte einen Finger auf die Kante.

In der Rechten hielt er den Dolch.

»Ja!« keuchte er. »Ja, ich tue es!«

Sein Gesicht verzerrte sich. Bevor ihm der Tränenschleier den Blick verwehrte, holte er aus, schlug zu und trennte den Finger ab.

Er hörte sich schreien, starrte auf das Blut und sank zu Boden ...

Der Weg zum Porsche war alles andere als weit, trotzdem zog er sich in die Länge, obwohl ich ziemlich schnell ging. Die alten Ruinen waren hinter mir zurückgeblieben, und ich spürte sie wie eine schwere Last in meinem Rücken, als wollten sie mich irgendwann zu Boden und in das feuchte Laub hineindrücken.

Die Dämmerung hatte zugenommen. Es fiel mir schwer, Unterschiede auszumachen. Manchmal sah es aus, als wären die Bäume in die Reste des kahlen Mauerwerks hineingewachsen.

Das Gittertor stand so offen, wie ich es zurückgelassen hatte. Der nächste Schritt würde mich wieder von der Ruine wegbringen, aber ich schaute noch einmal zurück.

Da war nichts zu sehen.

Nur das düstere Gemäuer unter dem immer dunkler werdenden Himmel. Und weit im Westen erhob sich Köln, die Stadt, wo Gut und Böse so dicht beisammen lagen.

Noch war es nicht soweit. Noch konnte ich etwas retten. Einen ersten Schritt hatte ich schon durch den Besuch auf der Ruine hinter mich gebracht. Ich wollte Bill informieren, setzte mich in den Porsche und holte mein Handy hervor.

Die Nummer, unter der ich meinen Freund erreichen konnte, hatte ich im Kopf.

Ich wählte und wartete.

Besetzt.

Dann unternahm ich einen zweiten Versuch.

Abermals hatte ich keinen Erfolg, aber ich war auch nicht beunruhigt, dennoch ging ich davon aus, daß Bill per Telefon Erkundigungen einholte.

Dann fuhr ich los.

Mein Ziel war Kerstin Möllers Wohnung ...

Die Schmerzen hatten Viktor Gonsior regelrecht aufgefressen – wie ein hungriges Tier seine Beute. Und sie waren schließlich so stark geworden, daß er in das tiefe Loch der Bewußtlosigkeit gefallen war. Die hielt aber auch nicht ewig an, und so erwachte er.

Er lag auf dem Rücken.

Unter sich spürte er die Härte des Fußbodens – und auch die Schmerzen an seiner linken Hand. Sie brannte, als hätte er sie in ein Feuer gehalten.

Plötzlich fiel ihm ein, was er da getan hatte. Noch einmal lief die Zeit bis zu seiner Bewußtlosigkeit wieder vor seinem geistigen Auge ab, und er dachte auch daran, wie er sich den Finger abgeschlagen hatte.

Wilde Schmerzen hätte er empfinden müssen. Er hätte schreien müssen, aber seltsamerweise waren sie nach seinem Erwachen aus der Bewußtlosigkeit kaum noch zu spüren gewesen.

Wieso?

Im Zimmer war es hell genug, um sich orientieren zu können. Gonsior setzte sich hin. Bisher hatte er noch keinen Blick auf seine linke Hand geworfen. Er hatte sich einfach nicht getraut. Nun hob er sie an und hielt sie vor seine Augen.

Der Schrei war grell und ungezügelt!

Und er hörte nicht auf.

Gonsior hatte sich noch nie zuvor so schreien gehört. Auch bei einem anderen Menschen hatte er einen derartigen Schrei noch nie erlebt, und dabei war er schon viel in der Welt herumgekommen. Er wußte auch nicht, wie er seinen eigenen Schrei einschätzen sollte. War er nun aus dem Entsetzen oder aus der Überraschung geboren?

Gonsior sackte plötzlich zusammen, beendete sein Wehklagen.

Er hatte nicht geschrien, weil sein Finger abgeschnitten war, sondern weil es ihn noch gab.

Ja, er war wieder angewachsen!

Zusammen mit dem Ring. Dabei hatte Gonsior ihn doch abgeschlagen, und das war sicherlich keine Einbildung gewesen. Er erinnerte sich noch an den Schmerz, an das ...

»Scheiße!« keuchte er. »Verdammte Scheiße!« Er hockte noch immer auf dem Boden, aber nicht mehr lange. Er sprang in die Höhe, stolperte auf dem Schreibtisch zu, riß dort eine Schublade auf und wühlte darin herum.

Endlich hatte er gefunden, was er suchte.

Es war eine Visitenkarte.

Sie gehörte John Sinclair!

Ich stand vor Kerstins Wohnung und hatte Angst! Ich fühlte mich verdammt unwohl, denn auch nach dreimaligem Klingeln hatte sich niemand gemeldet. Weder die junge Frau noch Bill.

Das bereitete mir große Sorge.

Ich kannte meinen Freund gut genug. Bill hätte sich bei einer neuen Aktivität sicherlich bei mir gemeldet, aber das war auch nicht geschehen. Ich stand vor der verschlossenen Tür.

Verdammt auch!

Aber ich mußte in die Wohnung hinein!

Mein Atem hatte sich wieder einigermaßen beruhigt, als ich mir das Schloß anschaute. Es war nicht das beste und neueste, und von innen abgeschlossen war sicherlich auch nicht.

Ich kramte in den Taschen meines Mantels herum und fand mein Besteck für Notfälle.

Es war einer dieser Dietriche, die zum Öffnen älterer Schlösser durchaus taugten. Ich mußte in die Wohnung, denn ich ging davon aus, daß ein Notfall vorlag.

In diesem wichtigen Augenblick war ich eiskalt geworden. Meine Hand zitterte noch, als ich den Dietrich behutsam in das Schloß einführte und auch merkte, wie er packte.

Ungefähr zehn Sekunden werkelte ich herum, dann hörte ich das leise Schnacken.

Die Tür war offen, ich schob sie auf und wußte sofort, daß die Wohnung leer war. Das kann man spüren, man hat es im Gefühl. Ich wollte sie trotzdem durchsuchen, denn geheuer kam mir das alles nicht vor.

Die Tür drückte ich wieder zu.

In der Diele blieb ich stehen, bewegte nur meine Augen, war aber gespannt bis in den letzten Nerv.

Mein erster Gang brachte mich in den Wohnraum, wo ich sofort erkannte, daß hier etwas passiert sein mußte, denn der Telefonhörer lag nicht auf dem Apparat, sondern baumelte an seiner Schnur dicht über dem Boden.

Ich ging hin, legte ihn wieder auf und entdeckte dabei einen Zettel, auf dem einige Notizen hastig hingekritzelt worden waren. Dabei erkannte ich Bills Handschrift.

Ich las eine Adresse. Dahinter stand der Name Frank Gällweiler. Beides prägte ich mir ein.

Mehr Unstimmigkeiten sah ich hier nicht, aber die Wohnung bestand aus mehreren Zimmern, und so bewegte ich mich auf das Schlafzimmer zu. Als ich die Tür öffnete, war mir bereits klar, daß mich ein zweiter Tiefschlag erwartete.

Der erste Blick in das Zimmer bestätigte es. Nicht weil das Bett leer war, sondern weil ich etwas auf dem Boden entdeckt hatte, das ich sehr gut kannte.

Es war das an der Kette hängende Kreuz, das Kerstin Möller getragen und von ihrer Großmutter bekommen hatte.

Plötzlich brauchte ich einen Stuhl. Ich wußte nicht genau, was hier abgelaufen war, aber der große Gegner – der Schwarze Tod – war wieder einen Schritt schneller gewesen.

Unter mir spürte ich die harte Spitzfläche. Im Augenblick war ich überhaupt nicht da. Oder sogar in doppelter Form vorhanden, denn ich hatte zugleich das Gefühl, neben mir zu hocken.

Es war der Augenblick der Depression, der Verzweiflung, und ich schlug beide Hände gegen mein Gesicht. Natürlich machte ich mir Vorwürfe und fragte mich, ob ich das alles nicht hätte einkalkulieren können. Doch diese Gedanken brachten mich nicht weiter.

Dafür meldete sich mein Handy.

Dieses Geräusch riß mich wieder zurück in die Wirklichkeit. Für einen langen Moment hoffte ich, Kerstins oder Bills Stimme zu hören, aber das war leider ein Irrtum.

»Sinclair, sind Sie es?« Die Männerstimme klang gehetzt, als würde der Anrufer von zahlreichen Dämonen gejagt.

»Gonsior?«

»Ja, verdammt!«

»Was ist los?«

Er sprach, aber ich verstand nichts. Er verhaspelte sich. Ich nahm besonders deutlich die Worte Dolch und Ring wahr, aber damit konnte ich nichts anfangen.

In seine Worte sprach ich so laut hinein, daß er verstummte und mir zuhörte. »Bleiben Sie ruhig, Gonsior. Bleiben Sie um Himmels willen ruhig. Tun Sie uns beiden den Gefallen. Ich bin so schnell wie möglich bei Ihnen. Kapiert?«

Er sagte etwas, das ich nicht verstand. Es brachte nichts, noch länger mit ihm zu sprechen. Ich kappte die Verbindung und wählte eine neue Nummer.

Ich wollte Kommissar Krüger haben, aber es meldete sich jemand anderer. Viel Zeit blieb mir nicht, deshalb erklärte ich dem Mann folgendes, und meine Stimme klang so hart, daß er mir einfach zuhören mußte.

»Richten Sie Krüger folgendes aus: Er soll zur Simrockstraße 24 kommen. Zur Uni. Viktor Gonsior. Merken Sie sich diesen Namen. Aber Krüger weiß auch Bescheid. Und noch etwas. Auf keinen Fall soll er allein hinfahren. Erinnern Sie ihn an die Spezialeinheit. Das ist alles. Ich lasse wieder von mir hören.«

Damit war für mich das Gespräch beendet. Das Handy steckte ich weg und rannte mit langen Schritten aus der Wohnung ...

Ich habe ihn erreicht. Ich habe ihn erreicht! Ich habe es noch geschafft! Gonsiors Gedanken zuckten wie Blitze durch seinen Kopf, während er am Fenster stand und hinaus in den Garten starrte, in dem sich die kahlen

Bäume wie große Skelette abmalten und auch die wenigen Büsche so abgefressen wirkten.

Am Himmel wühlten sich die dunkelgrauen Wolken auf. Es sah aus wie vor einem Wetterumschwung, und der Wind fuhr in bissigen Stößen durch den Garten, so daß er die Blätter hochwirbelte, als wollte er dem einsamen Betrachter beweisen, wer hier das Sagen hatte.

Gonsior wartete auf Sinclair.

Hoffentlich, zuckte es durch seinen Schädel. Hoffentlich ist es noch nicht zu spät.

Die Zeit wurde ihm lang. Zäh wie dunkler Teig zog sie sich hin. Die Sekunden hatten sich verdichtet und schienen zu Minuten angewachsen zu sein. Viktor wußte, daß er es in seinen vier Wänden nicht lange aushalten konnte, aber was sollte er tun?

Hinausrennen und sich dort verstecken?

Nein, das hätte ihn nicht weitergebracht.

Also warten.

Auf Sinclair warten, der leider keine Flügel hatte und sich durch den Verkehr quälen mußte.

Der Sturm wütete noch immer.

Er fuhr jaulend am Fenster vorbei. Er packte Gonsior und hätte ihn fast umgeworfen.

Viktor schrie. Er drehte sich und klammerte sich dabei an der Fensterbank fest.

In diesem Moment sah er, wie der Sturm durch sein Büro wuchtete und die Bücher aus dem Regal fegte. Nichts blieb mehr an seinem Fleck. Der Schreibtisch wurde wie von unsichtbaren Händen abgeräumt. Gonsior mußte sich ducken, um nicht mitgerissen zu werden. Er fragte sich nicht, woher der Sturmwind überhaupt gekommen war. Er nahm ihn einfach hin, spürte ihn dann in seinem Rücken und wurde dann doch aus dem Zimmer getrieben, hinein in das Treppenhaus.

Er suchte nach einem Versteck, aber er war zu durcheinander, um eines zu finden. Gonsior öffnete eine Tür, stolperte über die Schwelle – und das verdammte Lachen war so nahe.

Gonsior rutschte vor, dann blieb er stehen, als hätte man ihn am Boden festgenagelt.

Das schnarrende Lachen verstummte, und vor ihm bewegte sich etwas. Die unheimliche Gestalt des Schwarzen Tods schälte sich aus der Dunkelheit. Zwar ebenfalls dunkel, aber in der Finsternis gut zu erkennen, besonders die glühenden Augen in seiner Fratze.

Viktor hörte seinen eigenen Atem. Er spürte das Blei und zugleich die Puddingmasse in seinen Knien. In ihm steckten und durch ihn tobten Gegensätze, mit denen er nicht zurechtkam.

Er duckte sich, als er die dumpfe Stimme des Dämons hörte, die seine Ohren umtanzte.

»Komm her zu mir, Viktor Gonsior ...«

Der Mann wollte nicht. Er schüttelte den Kopf. Verstört schaute er sich um und suchte nach einem Ausweg. Das durfte doch alles nicht wahr sein, so etwas gab es nur im Kino oder in alten Geschichten. Ich erlebe einen Traum, aus dem ich fliehen muß.

Er dachte nur an Flucht, drehte sich auf der Stelle, um zu verschwinden. »Nein!« schrie er dabei und wollte aus dem Haus laufen.

Da erwischte ihn die fremde Kraft. Noch einen Schritt weit ließ sie ihn kommen.

»Du wirst noch lernen, meinen Befehlen zu gehorchen«, tönte der Schwarze Tod. Gonsior bekam einen Schlag, der ihn taumeln ließ, obwohl ihn nicht mal eine Hand berührt hatte.

Gonsior krallte sich an der Wand fest. Er heulte. Die Tränen rannen aus seinen Augen. »Laß mich!« brüllte er mit sich überschlagender Stimme. »Laß mich in Ruhe!«

»Du trägst meinen Ring! Mein Zeichen!«

Viktor zitterte am gesamten Körper, als er zurückschrie. »Ich wollte ihn doch nicht!«

»Aber du hast ihn. Und seitdem bist du mein Untertan, Viktor Gonsior.«

Mensch und Dämon standen sich gegenüber. Und der Mensch wurde immer kleiner. Er kam sich vor wie ein Wurm, der bald zertreten wurde und jetzt schon dem Druck nichts mehr entgegensetzen konnte. Er war einfach chancenlos.

Der Schwarze Tod setzte sich in Bewegung. Bisher hatte eine recht große Distanz zwischen den beiden bestanden, nun aber ›floß‹ er förmlich heran. Es war zuerst kein Laut zu hören, dann hörte es sich für Gonsior an, als wäre jemand dabei, einem Lebewesen die Kehle durchzuschneiden.

Die saß bei ihm zu. Er konnte nicht mehr normal atmen. Der Mann schnappte nach Luft, und das Gefühl, ein Wurm zu sein, verstärkte sich in ihm immer mehr.

Vor ihm kam der Dämon zur Ruhe. Es gab kein Loch, in dem sich der Wurm Gonsior hätte verkriechen können. Er duckte sich, hatte den Kopf aber in die Höhe geschoben und glotzte aus seinen schwarzen Augen gegen seinen Herrn und Meister.

Der Schwarze Tod genoß das Spiel der Überlegenheit. Nahezu locker streckte er seine dunkle Skeletthand aus, ohne allerdings seinen Diener zu berühren. Die Finger befanden sich dicht über Gonsiors Brust, wo der Schwarze Tod seine Hand kreisen ließ, sie dann senkte und mit den Spitzen der Fingerknochen die linke Brusthälfte des Mannes berührte.

Gonsior schrak bei diesem Kontakt zusammen. In einer schrägen und nach hinten gekippten Haltung stand er vor diesem mächtigen, furchteinflößenden Dämon, der seinen Kopf senkte und die Glut seiner Augen noch näher an Viktor heranbrachte.

»Du wirst noch in dieser Nacht die drei Frauen erwecken, die unter der Knute deiner Macht stehen.«

Gonsior hatte jedes Wort verstanden. Er wußte genau, was sein Herr und Meister von ihm verlangte. Trotzdem bäumte er sich innerlich gegen die Befehle auf. Er mußte die Worte erst sammeln, bevor er sie ausstoßen konnte.

»Nein, nein, ich – kann – nicht. Ich will auch nicht . . .«

»Wollen?« höhnte der Schwarze Tod, bevor er damit begann, seine Macht zu demonstrieren.

Die Hand lag noch immer auf der linken Brustseite des Mannes. Aber der leichte Druck verschwand plötzlich. Die Finger wirkten plötzlich wie Messer, denen kaum Widerstand entgegengesetzt wurde. Und Gonsior bekam alles mit, aber er begriff nicht, daß er trotzdem noch lebte, denn die Kralle dieses Ungeheuers war durch die Kleidung in seine Brust hineingedrungen, und er merkte genau, wie sie sich tiefer bohrte und sich dabei immer mehr seinem Herzen näherte.

Dann hatten die Krallenfinger das Herz erreicht und klammerten sich an ihm fest.

Es schlug, es zuckte.

Gonsior spürte es, aber es bewegte sich auch in der Krallenhand des Schwarzen Tods, und wenn er wollte, brauchte er nur zuzudrücken, um es zu zerquetschen.

Noch immer war der Schwarze Tod nicht zufrieden. Er wollte sein Opfer nahe haben, ganz nahe. Ihn kostete es keine Kraft, den Menschen Gonsior anzuheben. Noch immer umklammerte die Kralle Gonsiors Herz, aus dessen Mund sich wimmernde Schreie lösten, die der finsteren Skelettfratze mit den beiden Glutaugen entgegenwehten. Sie war jetzt dicht vor Gonsiors Gesicht erschienen, so daß er die einzelnen dunklen Knochen erkennen konnte.

Das Wimmern war nicht verstummt, aber es war leiser geworden und konnte von der Stimme des Dämons leicht übertönt werden, der seinem Diener Gonsior die Anweisungen gab.

»Du kannst und wirst alles für mich tun. Es gibt für dich kein Zurück mehr in das normale Leben. Du hast dich mit mir eingelassen, und du wirst genau das tun, was ich will. Vor achthundert Jahren ist es mir nicht vergönnt gewesen, das Grauen auferstehen zu lassen. Damals erlitt ich eine Niederlage. Aber ich habe nichts vergessen. Einer, der ewig lebt, vergißt nichts. Ich will die große Stadt Köln brennen sehen! Hörst du? Ich will sie aufgehen sehen in einem gewaltigen Meer aus Flammen, und ich will die Entsetzens- und Todesschreie der Bewohner hören, bevor die Hitze sie zerfrißt. Und dabei werde ich endlich eins werden mit meiner Frau. Denn nur im Chaos wird diese Dämonenhochzeit stattfinden können ...«

Viktor hatte jedes Wort verstanden. Wie mit einem Messer waren sie in sein Bewußtsein eingeritzt worden. Und nach jedem Wort war sein Widerstand ein Stück erlahmt und damit auch der eigene Wille.

Noch einmal leuchteten die Augen des Schwarzen Tods auf. So intensiv hatte Viktor es noch nie erlebt.

Er nickte ergeben ...

Die Krallenhand ließ ihn los. Die Gestalt zog sich zurück, dann war sie verschwunden ...

Angst!

Auch ich spürte die kalte Angst, die als unsichtbarer Begleiter auf dem Beifahrersitz des Porsches saß. Ich fror innerlich, aber ich spürte auch die Hitze, die in breiten Strömen durch mein Inneres schoß, bis hinein in den Kopf, als wollte sie dort meine Gedanken verbrennen.

Es war mir wie eine Ewigkeit vorgekommen, bis ich auf der breiten Autobahn Köln erreichte. Aber jetzt hatte mich die nächtliche Stadt geschluckt, in der nur mehr künstliches Licht vorherrschte und ich den Eindruck bekam, durch eine mehr oder minder helle Kulisse zu fahren.

Ich drückte weiter aufs Tempo, etwas schneller als erlaubt, aber die Zeit hing mir im Nacken. Der flache Flitzer huschte auf der linken Seite dahin.

Kontrollampeln blitzten.

Es störte mich nicht. Die Furcht trieb mich weiter. Ich mußte es schaffen, sonst waren die Stadt Köln und auch deren Bewohner verloren ...

Der Schwarze Tod hatte Viktor Gonsior verlassen, und er hatte dies mit einem ›ruhigen Gewissen‹ tun können, denn er wußte, daß Gonsior zu seinem Diener geworden war und alles tun würde, was dem Schwarzen Tod dabei half, den großen Plan in die Tat umzusetzen.

Tote erwecken, dachte er und lachte glucksend. Nie hätte ich gedacht, daß ich einmal dazu in der Lage sein würde. Seine Augen leuchteten. Er fühlte sich plötzlich gut, denn es gab ihm einen besonderen Kick, eine derartige und einmalige Macht auszuüben. Und das als normaler Mensch und nicht als voll ausgebildeter Voodoo-Priester.

Er war dabei, seine Vorbereitungen zu treffen.

Die Puppe mit dem Aussehen der Sybille Thelen lag bereits auf dem Teppich. Das allerdings war erst der Anfang. Gonsior holte Kerzen. Zwei rote und eine schwarze. Mit diesen Kerzen bildete er ein Dreieck um die Puppe herum.

Für einen Moment betrachtete er die Abmessungen, war mit ihnen zufrieden, holte Streichhölzer aus der Tasche und zündete der Reihe nach die Dochte an.

Zufrieden schaute er von oben auf die Flammen. Sie

brannten sehr ruhig, denn kein Lufthauch wehte durch den Raum. Das Fenster und die Tür waren fest verschlossen.

Der Anfang war gemacht.

Teil zwei des Rituals nahm Gonsior anschließend in Angriff. Er holte die Schale mit dem Hühnerblut hervor und stellte sie ebenfalls auf den Boden.

Der Kerzenschein traf die Oberfläche und ließ sie heller erscheinen, als sie in Wirklichkeit war.

Den Federkiel hatte Gonsior ebenfalls mitgebracht. Er hielt ihn in der Hand, als er sich im Schneidersitz auf dem Teppich niedergelassen hatte.

Noch einmal schaute er auf das Bild, war sehr zufrieden, tunkte den Kiel in das Blut und griff mit der freien Hand nach der Puppe.

Er legte sie auf seine linke Handfläche. Nichts zitterte mehr. Er war die Ruhe selbst, denn er fühlte sich sicher unter dem Schutzmantel des Schwarzen Tods.

Viktor Gonsior malte die Puppe an. Es waren uralte Zeichen, in grauer Vorzeit entwickelt, als sich die Menschen noch intensiver mit Magie, Tod und Leben beschäftigt hatten. Wer ihre Lehrmeister gewesen waren, konnte nur vermutet werden. Es gab Stimmen, die von Urzeit-Dämonen sprachen oder aber Luzifer persönlich einschlossen, der es nie hatte überwinden können, daß nicht er den Tod so strahlend überwunden hatte, sondern sein großer Gegenspieler.

Für Gonsior war alles so leicht geworden. Plötzlich kannte er genau die Worte, die er sprechen mußte, um die Beschwörungsformeln zusammen mit den Zeichen wirksam werden zu lassen. Beide mußten eine Einheit eingehen, nur dann konnte das Unwahrscheinliche zur schaurigen Wahrheit werden.

Gonsior sah völlig abwesend aus. Er war hineingeglitten in eine tiefe Meditation. Die dunklen Augen glotzten.

Seine Haut glänzte wie mit Öl eingerieben. Er sprach, ohne es selbst zu merken. Hätte ihn jetzt jemand gestört, er hätte nichts anderes mehr mitbekommen. Viktor Gonsior lebte tief in seiner Trance.

Und der Ring an seinem wieder angewachsenen Finger spielte mit. Er hatte schon immer leicht gestrahlt, doch die Zufuhr neuer Energien – eben die alten Totenformeln – sorgte dafür, daß sich seine Kraft noch mehr intensivierte.

Er strahlte wieder auf, was den in tiefe Trance versunkenen Gonsior nicht störte und nicht mal von ihm beachtet wurde.

Gleichzeitig bewegten sich die Flammen. Jede einzelne fing an zu flackern, als gehorchte sie irgendwelchen Winden, die allerdings in diesem Zimmer nicht zu spüren waren.

Zugleich veränderten die Flammen ihre Farbe. Sie wurden dunkler und nahmen mehr die Farben ihrer Kerzen an. Zwei leuchteten in einem dunklen und düsteren Rot, die dritte schwarzgrau.

Viktor legte den Federkiel zur Seite und nahm die Nadel in die Hand. Den kleinen Elfenbeinkopf hielt er zwischen Daumen und Zeigefinger geklemmt, nahm noch einmal Maß und steckte die Nadel genau in die Brust der bemalten Puppe.

Er ließ sie darin stecken.

Zeit verging.

Die Flammen blieben weiterhin unruhig. Sie schufen eine Muster aus Licht und Schatten auf Wänden, Boden und Decke.

Viktor hatte lange genug gewartet. Er faßte den kleinen Kopf wieder an und zerrte die Nadel mit einem heftigen Ruck aus dem Puppenkörper.

Aus der Wunde sickerte ein Tropfen Blut. Er rann am Körper entlang nach unten. Gleichzeitig entzerrten sich die Gesichtszüge der Puppe. Die Qualen fielen von ihr ab.

Viktor atmete laut und mit offenem Mund, bis daraus ein Stöhnen wurde.

Die Sybille-Puppe hatte sich zurückverwandelt. Nun ging mit Gonsior eine Verwandlung vor.

Die schwarzen Ölaugen blieben. Nur veränderte sich die Haut. Sie riß zwar nicht auf, aber sie verformte sich an einigen Stellen des Gesichts, das sich zudem noch verzog, so daß der Mensch eine schiefe Monsterfratze bekam.

Er war trotzdem zufrieden.

Und ein anderer war es ebenfalls.

Unsichtbar hatte sich der Schwarze Tod im Hintergrund aufgehalten und zugeschaut.

Jetzt, wo er einen großen Teil eines Plans erfüllt sah, lachte er schaurig auf ...

Die letzten Besucher hatten den Kölner Südfriedhof längst verlassen. Auf unhörbaren Sohlen war die Dunkelheit der Nacht herangeschlichen und hatte sich über die große Stadt am Rhein gelegt, wobei sie den Friedhof nicht ausschloß.

Sie lagen still in ihrer Totenruhe. Noch waren die nach unten gefallenen Tränen der Trauergäste nicht getrocknet, aber wer in der kalten Erde lag, war tot. Mochte er nun vor einer Woche, einem Monat oder einem Jahr gestorben sein.

War tatsächlich alles tot?

War das leise Geräusch des an einer Grabseite herabfallenden Erdklumpens wirklich nur Einbildung, oder war es von einem hinweghuschenden Tier verursacht worden?

Es hätte niemand genau beantworten können, aber die

Dunkelheit um das Grab der Sybille Thelen herum erlebte plötzlich eine ungewöhnliche Unruhe. Geräusche, die einfach nicht paßten und allesamt mit dem frischen Grab in Verbindung standen.

Hoch über den Friedhof hinweg segelten die Wolken, die der Nachtwind vor sich hertrieb. Hin und wieder riß er die Formation auf. Größere Lücken entstanden, so daß sich das bleiche Rund des Mondes zeigte, der sein kaltes Licht über der Welt verteilte und auch den Kölner Südfriedhof dabei nicht vergaß.

Bäume und Sträucher – beide fast kahl – bekamen einen silbrigen Glanz, als hätte man sie angestrichen. Und die Erde auf Sybilles Grab geriet in immer heftigere Bewegungen.

Da war plötzlich eine Kraft vorhanden, die sich durch nichts stoppen ließ. Die von innen her an die Oberfläche drang und der es auch nichts ausmachte, daß sie sich zunächst durch die schwere Erde wühlen mußte, um ins Freie zu gelangen.

Der Drang war ungeheuerlich. Nichts hielt die Person auf, die den Weg von unten nach oben finden wollte. Sie war einfach stärker als alle irdischen Gesetze. Sie hatte sie schon längst gesprengt, indem sie bereit war, ihr Grab zu verlassen.

Immer stärker bewegte sich die Erde. Der Druck von unten her preßte sie zur Seite weg, so daß sie in unterschiedlich großen Brocken an den Seiten entlangrann.

Ein Zuschauer hätte erkennen können, daß sich das Ding schon dicht unter der Oberfläche befand. Da war die große Unruhe auf dem Grab entstanden, und der Druck ließ nicht nach.

Nachschub von unten!

Das untote Ding kam.

Höher – immer höher wühlte es sich – und brach plötzlich durch.

Was zuerst so langsam gedauert hatte, ging nun sehr schnell. Es war zuerst die Hand, die sich durch das Erdreich gewühlt hatte. Eine trotz des feuchten Schmutzes bleich wirkende Totenklaue, die nicht starr war, denn die Finger bewegten sich, kaum daß die Hand die Graberde verlassen hatte, als wollten sie das Licht des Mondes begrüßen.

Es blieb nicht bei der Hand. Sie war nicht vom Körper abgespalten, der ebenfalls aus der Dunkelheit hervor ins Licht des Mondes steigen wollte und sich dabei ruckartig in die Höhe schob, wie an den Bewegungen der Graberde deutlich zu erkennen war.

Da kam jemand.

Und ein Kopf durchbrach die Erde. Das Wesen kletterte aus der Erde.

Ein Gesicht wie eine Maske.

Schmutzig, verdreckt, mit weit geöffneten Augen, in deren starren Blick sich ebenfalls das Mondlicht fing und ihnen einen ungewöhnlichen und leeren Glanz verlieh.

Nichts konnte die Untote aufhalten. In Sybille Thelen steckte eine Kraft, die mit normalen Worten und auch rational nicht zu erklären war.

Hier war der Alptraum einer lebenden Leiche zur Realität geworden, und dieser Schrecken setzte sich fort, denn Sybille dachte nicht daran, im Grab zu bleiben.

Sie entstieg dem Grab. Kränze und Blumenreste hatte sie zur Seite geschaufelt. Die Hände arbeiteten wie ein Bagger, als sie endlich freie Bahn hatte.

Sie war frei!

Einige taumelnde Schritte brachten Sybille von ihrem Grab weg. Erst auf dem Grund des Nachbargrabs konnte sie sich fangen, blieb dort stehen und drehte sich, als hielte sie nach etwas Ausschau.

Wieder glänzte ihr starres Gesicht so bleich. Es war leblos, aber es war anders als das Gesicht einer schlafenden Person. In diesen Zügen lag nichts von einer Entspannung; sie wirkten wie eingefroren, aber sie bewegten sich, und die lebende Leiche drehte ruckartig den Kopf, als hätte sie soeben einen Befehl erhalten.

Dann ging sie weg.

Sie hatte einige Schwierigkeiten mit dem Laufen, denn sie erinnerte dabei weniger an einen Menschen als an eine Marionette. Wie zwei Stöcke schlenkerten die Arme bei jedem Schritt vor, dann wieder zurück, aber das Ziel stand fest.

Es war der Ausgang!

Es war ein verflucht langer Tag gewesen. Einer wie der Mann hinter dem Lenkrad ihn kannte, wie er ihn haßte, gegen den er aber nicht ankam, denn hätte er sich geweigert, die Überstunden abzuleisten, wäre alles vorbeigewesen. Es gab genügend andere, die auf seinen Job warteten.

Achim Otto befand sich auf der Heimfahrt. Er wollte nach Hause, er wollte Ruhe haben, ein Bier trinken, in die Glotze schauen und im Jogginganzug im Sessel hocken ...

Otto gähnte.

Die Strecke kannte er fast im Schlaf. Er fuhr sie ja jeden Tag. Morgens hin, am Abend wieder zurück. Immer das gleiche, es veränderte sich nichts, abgesehen von der Verkehrsdichte, die aber hielt sich zu später Stunde in Grenzen.

Und der Südfriedhof war auch immer gleich. Die Reise führte an ihm vorbei. Otto war nie selbst auf dem Friedhof gewesen, er nahm ihn nur automatisch wahr, und für ihn war das Gelände nicht mehr als ein großes, stilles und steinernes Meer unter Bäumen.

Otto liebte es nicht, sich über den Tod im allgemeinen

und Friedhöfen im besonderen Gedanken zu machen. Er stand dem Leben positiv gegenüber, und das sollte auch in den nächsten Jahren so bleiben.

Wieder mußte er gähnen. Er fuhr dicht an dem Gelände vorbei. An der Mauer, über die die kahlen Äste der laublosen Bäume hinweggriffen wie die dünnen Arme skelettierter Riesen.

Der einsame Fahrer hatte das Radio eingeschaltet und lauschte den Klängen einer Musical-Melodie.

Vor seinem Wagen zeichneten die beiden Scheinwerfer einen hellen Teppich auf die Straße. Das Licht war kalt, es spiegelte sich leicht auf dem Asphalt – und fing sich plötzlich in einer Gestalt, die blitzartig, vom Friedhof kommend, in seinem Scheinwerferlicht auftauchte.

Otto schrie und bremste zugleich, während er sich versteifte und aus weit geöffneten Augen nach vorn glotzte.

Der Aufprall war ein schreckliches Geräusch. So dumpf und durchdringend. Otto sah, wie die Gestalt im hellen Kleid oder Hemd durch die Luft geschleudert wurde.

Sie wirkte wie eine Puppe, die jemand aus einer sicheren Deckung heraus kurzerhand vor den Wagen geworfen hatte, und sie verschwand nach links aus dem Bereich der Scheinwerfer.

Dann stand der Wagen!

Achim Otto hörte sich selbst keuchen. Er zitterte. Er war durcheinander, aber er mußte aussteigen. Vielleicht konnte er noch helfen.

Fast wäre er noch gefallen, so weich waren ihm seine Knie plötzlich geworden. Der hochaufgeschossene Mann mit dem Bart näherte sich der leblos auf dem Boden liegenden Gestalt, die bis in den Schatten der Friedhofsmauer geschleudert worden war.

Lebte sie noch?

Ottos Herz schlug wahnsinnig schnell, als er auf die

Tote zuging. Sie lag auf dem Rücken. Sie sah so steif aus, so leblos, und Achim Otto beugte sich über sie.

»Bist du denn wahnsinnig, Mädchen? Ich habe dich nicht gesehen!«

Da schnellte Sybille Thelen hoch und schnappte zu. Otto kam nicht mal dazu, einen klaren Gedanken zu fassen. Er spürte nur den unglaublichen Druck an der Kehle, als wäre sie von den Backen einer Eisenzange umklammert worden. Die lebende Leiche kam hoch. Es sah dabei so aus, als würde sie Achim Otto als Stütze benutzen, und sie ließ ihn nicht los, bis sie auf den Beinen stand.

Dann wuchtete sie den Mann herum.

Ihre Kraft war unglaublich. Otto, der noch immer keine Luft bekam, wurde plötzlich losgelassen und flog in Richtung Friedhofsmauer. Er wurde von keinem Hindernis gestoppt.

Mit brutaler Wucht krachte er dagegen. Irgendwo in seinem Körper knackte es, im Kopf ebenfalls, dann verloschen bei ihm die Lichter.

Der weibliche Zombie aber setzte seinen Weg fort ...

Ich war gefahren wie ein Teufel oder wie jemand, dem der Teufel im Nacken sitzt. Die große Stadt am Rhein war zu einer gewaltigen Nachtkulisse geworden. Vollbremsung vor dem Institut!

Diesmal wollte ich es nicht durch den Hintereingang betreten. Meine Gedanken drehten sich um Gonsior, als ich den Wagen verlassen hatte. Hoffentlich hatte sich die schnelle Fahrt gelohnt. Hoffentlich war die Macht aus der Zwischenwelt nicht stärker gewesen.

Ich lief auf die Tür zu.

Die Nacht umgab mich wie ein kalter Schatten. Es hatte sich stark abgekühlt. Über mir zeigte die Wolkendecke am Himmel große Lücken, und der Mond hatte eine Chance, sein Licht auf die Erde zu schicken.

Mit langen Schritten lief ich durch den Vorgarten auf die Tür und damit auch auf das Haus mit seinen dunklen Fenstern zu.

Manchmal hat man das Glück des Tüchtigen. Da spielen dann Zeitfaktoren eine wichtige Rolle, auch Zufälle. Wäre ich nicht ausgerutscht und dabei auf die Knie gefallen, so hätte es mich wahrscheinlich erwischt. Aber ich hatte Glück gehabt, denn diese Zeitverzögerung rettete mir vermutlich das Leben.

Plötzlich war das Feuer da.

Eine gewaltige Lohe, ein Tor aus Flammen, aus dem eine Kraft hervorjagte, die mich ebenfalls erwischte. Die Druckwelle war so stark, daß ich rücklings zu Boden fiel und benommen liegenblieb . . .

Im Haus war Viktor Gonsior zu einem Tier geworden!

Er war dabei, sich immer stärker zu verwandeln, und er glich allmählich den Toten, die in den Tiefen der Gräber vermoderten.

Aber er machte weiter.

Da gab es noch eine zweite Puppe.

Die von Petra Klinger.

Und unter großen Mühen, verbunden mit stöhnenden Geräuschen, zerrte er auch aus ihrem Körper eine Nadel . . .

In der Leichenhalle war es still. Nur eine Tote wurde dort aufgebahrt, eben Petra Klinger.

Tote können nicht reden. Tote geben keine Geräusche von sich. Die Stille hätte bleiben müssen.

Es war nicht so.

Das Kratzen war da. Woher kam es? In der Stille hörte es sich schaurig an. Als würden Fingernägel über eine Wand schaben!

Hier gab es aber kein Gestein, nur Holz, aus dem der Sarg gefertigt worden war.

Und aus ihm erhob sich eine steife Gestalt, die mal eine sehr hübsche Frau gewesen war.

Jetzt sah sie aus wie eine böse Figur. Das Haar hing ihr wirr in die Stirn, der Gesichtsausdruck war nichtssagend, aber trotzdem schrecklich, weil der schiefe Mund offenstand.

Es klatschte, als das Zombiewesen mit seinem nackten Fuß den Boden berührte.

Wenig später schritt es quer durch die Leichenhalle dem Ausgang entgegen.

Sie hatte jetzt ein neues Ziel. Sie wollte zu ihrer Freundin, zu Sybille ...

Die Polizei hatte die Unfallstelle abgesichert; der spärliche Verkehr wurde vorbeigeleitet. Ein Krankenwagen stand ebenfalls bereit, und man kümmerte sich um den Mann, den die Retter dicht neben der Friedhofsmauer gefunden hatten, als wäre er herübergeschleudert worden. Wie jemand, den man dort nicht mehr haben wollte.

Zum Glück für Achim Otto war der Unfall schon kurze Zeit später von einem anderen Fahrer entdeckt worden. Der Mann hatte sofort die Polizei und den Rettungsdienst alarmiert. Man kümmerte sich um den Verletzten, der tatsächlich aus seiner Bewußtlosigkeit erwacht war und sich mit flackerndem Blick umschaute, immer wieder geblendet wurde vom Licht der aufgestellten Scheinwerfer.

Zwei Polizisten umstanden den Mann, der noch immer am Boden lag. Eine Trage wurde herbeigeschafft, und die Beamten, die sich schon über die Würgemale am Hals des Verletzten gewundert hatten, wunderten sich noch mehr, als sie die krächzende Stimme hörten.

»Eine Frau – vom – vom – Friedhof. Sie kam bestimmt aus dem Grab oder einem Sarg. Im Gesicht klebte Dreck, sie trug ein Totenhemd, und sie war so bleich, aber so stark wie ein Bär ...«

Die Polizisten lauschten den Erzählungen des Verletzten. Über seinen Kopf hinweg schauten sie sich mit bezeichnenden Blicken an, der jetzt einen Arm anhob und es schaffte, mit einer Hand das Gelenk eines Beamten zu umklammern. »Ihr – ihr müßt mir glauben. Es ist wirklich so gewesen. Sie lief mir vor den Wagen. Ihr hättet sie finden müssen, aber wenn sie nicht tot oder ...«

»Ist alles in Ordnung«, sagte einer der beiden und schaute den Verletzten mitleidig an. Wir werden einen Kollegen schicken, der sich mal auf dem Friedhof umschaut. Ist das gut so ...?«

»Ja«, flüsterte der Verletzte nur, »ja ...«

Der junge Beamte war noch nicht lange bei der Polizei. Es war hier seine erste Dienststelle nach der Polizeischule, und man setzte ihn oft in der Nacht ein, was ihm als Junggesellen nichts ausmachte. Ihm machte der Dienst Spaß, trotz der Belastung, die er und seine Kollegen hin und wieder aushalten mußten.

Aber dieser Gang über den nächtlichen Südfriedhof gefiel ihm gar nicht. Nicht daß er Angst vor einem nächtlichen Friedhof gehabt hätte, aber unwohl war ihm schon, als er über den Weg ging, die schattenhaften Gräber sah, die Grabsteine, die alten Kreuze, dazwischen das sperrige Unterholz und über sich die kahlen Zweige der hohen Laubbäume, die ein wie aus dunklen Knochen bestehendes Dach bildeten.

Er hörte nur die eigenen Geräusche, sonst nichts.

Jenseits der Mauer, und nicht mal weit entfernt, befanden sich seine Kollegen. Das Blaulicht rotierte noch auf den Dächern. Der Schein verlor sich hoch über der Mauer im dunklen Nachthimmel.

Etwas knarrte in seiner Nähe.

Der Polizist blieb stehen und kümmerte sich nicht um die vor ihm liegenden Gräber. Er drehte sich um.

Jetzt sah er den Schatten der Leichenhalle. Eine Gänsehaut rieselte seinen Rücken hinab. War das Geräusch aus der Leichenhalle gekommen? Erkennen konnte er nichts, denn nicht der geringste Lichtschimmer durchbrach die Dunkelheit.

Der Beamte blieb einige Sekunden in dieser angespannten Haltung und setzte dann seinen Weg fort, weil doch nichts mehr geschah und sich das Geräusch nicht wiederholte.

Dann sah er das Grab!

Der Schreck fuhr durch seinen Körper wie eine heiße Welle. Trotz der Dunkelheit war zu erkennen, daß kein normales Grab vor ihm lag. Es wirkte auch nicht aufgebrochen, sondern mehr aufgewühlt, als hätte von innen jemand versucht, seinen Weg nach draußen zu finden. Und zwar die Leiche, die darin begraben lag.

Schreckliche Bilder schossen durch den Kopf des Beamten. Er erinnerte sich an die Videos, die er sich früher zusammen mit Freunden angesehen hatte, wo Zombies aus den Gräbern gekrochen waren, um über lebende Menschen herzufallen und sie auf schlimmste Art und Weise zu töten.

Wieder hörte er ein Geräusch!

Diesmal war es lauter gewesen und auch anders. Da war keine Tür geöffnet worden, da hatte nichts geknarrt. Der junge Beamte nahm aber die leicht knirschenden und auch schleichenden Schritte wahr, die sich ihm näherten. Noch immer lag die Gänsehaut wie festgebrannt auf seinem Rücken. Er ärgerte sich über sich selbst, daß er anfing zu zittern, aber er mußte etwas tun und zog seine Waffe, während er sich drehte.

Ein Schatten wanderte über den Friedhof. Ein heller Schatten, der sich im Wind leicht bewegte. Erst bei genauerem Hinsehen stellte der junge Beamte fest, daß es der Stoff des Totenhemds war, der im Wind flatterte.

Die Pistole hielt er in der rechten Hand. Mit schleichenden Schritten entfernte er sich vom aufgewühlten Grab, und mit der linken holte er das Walkie-talkie hervor. Einen Moment überlegte er, was er sagen sollte. Er wollte sich nicht lächerlich machen und von seinen Filmphantasien berichten, die hier Gestalt angenommen hatten, deshalb wählte er seine Worte sehr sorgfältig und sagte mit flüsternder Stimme: »Verdächtige Person gesichtet. Ich nehme die Verfolgung auf. Over.«

Seinen Vorsatz setzte der Polizist augenblicklich in die Tat um. Nur war er vorsichtig und schlug einen kleinen Bogen. Er wollte sich der Gestalt nicht unbedingt von vorn nähern, die ihn nicht sah, denn sie traf keinerlei Anstalten, ihren Weg zu ändern und auf den Menschen zuzugehen. Sie blieb ihrer einmal eingeschlagenen Richtung treu und näherte sich dem aufgebrochenen Grab.

Der junge Beamte hatte sich wieder einigermaßen gefangen. Er zwang sich zur Ruhe, als er hinter der Gestalt herging, die ihm vorkam wie ein Flatterwesen, wenn der Wind wieder mit dem hellen Hemd spielte.

Ein Totenhemd! Es ist ein Totenhemd, dachte der Mann. Ich weiß das. Es muß so sein ...

Er holte auf.

Seine rechte Hand zitterte, aber er hatte seine Stimme unter Kontrolle, als die Distanz günstig war, um die Person endlich ansprechen zu können. »Polizei! Keinen Schritt mehr! Langsam umdrehen!«

Der junge Mann hatte nicht laut gesprochen. In der herrschenden Stille war ihm seine Stimme nur so vorgekommen.

Die Gestalt vor ihm rührte sich nicht. Ein Vorteil, dachte der Beamte. Er sah, wie sie den Kopf in den Nacken legte und zum Himmel schaute, als wollte sie den Mond begrüßen.

Dann drehte sie sich.

Sehr langsam, bedächtig, wie jemand, der sich durch nichts aus der Ruhe bringen ließ.

Der Beamte zitterte. Er fürchtete sich davor, in das Gesicht zu schauen, aber er würde es sehen, denn das Mondlicht machte es möglich.

Das war kein Gesicht mehr. Das war nur noch ein bleiches Etwas, eine farblose Maske aus Fleisch, in das jemand die leeren und toten Augen hineingedrückt hatte.

»Heilige Mutter Gottes«, stotterte der Polizist, als er jetzt das so böse Lächeln sah. Er mußte wieder an die Filme denken, denn in einer Szene war dem Helden das gleiche passiert wie ihm jetzt.

Da war die lebende Leiche auf ihn zugegangen.

Und hier auch.

Sie kam.

Schritt für Schritt schrumpfte die Entfernung zwischen den beiden so unterschiedlichen Personen.

Der Polizist hielt seine Waffe in der Hand. Er wußte auch, daß er schießen mußte, aber etwas hielt ihn noch zurück.

Vielleicht der flüchtige Gedanke oder auch das Wissen, daß es kaum möglich war, eine lebende Leiche mit normalen Kugeln zu stoppen.

In diesem Augenblick stieß sich Petra Klinger ab und sprang auf den entsetzten Beamten zu. Ihr Totenhemd blähte sich für einen Moment auf, das nahm er noch wahr, dann bewegte er seinen Oberkörper nach hinten und drückte zweimal ab.

Die Kugeln trafen.

Er glaubte sogar, die Einschläge durch das Echo zu hören, aber die Geschosse stoppten Petra Klinger nicht.

Wie im Film, dachte der Polizist noch, als er von der lebenden Leiche angesprungen wurde ...

Der Verletzte wurde auf der Trage liegend in den Krankenwagen geschoben.

Die beiden Beamten schauten zu. Sie unterhielten sich leise über die Entdeckungen des Mannes und hielten sie für Spinnereien. Mißtrauisch allerdings machte sie die Meldung ihres Kollegen, der von einer Gestalt berichtete, die er auf dem Friedhof gesehen hatte und verfolgen wollte.

»Ob an den Erzählungen doch etwas Wahres daran war?« fragte der Beamte, der auch gesprochen hatte und sein Walkie-talkie jetzt wegsteckte.

Sein Kollege hob die Schultern. »Das war bestimmt einer von diesen Grabschändern, die in der Nacht über den Friedhof schleichen.«

»Was in deren Köpfen vorgeht, kann ich nicht nachvollziehen. Die müssen doch bescheuert sein.«

»Stimmt.«

Die Tür des Krankenwagens wurde geschlossen. Sekunden später raste das Fahrzeug los.

Und dann fielen die Schüsse!

Die beiden zurückgebliebenen Beamten schraken zusammen, als hätten sie Peitschenschläge bekommen. Für einen Moment starrten sie sich an. Dann wußten sie Bescheid.

»Verdammt, das war auf dem Friedhof. Los, komm!«

Zugleich stürmten sie los ...

Ich lag auf dem Boden und hatte das Gefühl, immer tiefer in die Erde gedrückt zu werden. Das mochte auch daran liegen, daß sich mein Gesicht in den feuchten Untergrund gepreßt hatte. Ich kriegte kaum Luft, und in meinem Kopf liefen deshalb irgendwelche Szenen ab, die mich tiefer in die Erde sinken ließen.

Aber ich war nicht verletzt. Ich konnte mich bewegen. Ich spürte auch keine Schmerzen und hob den Kopf an.

Das Feuer war noch da!

Aber, das sah ich beim Aufstehen, kein normales Feuer loderte mir mit irgendwelchen langen Flammenarmen entgegen. Dieses Feuer war auf ein bestimmtes Gebiet begrenzt, und es gab ein dunkelrotes und irgendwo auch magisches Licht ab.

Vor mir glühte die Haustür. Nur an den Rändern züngelten noch winzige Flämmchen und umspielten den Rahmen.

Ich stand auf den Beinen und dachte über mein weiteres Vorgehen nach. Für Gonsior sah es nicht gut aus, er hatte sich in der fremden Magie des Schwarzen Tods gefangen, und dieses Feuer war auch nicht mit Wasser zu löschen. Aber mit etwas anderem.

Bevor ich mich in Bewegung setzte, holte ich mein Kreuz hervor. Ich umschloß es mit den Fingern der rechten Hand, dann streckte ich den Arm aus und ging mit zügigen, wenn auch vorsichtig gesetzten Schritten auf das Ziel zu.

Über das Kreuz hinweg schaute ich zur Tür. Ich sah die Umrisse meines Talismans, schenkte ihm Vertrauen und merkte, wie sich das Kreuz erwärmte.

Es war nicht die Hitze des Feuers, die über das Metall huschte. Mein Kreuz war dabei, eine Gegenmagie aufzubauen, und dann sah ich, wie es aufleuchtete.

Nicht großartig gleißend, eher schwach, aber ich hatte wieder Vertrauen gefaßt und ging schneller.

Noch ein Schritt trennte mich von der Tür.

Dann keiner mehr!

Um mich herum flog einiges durcheinander, nachdem die Tür noch einmal aufgeleuchtet hatte.

Ich hörte das Krachen. Splitter und größere Teile umflogen mich, ohne mich zu verletzen. Das Wichtigste allerdings war geschafft. Ich war durch, hatte das Haus betreten, sah und wußte auch, wohin ich mich wenden mußte.

Ich wollte in Viktors Ritualzimmer!

Das heftige Bremsmanöver schüttelte den Polizeiwagen durch, als er mit quietschenden Reifen vor dem Institut anhielt und die Türen sofort aufgestoßen wurden.

Zwei Personen sprangen aus dem Fahrzeug. Zum einen Kommissar Krüger, dessen Bulldoggengesicht noch bärbeißiger geworden war, zum anderen seine junge Assistentin, die John Sinclair sehr wohl positiv gegenüberstand und ihm auch glaubte, im Gegensatz zu ihrem Chef.

Die Frau strich die langen Haare zurück und blieb neben Krüger stehen, der auf das Haus schaute, das im Vorgarten lag. »Ich sage Ihnen, daß es mein letzter Einsatz ist, was diesen komischen Geisterjäger angeht. Ich lasse mich auf keinen Fall von ihm verarschen. Kommen Sie mit.«

Sehr ruhig ging Krüger auf das Haus zu. Er war sich seiner Sache sicher. »Und wenn wir ihn gleich haben«, sagte er, »dann setzen wir ihn in ein Flugzeug und schicken ihn zurück auf seine verdammte Insel. Da kann er von mir aus so viele Geister jagen, wie er lustig ist. Oder was meinen Sie?«

Die Kollegin hob die Schultern.

»Keine Meinung?«

»Doch.«

»Aha.«

»Aber eine andere.«

Kommissar Krüger wollte eine scharfe Antwort geben, als mit einem klirrenden und auch platzenden Geräusch im ersten Stück eine Fensterscheibe zersprang.

Für beide war es das Signal.

Sie holten die Waffen hervor und wurden plötzlich sehr schnell ...

Ich war über die Treppe gelaufen, in den ersten Stock gestürmt und hatte dort für einen Moment vor dem Ritualzimmer angehalten. Den Blick hinein hatte ich mir noch nicht gegönnt. Ich wollte nichts überstürzen und den Raum auch nicht waffenlos betreten, deshalb zog ich die Beretta. Mit leisen Schritten legte ich die letzte Strecke zurück und drückte mich über die Schwelle.

Gonsior saß in der Mitte des Raumes und drehte mir den Rücken zu. Er war voll und ganz auf das Ritual konzentriert und hatte für nichts anderes mehr Augen.

Ich sprach ihn an. Meine Stimme klang hart und laut. Er mußte mich einfach hören.

»Gonsior!«

Zuerst tat sich nichts. Ich wollte einen zweiten Ruf starten, als sich Viktor Gonsior bewegte und sich sehr langsam umdrehte. Der Kerzenschein gab genügend Helligkeit ab, um mich erkennen zu lassen, was er in den Händen hielt.

Es war eine Puppe!

Keine normale Puppe, sondern eine, die mit einem finsteren Voodoo-Zauber beseelt war. In ihrer Brust steckte eine Nadel. Ich erkannte die Gesichtszüge der Marion Baumann, die ich auf dem Foto gesehen hatte. Voodoo-Zauber war mir nicht fremd. Ich wußte, daß die Tote wieder zu einem unheilvollen und seelenlosen Leben erwachen würde, wenn Gonsior die Nadel aus der Brust hervorzog.

»Tun Sie es nicht!« fuhr ich ihn an.

Gonsior lachte nur. Er wollte nicht, und ich bekam Gelegenheit, mich auf sein Gesicht zu konzentrieren.

Ja, es gehörte Viktor Gonsior, aber es hatte sich auf eine schlimme Art und Weise verändert. Es war teigiger und noch bleicher geworden. Vielleicht auch dicker, und es erinnerte mich an das Modell eines Bildhauers, das noch nicht ganz fertiggestellt worden war. In dieser hellen, leichenähnlichen Haut fielen die schwarzen Augen besonders auf. Sie bewegten sich wie träger Schlamm in den Höhlen, als mich Gonsior anschaute und dabei die Lippen verzog, so daß ein breites Grinsen entstand.

In diesem Augenblick war mir klar, daß ich keinen Einfluß mehr auf ihn hatte. Die Macht des Schwarzen Tods war einfach zu mächtig gewesen, und sie erreichte Gonsior auch über den Ring, der plötzlich aufstrahlte.

Für mich ein Startsignal!

Ich sprang auf den Mann zu. Ich war schnell, riß ihn vom Boden hoch und wuchtete ihn gegen die Wand, wobei mir auffiel, daß er die Puppe nicht losließ, sondern wie im Krampf festhielt.

Dann spürte Gonsior den Druck der kalten Mündung an seiner Schläfe.

»Lassen Sie die Puppe fallen!«

Gonsior lachte nur.

Aus dem Flur hörte ich Geräusche. Durch das zerbrochene Fenster fuhr mir der kalte Wind ins Gesicht. Gonsior hatte die Scheibe zerschlagen, bevor ich ihn erreichen konnte, nur den Grund kannte ich nicht. Es waren nur Randgedanken, die mich vom eigentlichen Ziel nicht ablenkten, denn ich wiederholte meinen Befehl.

Genau da stürmten die beiden Personen in das Ritualzimmer. Die Geräusche lenkten mich ab. Ich erkannte Kommissar Krüger und seine Assistentin. Beide hielten die Dienstwaffen in den Händen und waren in dieser Lage überfordert.

Krüger fuchtelte mit der Waffe herum. Er wußte nicht, auf wen er zielen sollte, auf Gonsior oder mich. Die junge Beamtin hielt sich im Hintergrund, als wollte sie ihrem Chef den Rücken decken.

Der Kommissar hatte sich entschieden. Und zwar für mich. »Waffe runter, Sinclair!« bellte er mich an. »Und Sie, Gonsior, bewegen sich um keinen Millimeter!«

Verdammt auch! Krüger, dieser Idiot und Ignorant, machte alles kaputt. Ich mußte ihn stoppen. »Hören Sie zu, Krüger. Das ist kein Kinderspiel, kein Scherz. Man darf Gonsior nicht frei herumlaufen lassen. Er kann die Hölle über uns bringen. Stecken Sie Ihre Waffe ein, Krüger. Sie können den Kerl nicht stoppen, aber ich!«

Krüger schüttelte den Kopf. Er war aber unsicher geworden. Trotzdem ließ er seine Pistole nicht verschwinden. Es wurde plötzlich sehr still im Raum, und mir kam die Situation absurd vor, als wäre die Zeit stehengeblieben. Nichts hatte sich verändert. Gonsior spürte noch immer die Mündung meiner Beretta an seiner Schläfe. Die Puppe hatte er jedoch nicht losgelassen. Der Kommissar atmete zischend. Er bewegte die Augen. Er konnte sich nicht entscheiden, obwohl die Zeit drängte.

Die Assistentin bewegte sich. Sie ging sehr langsam, und Krüger achtete nicht auf sie. Erst als er den Druck ihrer Waffe in seinem Rücken spürte, schrak er leicht zusammen. »Sorry, Chef, aber Sie sollten auf John Sinclair hören ...«

Krüger atmete tief und laut ein. Es hörte sich fast an wie ein Schlürfen. »Sind Sie wahnsinnig geworden?«

Die schreiend gestellte Frage schwebte noch im Raum.

Sie hatte mich abgelenkt, ebenso wie die mutige Tat der jungen Beamtin. Und diese Gelegenheit nutzte Viktor Gonsior aus.

Er schrie markerschütternd auf, während er die Nadel aus der Puppe hervorzog.

Er brauchte sich nicht erst groß zu bewegen, sondern nur den Arm vorzustoßen, um *mir* die Nadel in den Rücken zu stoßen, doch der Mantelstoff schützte mich vor einer Verletzung.

Ich hatte mich nicht getraut, auf den unbewaffneten Gonsior zu schießen, aber Krüger, der die Aktion ebenfalls mitbekommen hatte, feuerte auf Viktor.

Die Kugel traf.

Gonsior aber lachte und ging weiter.

Er wirkte in diesen Augenblicken wie ein unbesiegbares Monster, als er auf den Kommissar zuging. Ich war für ihn jetzt unwichtig geworden. Es zählte nur Krüger als Feind.

Die Assistentin war zurückgewichen. Sie stand keuchend in der offenen Tür, die Pistole schußbereit, aber einfach nicht fähig, abzudrücken. Das tat Krüger.

Mit einer Kugel hatte er nichts erreicht, und Gonsior kam immer näher.

Der Kommissar schoß. Er begleitete jede Kugel mit einem Schrei, als wollte er die Abschüsse übertönen oder den verdammten Unhold in den Tod schreien.

Und Krüger konnte schießen und treffen.

Keine Kugel ging vorbei.

Er leerte das Magazin.

Gonsior zuckte bei jedem Treffer zusammen, wurde auch gestoppt, ging aber weiter, denn normale Bleimantelgeschosse hielten ein Monstrum wie ihn nicht auf.

Das merkte auch der Kommissar, dessen Gesichtsausdruck sich veränderte. Die Wut war darin verschwunden und hatte dem blanken Entsetzen über diesen unheimlichen Vorgang Platz geschaffen, der für einen normal denkenden Menschen nicht zu begreifen war.

Noch einmal drückte er ab.

Es klickte.

Die Waffe war leergeschossen.

Und Gonsior existierte noch immer.

Bis ich eingriff.

Vor der Mündung der Beretta leuchtete es für einen Moment fahl auf, dann peitschte wieder ein Schuß. Die Kugel jagte in den Rücken des Untoten.

Die Gestalt bekam einen letzten Stoß. Sie torkelte nach vorn, nur war es ihr diesmal nicht möglich, sich zu fangen, denn das geweihte Silber begann mit seiner zerstörerischen Arbeit.

Schwer wie ein Stück Holz fiel Viktor Gonsior zu Boden und blieb dort liegen.

Ich trat an Krüger heran. »Geweihtes Silber, Kommissar. Verstehen Sie jetzt?«

Der Deutsche schüttelte nur den Kopf. Er verstand nichts, er begriff auch nichts. Für ihn war eine Welt zusammengebrochen. Er stand nur einfach da und stierte ins Leere.

Ich kümmerte mich um Gonsior. Das war auch nötig, denn mit ihm geschah etwas Unheimliches.

Sein Körper bewegte sich nicht mehr, trotzdem zuckte er, und seine feste Haut verschwand. Sie wurde dünner, entwickelte sich zu einem widerlich stinkenden Schmier, und an gewissen Stellen war sie schon nicht mehr zu sehen.

Der Tote war dabei, sich aufzulösen. Das konnte auch ich nicht mehr ändern, aber ich mußte etwas anderes tun. Bevor Gonsior verschwand, als hätte es ihn nie zuvor gegeben, bückte ich mich, packte den Ring an und konnte ihn mit einer sehr leichten Bewegung von seinem linken Finger streifen. Den Ring steckte ich sofort ein.

Erst jetzt hatte auch Krüger seine Sprache wiedergefunden. »Das ist nicht wahr«, murmelte er tonlos.

Ich hatte ihn trotzdem verstanden. »Doch Krüger, es ist wahr. Es ist die verdammte, lausige Wahrheit. Auch wenn Sie es nicht begreifen können.«

Er nickte wie jemand, der nicht bei der Sache war, und erklärte mit tonloser Stimme: »Ich denke, daß ich Ihnen unrecht getan habe, Herr Sinclair. Entschuldigen Sie.« Er klang sehr kleinlaut und machte den Eindruck eines Menschen, der am liebsten im Erdboden versunken wäre.

»Schon gut, vergessen Sie es.« Den Stich mit der Nadel hatte ich nicht vergessen. Ich versuchte, das Ding aus dem Mantel herauszuziehen. Es war schwer, die Nadel am Rücken zu packen, deshalb kam mir die Assistentin zu Hilfe. Danach bat ich sie, den Raum zu durchsuchen, denn ich hatte noch ein Wörtchen mit Krüger zu reden, und ich merkte, wie die Wut in mir hochstieg.

»Sie haben mir nicht nur unrecht getan, Krüger, Sie haben auch alles ignoriert, was ich Ihnen sagte.«

Er nickte. »Das weiß ich. Aber es hilft uns jetzt leider auch nicht weiter.« Er räusperte sich. »Ich darf Ihnen noch einmal sagen, daß es mir leid tut.«

»Dafür haben wir jetzt keine Zeit mehr, Krüger. Sie müssen eine Großfahndung nach Bill Conolly und Kerstin Möller anlaufen lassen. Die beiden sind spurlos verschwunden.«

Krüger verdrehte die Augen. »Verdammt, auch das noch.«

»Daran kommen wir nicht vorbei!«

Krügers hübsche Assistentin lenkte mich ab. Sie kam auf uns zu, und ich sah, daß sie drei Puppen in den Händen hielt, auf die sie mit skeptischen Blicken schaute. »Hier, Herr Sinclair, die habe ich gefunden.«

»Danke.« Ich nahm die Puppen entgegen.

Drei waren es.

Auch Marion und nicht nur Petra Klinger und Sybille Thelen.

Für einen Augenblick kam ich mir vor wie jemand, der plötzlich vom Boden abhebt. »Marion also auch«, flüsterte ich. »Verdammt noch mal ...«

Kommissar Krüger hatte sich wieder gefangen, mich beobachtet und mich auch gehört. »Wenn Sie von Marion Baumann sprechen, Herr Sinclair, wir fanden ihr Auto.«

»Gleich in der Nähe eines Altbaus, der von Frank Gällweiler renoviert werden sollte.« Er griff in die Tasche und reichte mir einen beschriebenen Zettel.

»Wir müssen dort hinfahren, Krüger. Es ist wirklich unsere letzte Chance. Aber da ist noch etwas wichtig. Schicken Sie einen Wagen zur Ruine Rabenstein. Ihre Leute sollen die Umgebung dort beobachten und melden, falls sich dort etwas tut.« Meine Stimme nahm an Dringlichkeit zu. »Auf keinen Fall sollen Sie eingreifen.«

»Verstanden, Sinclair!« sagte der Kommissar nur.

»Tolles Haus hast du hier«, sagte der glatzköpfige Bernie und bewegte sich unruhig in seiner Bomberjacke.

»Verarschen kann ich mich selbst. Das wird noch toll.«

»Gibst du auch ein Fest?«

»Und was für eins. Aber erst, wenn alles fertig ist.«

»Das versteht sich.« Bernie holte die Taschenlampe hervor und tat es damit seinem Kumpel nach, der sich mit eingeschalteter Lampe auf die Kellertreppe des Abbruchhauses zubewegte.

Es roch hier unten widerlich. Nach Urin und Kot. Wasser schien aus Spalten und Ritzen zu sickern. Selbst der nie weichende und in der Luft hängende Staub hatte seinen eigenen Geruch.

Sie schlichen die Treppe hinunter, was trotz der eingeschalteten Lampen nicht so ungefährlich war, da auf manchen Stufen Hindernisse lagen. Steine und verrottender Müll.

»Das ist ja ein Paradies für Ratten!« beschwerte sich Bernie.

»Bald nicht mehr.«

»Dann haben wir nur noch Mäuse – wie?«

»Was meinst du damit?«

Bernie kicherte. »Zweibeinige.«

»Laß es.«

Die Treppe schien kein Ende nehmen zu wollen. Zumindest Bernie kam es so vor, und er konnte sich einfach nicht zurückhalten. »Das alles nur wegen einer abgedrehten Alten. Ich könnte Scheiße schreien, Mann.«

Frank Gällweiler ging auf die Bemerkung nicht ein. Er hatte die Treppe hinter sich gelassen und stand bald vor der eisernen Kellertür. Um sie zu öffnen, holte er den Schlüssel hervor und drehte ihn im Schloß. Mit dem Fuß drückte er die Tür auf. Bernie, der neben ihm stand, leuchtete in das tiefe Schwarz des Kellerraums, schwenkte den Strahl und röhrte beinahe auf wie ein Hirsch, denn nicht einmal einen Meter von ihnen entfernt stand Marion Baumann.

Beide waren zu Eis geworden.

Sie konnten nichts sagen, sie konnten nichts denken, sie starrten nur auf die wachsbleiche Gestalt.

Dann hob Marion ihr rechtes Bein an. Es war klar, daß sie auf die beiden Männer zugehen wollte, und es war genau diese Bewegung, die Frank und Bernie aus ihrer Erstarrung riß.

»Weg hier!« keuchte Gällweiler. Er warf sich zurück und zerrte seinen Freund gleich mit.

Dann warf er die Tür zu.

Bernie stand zitternd neben ihm und schnappte nach Luft wie jemand, der trinkt. »Ich dachte, die wäre tot . . .«

»Scheiße!« flüsterte Frank.

Beiden waren nicht die zwei Hände aufgefallen, die die zufallende Tür eingequetscht hatte.

Acht Finger aber schauten hervor ...

Kommissar Krüger hatte es geschafft und sechs Leute des Einsatzkommandos zusammengetrommelt. Sie waren gut bewaffnet, auch mit Flammenwerfern. Noch taten sie nichts. Bevor sie zu diesem Abbruchhaus fuhren, mußte noch einiges in die Wege geleitet werden, und Krüger hing am Telefon, um die entsprechenden Anweisungen durchzugeben. Im Einsatzwagen war es stickig und warm, aber nicht allein deswegen schwitzte der Deutsche.

An die Zentrale gab er Bills Beschreibung durch. »Und versuchen Sie, ein Foto des Gesuchten zu bekommen, meinetwegen über Scotland Yard. Ist mir egal, ich will es nur haben!« Er hörte einen Moment zu, war zufrieden, was er auch erklärte, und unterbrach die Verbindung.

Darauf hatten die sechs Männer gewartet. Ihr Anführer tippte Krüger auf die Schulter. »Sagen Sie mal, Kommissar, um was geht es hier eigentlich genau? Mir scheint, daß es eine heiße Sache ist, wenn wir schon in voller Bewaffnung hier erscheinen.«

Krüger grinste nur.

»Fragen Sie mich was Leichteres, Mann, ich weiß es auch nicht genau.«

»Das sind wir nicht gewohnt.«

Der Kommissar ging nicht auf die Kritik ein. »Wir suchen eine Person, die Bärenkräfte hat und so gut wie unverwundbar ist. Haben Sie das begriffen, meine Herren?«

»Nicht so recht ...«

»Ich auch nicht, Mann. Aber ich habe gesagt, daß sie so

gut wie unverwundbar ist. Das einzige, was diese Person fürchtet, ist Feuer. Deshalb auch die Flammenwerfer.«

Und Silberkugeln, die geweiht worden sind. Das allerdings fügte Krüger in Gedanken hinzu. Hätte er es ausgesprochen, die Männer hätten ihn für einen Spinner gehalten. Womit sie nicht mal so unrecht gehabt hätten, denn Krüger fühlte sich fast reif für die Anstalt.

Frank und Bernie konnten es nicht begreifen. Sie hatten der Kellertür den Rücken zugedreht, schauten sich an, atmeten heftig, während es hinter der Tür ruhig blieb.

Schließlich schüttelte Frank den Kopf. »Ich verstehe das nicht. Sie war tot.«

»Bist du sicher?« flüsterte Bernie.

»Ja, verdammt!« kreischte er. »Ich bin mir sicher. Ich konnte keinen Herzschlag mehr feststellen. Die war tot. Toter ging es nicht.«

Bernie konnte nur lachen. Es klang alles andere als fröhlich. »Für eine Tote ist sie verdammt lebendig, mein Junge. Aber egal, wir müssen etwas unternehmen. Wenn die uns verpfeift, stecken wir beide ganz tief in der Scheiße.«

»Das weiß ich.«

»Und jetzt?«

»Dreh dich um.«

»Nur ich?«

»Ja, verdammt.«

»Warum tust du das nicht?«

Frank keuchte röhrend auf. »Weil ich die verdammten Hände nicht sehen kann. Schließlich ist es meine Freundin gewesen. Die sind eingeklemmt, und wir haben ...«

»Kein Blut gesehen.«

»Genau!«

»Du bist mein Freund«, sagte Bernie. »Ich werde mich

mal um die Sache kümmern.« Er hatte seiner Stimme einen festen Klang gegeben, obwohl er sich verdammt unsicher fühlte und Mühe hatte, ein Zittern zu unterdrücken.

Er starrte zur Tür. Er sah die Finger, und er sah, daß sie sich bewegten. »He, Marion, ich bin's – Bernie. Wir kennen uns doch. Du, das war alles ein verdammter Irrtum, verstehst du. Frank hat – ähm, er dachte ...«

Weiter kam Bernie nicht.

Plötzlich wurde die Tür mit vehementer Wucht aus den Angeln gerissen und kippte ihnen entgegen.

Beide konnten soeben noch zurückspringen, dann aber stürzte ihnen Marion mit einem irren Schrei entgegen ...

Wir hatten das alte Abbruchhaus erreicht. Ich war mit dem Porsche gekommen. Kommissar Krüger saß zusammen mit sechs Leuten des Einsatzkommandos in einem Mannschaftswagen, und noch ein weiteres Fahrzeug hielt vor dem Abrißhaus.

Ich hatte den Porsche verlassen und war an den Mannschaftswagen herangetreten. Die Tür hatte man mir von innen geöffnet. Gespannte Gesichter schauten mich an, Krüger inbegriffen.

»Ich nehme an, daß Ihnen der Kommissar einiges erklärt hat, meine Herren. Wir müssen davon ausgehen, daß sich unser Objekt im Keller aufhält. Sie alle hier gehen mit mir zusammen in das Haus. Die Leute aus dem zweiten Wagen bleiben hier und halten das Haus unter Kontrolle. Ist das verstanden worden?«

Sie nickten.

In diesem Moment hörten wir die gellenden Schreie aus dem Haus. Schrecklich zerrissen sie die Stille, und ich wußte, daß Menschen, wenn sie so schrien, sich in Lebensgefahr befanden.

Für die Männer und mich gab es kein Halten mehr. Wir stürmten in das Haus, während sich Krüger langsamer bewegte und auf den Beobachtungswagen zuging.

Den dort sitzenden Männern gab er die entsprechenden Anweisungen. »Alle Nachtsichtgeräte klarmachen und alle Empfangseinheiten auf Sonderkanal vier.«

»In Ordnung!«

Im Schutz der Sondertruppe hatte auch ich das alte Mietshaus betreten, das längst nicht mehr bewohnt war, weil es kurz vor dem Abriß stand.

Es funktionierten weder Licht noch Wasser.

Staubgeruch vermischte sich mit modriger Feuchtigkeit. Die Lanzen der Taschenlampen huschten durch die Flure und Gänge und tasteten sich vor in die leeren Räume, zu denen es nicht mal mehr Türen gab.

Es wäre nicht gut gewesen, wenn wir uns alle auf ein Ziel konzentriert hätten, so hatten wir uns geteilt. Ich ging nicht mehr davon aus, daß die Untote unbedingt im Keller steckte; das Haus bot einfach zu viele Schlupfwinkel, deshalb war ich auch nach oben gegangen. Ein Mann vom Sonderkommando hatte sich auf den Weg in den Keller begeben.

Zweimal schon hatte er auf seinem Weg den Flammenwerfer eingesetzt, aber kein Ziel getroffen. Er hatte es vorbeugend getan. Nur das Fauchen des Feuers war zu mir hochgedrungen wie der Atem eines urweltlichen Ungeheuers.

Der nach unten gehende Mann war auf alles gefaßt. Er bewegte sich selbst wie ein Schatten durch eine Schattenwelt. Unter ihm knirschte der Dreck auf der Treppe, aber er konnte nicht durch die Stufen hindurchschauen.

Wäre es ihm möglich gewesen, hätte er die Gestalt dort gesehen, die sich geduckt hatte und unter der

Treppe im toten Winkel einfach nur lauerte. Marion mußte aus dem Haus fliehen. Das wußte sie. Und sie spürte auch den gewaltigen Drang, aber sie war trotz ihres Zustands so geschickt, erst einmal auf eine günstige Gelegenheit zu lauern.

Der Mann hatte die Treppe hinter sich gelassen und wandte sich nach rechts.

Das kam Marion sehr entgegen. Er rannte praktisch auf sie zu. Besser konnte es nicht laufen.

Noch einen Schritt weit ließ sie ihn kommen, dann schnellte sie aus ihrem Versteck hervor. Seitlich sprang sie ihn an. Obwohl der Mann mit einem Angriff hatte rechnen müssen, war er überrascht. Er spürte, wie harte Fingernägel messerscharf durch sein Gesicht glitten, die Haut aufrissen und blutige Streifen hinterließen.

Dann erwischte ihn ein Hammerschlag am Kopf. Er schrie trotzdem noch auf, bevor er zusammensackte, und diesen Schrei hatten auch seine Kollegen gehört.

»Sie ist unten!« brüllte eine Stimme.

Ja, sie war unten, und sie wartete eiskalt ab, als ginge sie nach einem genauen Plan vor.

Fünf Männer liefen die schmale Treppe hinunter. Sie behinderten sich dabei gegenseitig, weil jeder der erste sein wollte. Der Schrei ihres Kollegen hatte sie die Logik vergessen lassen.

Marion nutzte den Umstand aus.

Noch waren sie abgelenkt und mit sich selbst beschäftigt. Außerdem liefen sie in die Düsternis des Kellers hinein, und ihre Lampen leuchteten nicht jeden Winkel aus.

Sie stürmte vor.

Und sie war schnell.

Hinzu kam noch das Moment der Überraschung, denn wie eine von unten nach oben hochgezogene Ramme erwischte der Körper der Untoten die auf der Treppe gehenden Männer.

Auf der Treppe kam es zu einem Chaos. Einer kippte über das Geländer nach unten. Während des Falls hatte er die Flamme aus dem Werfer ausgelöst; sie fauchte auf, verletzte einen Kollegen, der schrie, und ein anderer Mann wollte ebenfalls den Flammenwerfer einsetzen, um die Flüchtende zu erwischen. Er hatte sie dabei gedreht, kniete auf der Stufe und ließ das Feuer gegen ihren Rücken fauchen.

Marion hatte inzwischen einen ziemlich großen Vorsprung.

Das Feuer erreichte sie kaum, und so konnte sie im Dunkeln verschwinden.

Dann hörten sie, wie eine Tür zuschlug.

Da befanden sich die Männer bereits auf dem Weg. Sie stürmten in eine leere Wohnung hinein, in der sich noch Türen befanden. Zwei standen offen und hingen dabei schief in den Angeln.

Eine aber war geschlossen.

»Dahinter ist sie!«

Die Männer machten sich bereit.

Jemand riß die Tür auf. Flammenwerfer schossen ihre heißen Feuerzungen in den Raum – und hinein ins Leere, denn von der lebenden Leiche war nichts zu sehen …

Ich hatte mich geärgert, daß ich den Weg nach oben gegangen war und nicht nach unten. Aber man kann nicht immer Glück im Leben haben, Irrtümer gehören dazu, und so mußte ich mir anhören, welches Chaos in den Etagen unter mir herrschte.

So schnell wie möglich hetzte ich zurück. Marion Baumann war da. Man hatte sie gefunden, aber ich wollte sie sehen und sie nicht den anderen Männern überlassen.

Die letzte Treppe.

Bevor ich sie nahm, schaute ich über die Stufen hinweg in Richtung Haustür. Von meinen Helfern sah ich nichts, ich hörte sie nur in einer anderen Wohnung.

Wie ein Spukbild erschien plötzlich eine andere Gestalt, die sich auf die Haustür zubewegte.

Das war Marion Baumann.

Ihr rotes Haar war verschmutzt und verklebt. Es wippte bei jedem Schritt, und ich schaute auf ihren Rücken, während ich mich so leise wie möglich auf den Weg nach unten machte.

Erst als ich die Treppe hinter mich gebracht hatte, ahnte Marion die Gefahr.

Sie fuhr herum!

Ich war bereits auf dem Weg. Nicht einmal die Hände konnte sie zur Abwehr in die Höhe reißen, so schnell war ich bei ihr und setzte die linke Faust in ihr teigiges Gesicht. Es gab ein Geräusch, als hätte ich tatsächlich in Teig geschlagen, und Marion drehte sich um die eigene Achse, bevor sie gegen die Wand prallte.

Sie wollte mich sofort attackieren, aber sie kam über das Vorsetzen des rechten Beins nicht hinaus, denn ich hatte bereits mein Beutestück, Gonsiors Ring, hervorgeholt und hielt ihn ihr entgegen. Er glühte auf und zwang Marion, den Stein anzuschauen.

»Du kannst nicht fliehen!« flüsterte ich der Untoten zu. »Ich bin es, der dir die Befehle gibt. Ich allein ...«

Sie fauchte auf, wich aber dann trotzdem in eine Ecke zurück ...

Rabenstein!

Diesmal war die Dunkelheit der Nacht wie schwarzer Teer über die Ruine gekrochen. Der Wind hatte auch hier die Wolken vertrieben und dem Mond freie Sicht gegeben.

Dennoch war es sehr finster. Es mochte auch eine

andere Finsternis sein, die nicht als natürlich bezeichnet werden konnte, denn es war der Atem des Schwarzen Tods, der hier vorherrschte und in dem sich Petra Klinger und Sybille Thelen wohlfühlten.

Sie waren glücklich darüber, endlich angekommen zu sein, um bei den Vorbereitungen für das große Ereignis zu helfen.

Daß sie dabei von einem Polizisten beobachtet worden waren, hatte sie nicht weiter gestört. Sie hatten den Beamten in Sicherheit gewiegt, ihn sich dann geschnappt und mit Steinen erschlagen.

Jetzt lag die Leiche zwischen ihnen.

Beide bückten sich gleichzeitig. Sybille hob den Toten an den Schultern an, während Kerstin sich die Beine schnappte. Gemeinsam trugen sie die Leiche zur Burghofmauer und schleuderten sie in die dunkle Tiefe.

Das alles beobachtete auch Bill Conolly, doch er war nicht in der Lage, einzugreifen. Man hatte mit ihm das getan, was sonst nur in alten Büchern der Inquisition zu lesen ist. Er war an einem Pfahl festgebunden, der mitten aus einem Scheiterhaufen hervorragte. Es war nur eine Frage der Zeit, wann das trockene Holz angezündet werden würde, um mit seinen Flammen alles zu verschlingen.

Bill konnte nichts tun. Die Fesseln saßen einfach zu fest. Sosehr er sich auch bemüht hatte, es war ihm nicht möglich gewesen, sie zu lockern, geschweige denn zu lösen. So stand er voll und ganz unter dem Einfluß seines mächtigen Gegners, der sich auch hin und wieder als glühendes Augenpaar in der Dunkelheit zeigte.

Es waren die Augen des Schwarzen Tods!

Noch tanzten sie nur über die Ruine hinweg wie zwei Beobachter. Als die beiden Untoten allerdings die Leiche des Polizisten über die Mauer geworfen hatten, da hielt der Schwarze Tod seine Zeit für gekommen und fing an, sich zu materialisieren, und zwar so, daß Bill Conolly diesen Vorgang miterlebte.

Die Finsternis schien an einer bestimmten Stelle plötzlich zusammenzuwachsen. Dann schälte sich aus der Umgebung der glühenden Augen etwas so deutlich hervor, daß es sichtbar in der Finsternis stand. Ein scheußlicher Körper, gebildet aus schwarzen Knochen, bedeckt mit einem Umhang und bewaffnet mit einer mächtigen Sense, die der Dämon meisterhaft zu handhaben verstand.

Kerstin und Sybille hatten ihn schon erwartet. Sie freuten sich über seine Metamorphose. Beide standen dicht beisammen und hielten sich an den Händen fest.

»Wir sind nur zu zweit, Meister«, sprach Sybille ihn voller Demut an. »Wo ist unsere Schwester?«

Die Augen in dem schwarzen Skelettkopf funkelten für einen Augenblick noch stärker auf. »Sie wird kommen!« tönte es ihnen dumpf entgegen. »Ich habe dafür gesorgt.«

Die Frauen schwiegen.

Aber der Schwarze Tod sprach weiter. Er schien seine Worte der dunklen Luft zu entnehmen, denn um ihn herum bewegte sich die Finsternis plötzlich. »Bald beginnt meine Nacht. Der Mond wird sein Antlitz verdunkeln, und der Dom wird seine Tore für uns öffnen. Das ist der Beginn der großen Abrechnung, der Apokalypse, wie ich sie mir vorgestellt habe. Vertraut mir ...«

Kerstin und Sybille hatten die Worte gehört, aber auch der gefesselte Bill Conolly. Und auch er selbst konnte den Schwarzen Tod sehen, dessen Fratze sich zu einem widerlichen Grinsen verzogen hatte. Es zeigte den reinen Triumph an.

Dann drehte er sich um.

Sein Blick flog über die Mauer hinweg in die Weite des Landes hinein. Im Hintergrund schimmerten die Lichter von Köln. Der Dom stach daraus hervor. Das kalte Licht des Mondes hatte ihn mit einer silbrigen Aura umlegt, als sollte er sich dem Schwarzen Tod in einer besonderen Pracht präsentieren ...

Kommissar Krüger hockte in dem Beobachtungswagen. Er war mit sich und der Welt unzufrieden. Er hatte die Geräusche aus dem alten Haus gehört. Er wußte, daß dort etwas passierte, er hätte gern eingegriffen, aber er dachte auch daran, was er Sinclair versprochen hatte, und so blieb er in seinem Wagen sitzen.

Hin und wieder rieb er über seine Augen. Er war müde geworden. Es lag nicht nur an der späten Zeit, in der die meisten Menschen schon in den Betten lagen, auch die Vorgänge um ihn herum hatten ihn alt werden lassen.

Nie hätte er es für möglich gehalten, daß derartige Dinge noch in sein Leben treten würden.

Krüger beobachtete das Haus, aber er schaute nicht auf die andere Seite des Wagens. Dort bewegte sich eine Frauengestalt fast lautlos durch die Nacht.

Ihr Ziel war der Wagen, in dem Krüger saß.

Ich werde ihn erreichen, ohne daß er mich zu Gesicht bekommt, dachte Kerstin Möller, die immer näher kam und sich dann duckte, als sie den Wagen erreicht hatte.

Es war genau getimt.

Krüger schrak zusammen und zuckte noch wie jemand, der für einen Moment eingeschlafen war, denn plötzlich sah er den großen Ring aus Feuer, der das Abbruchhaus umschloß.

Wie er entstanden war, hatte Krüger nicht herausfinden können. Er mußte ihn einfach hinnehmen, riß aber die Tür auf und wollte den Wagen verlassen.

Genau darauf hatte Kerstin gewartet.

Bevor Krüger sich versah, tauchte ein Schatten vor seinem Gesicht auf, und einen Augenblick später traf ihn der wuchtig geführte Hieb am Kopf. Im Wagen sackte der Kommissar zusammen, und Kerstin hatte freie Bahn. Sie kicherte wie irr, als sie an dem Kommissar vorbei in den Wagen griff und die Puppe Marion hervorholte.

Dann trat sie zurück, lief auf das Haus zu und schleuderte noch während des Gehens die Puppe von sich.

Sie landete inmitten des Schutzrings aus Feuer!

Plötzlich waren auch die Männer des Einsatzkommandos wieder an meiner Seite. Zwei von ihnen sahen weniger gut aus, sie hatten sich mit ihren Flammenwerfern selbst einige Verletzungen zugefügt, die allerdings nicht so schwer wogen. Einen dritten Mann mußten sie stützen, er war von Marion angegriffen worden.

Noch immer stand sie in der Ecke und starrte auf den Ring, den ich ihr hinhielt. Sie wußte, daß ich stärker war, und dagegen versuchte sie anzukämpfen.

Sie fauchte, sie heulte, manchmal schrie sie auch auf oder stieß ein Jammern aus.

Bis zu dem Augenblick, als sie in die Höhe ruckte und sich dabei auf die Zehenspitzen stellte. Etwas war mit ihr passiert, aber nicht durch meine Schuld.

»Da – dort draußen!«

Die Stimme eines Beamten hatte mich aufmerksam gemacht. Durch ein Fenster sah ich den Ring aus Feuer und glaubte, eine Gestalt zu entdecken, die auf das Haus und das Feuer zulief.

Im nächsten Moment lenkte mich ein anderes, schreckliches und unheimliches Geschehen ab.

Kleine Flammenzungen umgeisterten und umspielten den Körper der untoten Marion Baumann. Sie waren schnell, nicht zu löschen und breiteten sich aus.

»Weg!« schrie jemand.

Es war nicht mehr nötig, denn Marion Baumann explodierte vor unseren Augen, verwandelte sich im Nu in eine fauchende Feuerkugel, raste in die Höhe und sicherlich auch durch das Dach des Hauses, um vor unseren Blicken zu entschwinden.

Zwei Sekunden später hatte ich das Haus verlassen. Hinter mir stürmten die Männer des Einsatzkommandos durch die Tür. Wir alle sahen die Feuerkugel am Himmel, wir beobachteten ihren kometenhaften Flug. Ihr Ziel war Rabenstein.

Kaum war der Gedanke in meinem Kopf aufgezuckt, erreichte mich vom Beobachtungswagen her die Stimme eines Mannes.

»Schnell, Sinclair, kommen Sie!«

Die Fesseln schnitten in die Haut an den Handgelenken wie frisch geschliffene Messer. Bill Conolly hätte beim besten Willen nicht behaupten können, sich daran gewöhnt zu haben, aber er versuchte die Schmerzen zu ignorieren, denn seine Umgebung war ihm wichtiger, wobei er sich nicht mal groß um sein eigenes Schicksal Gedanken machte, das auf schreckliche Art und Weise enden würde.

Verbrannt auf einem Scheiterhaufen!

Wie eine Hexe!

Wie die Hexen vor Hunderten von Jahren, als die Schergen der Inquisition sie jagten und das Blut Unschuldiger vergossen.

Nicht alle waren unschuldig gewesen, wie Bill jetzt wußte, aber das brachte ihn nicht weiter. Er glaubte, den Rauch riechen zu können, den ein imaginäres Feuer ihm entgegenwehte, aber das war nur Einbildung oder eine Vorahnung.

Der Schwarze Tod hatte seine beiden Dienerinnen Sybille und Petra zu sich geholt. Er stand zwischen ihnen direkt vor der Mauer, und sie schauten in das Land hinein, bis hin zum fernen Köln, wo sie besonders die über dem Dom schwebenden Lichtaura interessierte.

Nicht dort, aber in deren Nähe löste sich plötzlich ein roter Punkt. Er war wegen der klaren Luft selbst kilometerweit zu sehen, und das kalte Mondlicht schien sich in diesem künstlichen Kometen zu spiegeln, der nicht mehr weiter anstieg und sich drehte, als er eine gewisse Höhe erreicht hatte. Mit höllischer Geschwindigkeit jagte er durch den Nachthimmel und auf Rabenstein zu.

»Sie kommt. Sie ist unterwegs!« sagte der Schwarze Tod mit einer Stimme, die einem dröhnenden Raunen glich.

Die Kugel war schnell. Und Sybille Thelen wußte plötzlich, daß sie als Ziel gemeint war.

Sie trat zurück.

Im selben Augenblick wischte die Kugel über die Mauer hinweg und traf ihre Brust.

Sybille zuckte zusammen. Es sah so aus, als sollte sie zu Boden gestoßen werden, aber sie konnte sich im letzten Moment fangen, blieb schwankend stehen, und auf ihrem Gesicht erschien ein dämonisches, völlig unnatürliches Lächeln.

»Sie ist da, Meister! Petra ist bei uns ...«

Es war nicht zu überhören, denn Sybille Thelen sprach plötzlich mit zwei Stimmen.

Zum einen war sie selbst zu hören, zum anderen Petra, die Sybilles echte Stimme überlagerte.

Der Schwarze Tod war zufrieden. »Eure Seelen habe ich«, sagte er und drehte sich zu Petra Klinger um. »Jetzt gib auch du mir deine Seele ...«

»Ja, Meister ...«

Petra blieb vor ihm stehen. Sie hielt die Arme halb

erhoben, sie schaute den Dämon mit einem gläubigen Blick an, und sie tat auch nichts, als aus ihrem Körper Qualm und kleine Feuerzungen schlugen – wie bei Marion Baumann ...

Ich fand einen Kommissar Krüger vor, der sichtlich benommen war und mir mit knappen Worten erklärte, daß er niedergeschlagen worden war, wobei er immer wieder über die getroffene Stelle an seinem Kopf mit der Handfläche hinwegstrich.

Er hatte auch irgend etwas von einer Puppe erzählt, und ich schaute mich im Beobachtungswagen um.

Verdammt, Marions Puppe fehlte!

Mich durchschoß es wie ein Schlag, und Krüger erlebte im nächsten Moment einen ganz anderen Sinclair. Ich konnte auf ihn keine Rücksicht nehmen. »Krüger, es wird Zeit. Es wird verdammt Zeit! In dieser Nacht ist es soweit. Der Schwarze Tod hat drei Bräute. Mit einer vierten will er sich vermählen, und diese Hochzeit bedeutet das Ende der Stadt Köln. Oder kann es bedeuten. Verstehen Sie das?«

»Nicht genau, aber ...«

»Es geht um Sekunden!«

Krüger schüttelte den Kopf. »Was soll ich machen, Sinclair?«

»Herausfinden, wo in dieser Nacht die verdammte Dämonenhochzeit stattfindet.«

»Ach.« Er fühlte sich überfordert. »Und was machen Sie?«

»Ich werde fahren!« erwiderte ich, lief weg und rief noch über die Schulter zurück. »Rabenstein, Krüger, nach Rabenstein ...« Dabei wünschte ich mir, daß der Porsche Flügel bekam ...

Ich bremste hart, als vor mir ein Hindernis erschien. Es war kein Gegenstand, sondern ein Mensch, der im Licht der Scheinwerfer wie eine Puppe mit blutigem Kopf aussah. Ich sah die grüne Uniform des Polizisten und wußte, daß dieser Mensch seinen Einsatz mit dem Leben hatte bezahlen müssen. Der Haß auf den Schwarzen Tod wuchs stärker, und ich verließ den Porsche. Im Dunkeln eilte ich den Weg zur Ruine hoch, dämpfte dann meine Schritte, denn ich wollte mich nicht unbedingt wie ein Elefant im Porzellanladen benehmen und durch irgendwelche zu lauten Geräusche schon früh auf mich aufmerksam machen.

Noch sah ich nichts, aber ich wußte, daß sich etwas verändert hatte. Ich hörte weder Schreie noch Stimmen, aber das Böse war vorhanden und hatte mir seinen Schatten entgegengeschickt.

Das Metall meines Kreuzes hatte sich leicht erwärmt. Das Laub auf dem Boden schickte mir einen fauligen Gestank entgegen, der mich an den Geruch auf einem Friedhof erinnerte. Auch das alte Mauerwerk schien das Böse eingefangen zu haben. Für mich war die Atmosphäre vergiftet, obwohl die Wolken fast restlos am Himmel verschwunden waren und er wie eine große, dunkle Platte glänzte, auf der sich besonders stark der kreisrunde Mond abmalte.

Die letzten Schritte ging ich geduckt. Mein Herz klopfte schneller. Ich wußte plötzlich, daß ich etwas Schlimmes oder Schreckliches finden würde, aber was ich tatsächlich sah, als ich den freien Blick auf das Burgplateau bekam, hätte ich in meinen kühnsten Träumen nicht erwartet.

Ich war entsetzt.

Den Pfahl, der aus einem Scheiterhaufen hervorragte, den hatte ich bei meinem ersten Besuch nicht gesehen. Nun aber war er für diese Umgebung bestimmend. An dem Pfahl war mein Freund Bill Conolly festgebunden worden, und das war sicherlich kein Spiel.

Warum hatte man das getan?

Und wer hatte ihn dort festgebunden?

Für mich kam nur der Schwarze Tod oder ein starker Helfer infrage, aber ich sah weder ihn noch einen anderen. Bill hatte mich ebenfalls nicht gesehen. Er bemühte sich allerdings, seine Fesseln loszuwerden, das erkannte ich an seinen Bewegungen.

Ich rechnete mit einer Falle. Zugleich sollte Bill so etwas wie ein Lockvogel sein. Wie es auch sein mochte, ich würde bewußt in diese Falle hineintappen und würde auch versuchen, meinen Freund zu befreien.

Um Bill zu erreichen, mußte ich ein paar Meter laufen. Noch stand ich im Schatten einer alten Mauer. Mit dem nächsten Schritt änderte sich dies, mit dem übernächsten auch, aber da genau geschah es.

Plötzlich war das Feuer da.

Ich zuckte zurück, weil es in meiner Nähe aus dem Boden geschossen war. Eine gefährliche Flammensäule, deren Hitzeschleier mich streifte. Ich ging sofort weiter – und erlebte die nächste Feuersäule, die aus dem Boden hervorschoß.

Ich kam nicht mehr zurück. Hinter mir standen die beiden schmalen Flammenwände, ich mußte einfach weitergehen. Auf den Scheiterhaufen zu. Das Feuer trieb mich einfach hin. Ich kam mit ihm noch nicht zurecht. Es war nicht nur ein einfaches Feuer, es mußte etwas anderes bezwecken.

Und sie waren etwas Besonderes, denn diese Feuersäulen hatten eine ungewöhnliche Form. Sie hatten sich wie bestimmte Zeichen gebildet, und die kamen mir bekannt vor.

Die gleichen Zeichen – eine Runen- oder Hexenbotschaft – hatte ich auf dem Ring des Schwarzen Tods gesehen, und die aufsteigenden Feuerwände bildeten plötzlich ein überdimensionales Abbild des Ringes. Rabenstein befand sich unter seiner Kontrolle und letztendlich auch unter der des Schwarzen Tods.

Der Ort loderte. Und ich stand in seinem Zentrum. Ich war von den Ringflammen eingeschlossen. Wenn ich mich drehte und nach dem Rückweg Ausschau hielt, dann sah ich vor mir nur das wabernde Feuer und sehr schwach dahinter abgemalt die Ruinen.

Bill Conolly hatte mich längst entdeckt und auch meinen Namen gerufen. Er bemühte sich, die Fesseln loszuwerden. Ich hörte ihn keuchen, auch fluchen. Er ruckte vor, aber der verdammte Pfahl wollte ihn nicht freigeben.

»Warte, Bill! Ich komme!«

Es blieb beim Vorsatz, denn über mir hörte ich ein gewaltiges Brausen, als sollte das Feuer noch stärker angefacht werden. Automatisch legte ich den Kopf zurück, schaute in die Höhe und sah den monströsen Schatten, der sich oberhalb der Flammenwand abmalte und wie ein Herrscher durch die Luft schwebte.

Es war der Schwarze Tod!

Er tauchte in das überdimensionale Abbild des Flammenrings hinein. Ich hörte ihn lachen, und ich sah auch, daß er sich bewaffnet hatte. Er trug seine gewaltige Sense, die für ihn das Zeichen des Todes überhaupt war, und so war er zu dem perfekten Abbild des mittelalterlichen Sensenmanns geworden.

Das Feuer machte auch ihm nichts, und er landete direkt vor dem Scheiterhaufen. Er hatte mich gesehen. Er wußte, was ich wollte, und sagte nur: »Einen Schritt weiter, Sinclair, und dein Freund ist tot ...«

Ich hatte mich von meiner Überraschung noch nicht richtig erholen können. Im Kloster hatten Father Ignatius und ich über den Schwarzen Tod gesprochen. Doch jetzt, als ich ihn so dicht vor mir sah, da spürte ich schon das

Entsetzen, das mich durchfloß, und ich brachte nur ein »Du also doch« hervor.

»Ja, richtig. Wer sonst? Betrachte es als ein großes Kompliment, daß ich persönlich gekommen bin, um dich und deinen Freund in meine Welt zu holen.«

Ich war nicht stehengeblieben. Ich suchte nach einer Chance. Hinter mir loderte das Feuer, das mich wie ein Gefängnis umgab. Vor mir sah ich den Scheiterhaufen und auch den gefesselten Bill. Ich wollte den Schwarzen Tod ablenken, nur so würde es mir gelingen, meinen Freund Bill zu befreien. Auch der Dämon arbeitete mit Tricks und Täuschungen. Da wollte ich ihm nicht nachstehen.

»Es war ein verdammter Plan!« sagte ich. »Du wolltest nur die Seelen der jungen Frauen. Du hast sie benutzt. Du wolltest ihre Seelen, die dann das verfluchte Hexenherz aus der Unterwelt holen und deine Braut damit bestücken. Ist es nicht so gewesen?«

»Ja.« Er schickte mir sein dröhnendes, dämonisches Lachen entgegen. »So ist es, Sinclair. Aber deine Erkenntnis kommt zu spät. Der Gewinner bin ich!«

Gerade die letzten Worte machten mich rasend. Ich hatte die Beretta längst gezogen, von der ein Dämon wie der Schwarze Tod keine Notiz nahm. Meine Wut mußte sich entladen, deshalb feuerte ich auf ihn.

Die Kugel traf, aber sie fegte durch die Gestalt hindurch und klatschte irgendwo gegen das Gemäuer. Der Schwarze Tod amüsierte sich köstlich. Die geweihte Silberkugel hatte er nicht mal gespürt. Er war einfach zu mächtig.

»Wie tief bist du gesunken, Sinclair? Hast du vergessen, wer vor dir steht? Das bin *ich*, der Schwarze Tod, *der König der Dämonen*. Muß ich dir das noch sagen? Oder wolltest du mich durch deine lächerliche Kugel beleidigen?«

Ich ließ die Waffe sinken und senkte den Kopf. Ich wurde äußerlich zu einem Menschen, der aufgegeben zu haben schien.

Der Ring steckte noch in meiner Tasche. Mein Gegner wußte es bestimmt nicht, zumindest hoffte ich darauf, und ich drehte mich so, daß er nicht sofort mitbekam, wie ich die Hand in die Manteltasche schob und den Ring umfaßte.

Er war ungemein wichtig für ihn. Er sollte die unheilige Ehe besiegeln. Aber ich hatte ihn, riß ihn hervor und hielt ihn so, daß der Schwarze Tod ihn sehen konnte.

»Das ist er doch, nicht wahr?« schrie ich.

Die Skelettfratze verzerrte sich für einen Moment, als bestünde sie aus Gummi. »Ja, deswegen sind wir hier, Sinclair!«

»Du kannst ihn haben, aber diesmal stelle ich die Bedingungen. Ich gebe dir den Ring, wenn du Bill Conolly freiläßt!«

Der Platz vor dem Kölner Dom!

Der Betrieb des Tages war längst verschwunden. Kaum jemand zeigte sich noch auf der Domplatte. Die Kälte hatte die Menschen vertrieben, und der Himmel über dem Bauwerk erinnerte an einen ins Unendliche führenden dunklen Stausee.

Eine einsame Gestalt lief auf das Hauptportal des Domes zu.

Eine Frau.

Sie ging leicht schwankend. Es war Sybille Thelen, in deren Brust nicht nur ihre beeinflußte Seele steckte, sondern auch die der Marion Baumann und die der Petra Klinger.

Sie lebte, aber sie war trotzdem tot. Sie bewegte sich wie eine Marionette, und sie ließ sich von ihrem Ziel nicht abbringen. Sybille öffnete das Tor und betrat die geweihte Stätte.

Auf dem Domplatz war plötzlich ein dumpfes Rumoren zu hören …

»Es ist mein Ring, Sinclair!« brüllte mir der Schwarze Tod entgegen. »Du kannst sagen und versuchen, was du willst. Ich werde ihn mir holen. Er gehört mir. Du brauchst ihn mir nicht zu geben. Ich kriege ihn sowieso, merk dir das!«

Diese Antwort hatte ich erwartet und war kaum überrascht.

Aber ich hatte Zeit gewinnen wollen, um das Kreuz hervorzuholen.

Bill Conollys Stimme war kaum zu verstehen, weil er unter einer großen Anstrengung litt.

»John, gib ihn nicht weg! Der Ring ist unsere Lebensversicherung. Behalte ihn!«

Das hatte ich auch vor. Zunächst aber mußte ich mich um den Dämon kümmern, dem es gar nicht gefallen hatte, wie ich mein Kreuz allmählich ins Freie zerrte.

Er griff an.

Und er schwang dabei die furchtbare Sense, deren Handhabung er wirklich perfekt beherrschte. Ich konnte wegen der Flammen nicht ausweichen, zudem mußte ich mich auf die Sense konzentrieren.

Ich hörte das Sirren der verdammten Sense, wenn sie in meiner Nähe die Luft durchschnitt.

Noch hatte sie mich nicht erwischt. Immer wieder wich ich dem höllischen Stahl aus.

Vor und über mir bewegte sich das schwarze Skelett mit den glühenden Augen. Immer wieder bauschte sich sein dunkler Umhang auf, wenn er ausholte. Manchmal schrammte das Metall nur hautnah an mir vorbei, schlitzte den Boden auf und sägte über festgebackene Steine hinweg.

Ich hatte mittlerweile den Eindruck, daß dieser Dämon nur mit mir spielte. Er trieb mich vor sich her. Er machte sich einen Spaß daraus und sorgte vor allen Dingen dafür, daß ich das Kreuz nicht hervorholen konnte. Ich war einfach zu sehr mit meinen eigenen Abwehrbewegungen beschäftigt.

Lange würde diese Treibjagd nicht gutgehen, das wußte ich. Irgendwann erwischte mich die Waffe. Sie würde mich aufschlitzen! Das mußte ich verhindern. Dieses Davonlaufen machte mich irgendwann mürbe.

Deshalb griff ich an.

Ich hatte mich wieder einmal unter einem dieser Pendelschläge hinweggeduckt und für einen Moment freie Bahn. Der Schwarze Tod mußte erst noch ausholen. In der Zwischenzeit wollte ich bei ihm sein und mich an seinem Knochengerüst festkrallen.

Ich kam auch an ihn heran.

Aber nicht nahe genug.

Er griff zu einem Trick. Bevor ich zum letzten Sprung ansetzen konnte, raste etwas von oben her auf meinen Kopf zu. Der Schlag traf mich mit brutaler Wucht. Es war nicht das Metall der Waffe gewesen, sondern das Holz, aber es reichte aus, um die Lichter für mich löschen zu lassen.

Dicht vor dem Scheiterhaufen sackte ich zu Boden. Erneut schossen Flammen aus der Erde und tanzten auf mich zu. Das aber bekam ich nicht mehr mit ...

Dafür Bill Conolly!

Er hatte alles gesehen. Er war Zeuge des ungleichen Kampfes gewesen. Er hatte erlebt, wie sich sein Freund John Sinclair einsetzte, und er konnte seine eigene Hilflosigkeit nicht mehr länger ertragen. Bills Zustand war kaum zu beschreiben. Er stand kurz vor dem Durchdrehen.

Die ganze Zeit über hatte er schon versucht, seine Fesseln zu lockern. Was in einem Western immer so gut klappte. Bill hatte nichts entgegenzusetzen, höchstens seinen Haß und seine Wut. Nur nicht aufgeben, auf jeden Fall weitermachen, auch wenn bereits das Blut wie Öl an seinen Händen entlangrann.

Er bewegte auch seinen Körper. Er wollte den verdammten Pfahl lockern und alles umreißen, wenn es soweit war. Und er spürte, daß die Stricke längst nicht mehr so fest seine Gelenke umspannten. Sie waren lockerer geworden. Bill hatte wieder Hoffnung bekommen, und er wollte Zeit gewinnen.

Wenn es John gelang, den Schwarzen Tod noch länger hinzuhalten, würde er sich befreien können.

Eine Fessel riß bereits.

Bill schrie vor Freude auf. Weder John noch der Schwarze Tod registrierten es.

Blieb noch eine.

Bill zerrte weiter.

Und da geschah es!

Plötzlich brach John Sinclair wie vom Blitz getroffen zusammen. Das stumpfe Ende des Sensengriffs hatte ihn erwischt und zu Boden geschmettert, aus dem augenblicklich wieder neue Flammensäulen hervorschossen, die sich ihm näherten.

Das Lachen des Schwarzen Tods hallte über den Platz und wurde von den Mauern der Ruinen als schaurige Echos zurückgeworfen.

Er war der Sieger!

Und er hob die Sense an, um den alles entscheidenden, tödlichen Schlag ausführen zu können.

In diesem Moment wuchs Bill Conolly über sich selbst

hinaus. Zumindest, was seine körperlichen Kräfte anging. Er hatte es geschafft und auch die letzte Fessel losgerissen. Vor ihm lag das Reisig, und wie ein Berserker stürmte der Reporter hindurch.

Der Schwarze Tod kümmerte sich nur um John. Bill wandte er den Rücken zu. Die Sense hielt er bereits hoch, als sich Bill abstieß ...

Da öffnete ich die Augen!

Ich war plötzlich wieder da, brauchte keine Zeit, um mich zu erholen. Der innere Streß, den ich noch immer spürte, sorgte dafür, daß ich die Lage sofort erfassen konnte.

Über mir schwebten die glühenden Augen in der dunklen Skelettfratze. Die Knochenarme hatte der Schwarze Tod angehoben. Er umklammerte mit seinen Klauen den Griff der Sense, und ich wußte, daß ich mich in allerhöchster Lebensgefahr befand.

In diesem Augenblick flog Bill Conolly dem Schwarzen Tod wie eine menschliche Rakete in den Rücken. Er riß ihn um, er schleuderte ihn auch zur Seite.

Zwar konnte der Dämon noch zuschlagen, aber die Klinge der Sense fegte an mir vorbei. Sie zerschnitt nur die Luft, und ich hörte noch das Pfeifen dieses gewaltigen Schlags, bevor ich mich mehrmals um die eigene Achse rollte, um wegzukommen aus dem unmittelbaren Gefahrenbereich.

Mir war klar, daß auch jemand wie Bill Conolly gegen den Schwarzen Tod verlieren mußte.

Es gab nur eine Chance für uns beide.

Das war mein Kreuz!

Aus der Drehung heraus richtete ich mich auf, blieb aber auf dem Boden knien und konnte meinen eigenen Schatten sehen, der anfing, sich bizarr zu bewegen.

Das Feuer war nicht mehr aufzuhalten. Einen Blick zur Seite gönnte ich mir. Überall tanzten die Flammen. Ihre magische Kraft würde uns zerstören, und ich bekam auch mit, wie Bill Conolly durch den Tritt des Schwarzen Tods in die Luft geschleudert wurde und rücklings auf dem Scheiterhaufen landete, der von einem Feuerstoß am Rand erwischt wurde. Ein weiterer würde alles in Brand setzen, auch Bill.

Die letzte Chance war das Kreuz. Endlich lag es frei.

Ich riß es in dem Augenblick hoch, als sich der Schwarze Tod zu mir umdrehte.

»Dieses Kreuz wird mich vor der Hölle bewahren!« brüllte ich der Skelettfratze entgegen und hatte die Worte kaum ausgesprochen, als es an den Enden aufglühte.

Zwei Urmächte prallten aufeinander.

Gut und Böse!

Und das Gute gewann!

Das Licht raste gegen die dunkle Gestalt. Es zeichnete jeden Knochen des Skeletts nach. Mir dröhnte der markerschütternde Schrei des Schwarzen Tods in den Ohren nach. Ich hoffte auf das Ende des Dämons, aber er sah aus wie jemand, der sich nur schütteln wollte. Noch einmal schrie er, dann war er plötzlich verschwunden, und auch die Flammen in unserer Umgebung sackten zusammen.

Diese Schlacht hatten wir gewonnen.

Aber den Ring besaß ich leider nicht mehr.

Und es war noch nicht zu Ende ...

Sybille Thelen bewegte sich durch den Dom. Niemand sah sie. Eine schwere Stille lastete zwischen den Mauern. Nur wenige Kerzen oder Lichter brannten. In der Dunkelheit war Sybille kaum zu erkennen.

Zielstrebig ging die dreifach beseelte Gestalt auf eine

Treppe zu, die hinunter in die Krypta des Doms führte. Der Zugang war nicht verschlossen.

Sybille öffnete die Tür.

Flackernder Kerzenschein empfing sie, aber es wartete auch jemand auf sie.

Auf einer schweren, im Boden eingelassenen Grabplatte stand die in ein graues, dünnes Hochzeitskleid eingehüllte Braut.

Es war Kerstin Möller! Ihre Augen glühten in einem dunklen Rot ...

Aus den gefährlichen Flammen war nur mehr ein Glühen geworden, das vergeblich versuchte, sich gegen die langen Schatten der Nacht zu behaupten. Rabenstein wirkte plötzlich so leer, aber das stimmte nicht ganz, denn Bill und ich waren dabei, uns aus den Resten des nicht ganz abgebrannten Scheiterhaufens hervorzukämpfen.

Wir waren beide ziemlich erschöpft und daneben, brauchten eine Pause, aber wir wußten auch, daß es weitergehen mußte. Nur nicht hier, sondern woanders.

Ich ging mit müden Schritten auf die alte Mauer zu, über die hinweg der Betrachter einen so herrlichen Ausblick hatte. Bill stand schräg hinter mir. Ich spürte seine Hand auf meiner Schulter. »Du hättest ihm den Ring nicht geben sollen, John.«

»Er hat ihn sich doch geholt ...«

»Trotzdem.«

»Bill, verdammt, dieser Ring war unsere einzige Chance. Hätte er ihn nicht, stünden wir nicht hier.«

»Aber ich weiß nicht, ob ich den Ausblick unbedingt genießen kann, Alter.«

»Wieso? Was ist denn los?« Ich war zu sehr in Gedanken versunken, um auf Bills Bemerkung einzugehen.

»Schau mal zum Himmel und dann hinüber nach Köln.«

Der Klang seiner Stimme hatte mich gewarnt. Eine unsichtbare, kalte Hand fuhr über meinen Rücken, als ich den Mond anschaute. Er hatte sein helles, kaltes Licht verloren und war nur mehr eine düstere Scheibe. Und die eisige Hand auf meinem Rücken verstärkte sich, denn inmitten der Stadt Köln sahen wir den Dom überdeutlich.

Das Licht, das der Mond verloren hatte, schien sich in diesem gewaltigen Bau festgesetzt zu haben.

Er hob sich viel heller ab als sonst. Er brannte nicht, aber ich glaubte, ihn glühen zu sehen. Auf meinen Handflächen sammelte sich der feuchte Schweiß. Ich ballte die Hände zu Fäusten, wandte meinen Blick nicht von der großen Kirche ab und nickte über die Brüstung hinweg. »Bill, das ist die Stunde der Dämonenhochzeit«, sagte ich mit leiser Stimme und sprach auch gegen den Wind an. »Wir haben nicht mehr viel Zeit. Sie sind bereits im Dom. Dort wird die Hochzeit stattfinden.«

»Nein!« Bill trat einen Schritt zurück. »Das glaube ich dir nicht.« Er schüttelte den Kopf und wischte über sein verschmiertes Gesicht, in dem die Augen groß und ungläubig hervortraten.

»Doch!« sagte ich.

»Da können sie nicht hinein. Der Dom ist eine geweihte Stätte. Das gibt es nicht.«

»Richtig – im Normalfall. Aber hier ist alles anders.«

»Was denn?«

»Du darfst nicht vergessen, daß sich das Herz der alten Hexe seit Jahrhunderten im Dom befindet. Lange genug ist es versteckt gehalten worden. Jetzt ist die Zeit reif . . .«

»Mein Gott«, flüsterte Bill nur. »Mein Gott . . .«

Kerstin Möller stand so unbeweglich, als wäre sie kein lebender Mensch mehr. Sie hatte ihre Haltung etwas verändert, und die Grabplatte lag jetzt vor ihr. Sie spürte die Wärme der Kerzenflammen, aber trotzdem herrschte die Kälte vor.

Die Kälte einer anderen, fremden und dämonischen Welt, die der Schwarze Tod aus seinem Zwischenreich mitgebracht hatte. Und er löste sich aus dem Halbdunkel jenseits des Kerzenscheins, wobei jeder Schritt von einem atemähnlichen Geräusch begleitet wurde.

In der Hand hielt er den Ring, dessen Runenzeichen auf der Oberfläche leicht glühten.

Vor Kerstin blieb er stehen. Zwischen ihnen befand sich nur die Grabplatte. Kerstins rote Augen waren leicht verdreht. Es war nicht das düstere Rot des Schwarzen Tods, sondern eines, das heller aussah, beinahe wie verdünntes Blut.

Der Schwarze Tod reichte seiner Dienerin den Ring. Er hielt ihn eingeklemmt zwischen dem skelettierten Daumen und dem Zeigefinger. »Nimm diesen Ring als Zeichen der Macht. Nutze die Macht. Werde meine Frau. Befreie dich aus seiner Finsternis, zersprenge diesen Dom und tritt hinein in das Licht meiner Welt ...«

Jedes Wort hörte sich in der Krypta an wie ein dumpfe Glockenschlag. Kerstin nickte. Sie nahm den Ring, und sie streifte ihn mit einer ruhigen Bewegung über ...

Noch immer herrschte Ruhe auf der Domplatte. Das mächtige Bauwerk stand so regungslos da wie in all den Jahren zuvor auch.

Nein, nicht mehr.

Plötzlich bewegte sich einer der kleinen Türme. Er schwankte. Etwas schien gegen ihn gestoßen zu sein. Eine riesige Hand oder etwas Ähnliches. Er fing sich nicht mehr. Dafür verstärkte sich dieses Schwanken, und plötzlich brach der kleine Turm weg.

Noch in der Luft und auf dem Weg nach unten lösten sich einige Gesteinsbrocken von der Seite her ab, aber die größte Masse raste in die Tiefe und prallte ungemein hart und wuchtig auf die Domplatte.

Der Turm zerbrach in zahlreiche Teile, die in die verschiedenen Richtungen hinflogen, immer wieder auftickten, weiter zerbrachen und als gefährliche Hindernisse über die Domplatte rollten, so daß sie auch zu einer Gefahr für den heranrasenden Wagen wurden, dessen Fahrer verzweifelt versuchte, den Hindernissen zu entgehen. Er lenkte wie verrückt, so daß die hellen Glotzaugen der Scheinwerfer in einen zuckenden Tanz hineingerieten.

Der Wagen wurde nicht getroffen, aber wir beide waren schon blaß, als wir aus dem Porsche stiegen. Wir wollten uns nicht lange aufhalten, dazu war die Zeit einfach zu knapp, doch den Blick am Dom hoch konnten wir uns nicht ersparen.

»Es muß von oben gefallen sein, John. Eine andere Möglichkeit sehe ich nicht.«

»Ich weiß.« Meine Stimme hatte kratzig geklungen. Mir war längst bewußt geworden, daß wir möglicherweise zu spät kamen.

Der Dom hatte einen ersten Schaden erlitten. Eine böse Macht kratzte an ihm. Sie wollte das Wahrzeichen des Guten zerstören. Sie wollte Rache für das, was vor einigen Hundert Jahren begonnen hatte. Für mich war das fallende Gestein der Anfang vom Ende gewesen. Als letztes grausames Ziel sollte der gesamte Dom zusammenbrechen.

Ich bekam Angst, rannte auf das Portal zu. Bill hatte sogar Mühe, Schritt zu halten. Und beide spürten wir das unheimliche Brennen unter den Füßen ...

Nicht nur der Schwarze Tod und seine Braut Kerstin hielten sich in der Krypta unter dem Dom auf. Auch Sybille Thelen stand in diesem unheimlich anmutenden Gewölbe, und sie breitete beide Arme aus, als der Schwarze Tod seiner Kerstin den Ring überreicht hatte.

Etwas geschah mit Sybille.

Ihr Körper bewegte sich, obwohl sie selbst auf der Stelle stehenblieb. Aber sie war die Trägerin der anderen beiden, und zwei geisterhafte Wesen lösten sich aus ihrem Oberkörper wie lautlose Nebelstreifen. Sie schwebten sofort von Sybille weg und begannen sich zu materialisieren. Die feinstofflichen Gestalten verdichteten sich. Sie bekamen Haut, Knochen, Fleisch, Gesichter, die ebensowenig lebten wie ihre Augen, und selbst die Leichenhemden waren plötzlich vorhanden und hingen wie getrocknete Fahnen an ihren Körpern.

Der Schwarze Tod trat zurück. Er hatte alles getan, um die Hochzeit vorzubereiten. Deshalb blieb er im Hintergrund und schaute den beiden Untoten zu.

Von zwei verschiedenen Seiten näherten sie sich der Grabplatte. Sie bückten sich.

Kein Laut war zu hören. Der Vorgang lief in einer absoluten Stille ab, bis auf das Rascheln der Totenhemden.

Vier Hände näherten sich der Grabplatte. Sie waren da, sie berührten den Stein, sie hätten ihn jetzt anheben müssen, aber in diesem Augenblick entmaterialisierten sich die Hände wieder. So waren sie in der Lage, zusammen mit den Armen durch die Grabplatte zu greifen und das hervorzuholen, was sich seit Hunderten von Jahren im Innern des alten Grabs befand.

Die Hände kehrten zurück.

Jetzt hielten sie das Herz!

Einen rötlichbraunen Klumpen, an den Rändern leicht geschwärzt, als hätte das alte Feuer noch versucht, das

Herz anzukohlen. Auf den Gesichtern der beiden Untoten konnte sich der Ausdruck kaum ändern, aber ihre Bewegungen wirkten irgendwie feierlich, als sie das Herz zu Kerstin Möller brachten.

Hoch über ihnen aber zitterte das Gemäuer. Der Dom ächzte. Ein erster starker Riß spaltete die prächtige Kirche . . .

Bill und ich waren in den Dom hineingerannt, als säße uns der Leibhaftige persönlich im Nacken. Wir wußten, daß der Dom kurz vor dem Einsturz stand, und wir wußten auch, daß wir Gefahr liefen, durch tonnenschweres Gestein verschüttet oder getötet zu werden.

Auf dem Steinboden knallten unsere Schritte wie Schüsse. Die harten Laute echoten durch das gewaltige Kirchenschiff und zerrissen die Stille, die nach dem Rumoren wieder eingetreten war.

Dennoch ging es weiter.

Eines der Fenster brach plötzlich zusammen. Das alte Bleiglas hatte den Erschütterungen nicht mehr standhalten können. Es fiel und krachte zu Boden, wo es in unzählige Splitter zerbrach, die noch mit klirrenden Geräuschen über den Boden flirrten.

»Wo denn?« rief Bill, als er rutschend stehenblieb.

»Nicht hier. Nicht hier im Altar.«

»Sondern?«

Ich drehte meinen Daumen. »Wir müssen nach unten, Bill. In die Tiefe . . .«

»Zu den alten Gräbern?«

»So ähnlich. Ich weiß, daß es hier eine Krypta gibt . . .« Ich ließ die Worte ausklingen, überlegte und schlug Bill gegen den Arm. »Los, komm mit!«

Die Treppe nach unten hatten wir schnell gefunden. Der Weg in die Düsternis brauchte durch unsere Lampen nicht erhellt zu werden, denn wir sahen am Ende der Treppe den Zugang zur Krypta. Es war eine Tür, die in einem dunklen Rot aufglühte.

Dahinter lag das Zentrum.

Ich hielt das Kreuz längst in der Hand. Die Tür brannte nicht in einem normalen Feuer, das wußte ich. Mein Kreuz schaffte uns den Zugang. Ich hielt es gegen die Glut, und seine Weiße Magie sorgte dafür, daß die Tür zersprang.

Der Weg war frei.

Wir tauchten ein in das Gewölbe – und blieben stehen wie vom Blitz getroffen.

Das Grauen war schon weit fortgeschritten ...

Zumindest mein erster Blick war auf Kerstin Möller gefallen, die in ihrem dunkelgrauen Hochzeitskleid und den rot glühenden Augen eine typische Braut für den Schwarzen Tod war, den wir in diesem Moment jedoch nicht zu Gesicht bekamen.

Dafür sahen wir seine drei anderen Dienerinnen: Sybille, Marion und Petra.

Sie hatten es tatsächlich geschafft und das uralte Hexenherz gefunden. Sie standen kurz davor, das alte Herz in Kerstins Brust einzupflanzen.

Es ging jetzt um Sekunden. Das Herz glühte bereits auf. Es würde seinen Weg in Kerstins Körper finden. Diese mächtige Magie des Schwarzen Tods ermöglichte es. Dieser Raum war von seiner und auch von der Macht der alten Hexe erfüllt, deren Herz man damals entführt hatte.

Das wußten wir, und das ›wußte‹ auch mein Kreuz. Es war der Gegenpol, es konnte sich in dieser Masse an Schwarzer Magie nicht wohl fühlen, und es reagierte von allein.

Das Böse war zu stark, und plötzlich strahlten die Enden des Kreuzes hell auf. Genau dort, wo die vier Anfangsbuchstaben der Erzengelnamen eingraviert waren.

Die Helligkeit wirkte wie Feuer.

Zumindest bei Sybille, Marion und Petra.

Innerhalb der grellen Lichtauren zeichneten sich ihre Gestalten noch wie blasse Figuren ab. Sie rissen ihre Mäuler auf, und jammernde, leise Totenschreie drangen aus ihnen hervor und wehten uns entgegen. So lange, bis das Licht sie regelrecht zerstäubte. Sie waren endgültig tot und würden nicht mehr zurückkehren können.

Staub zu Staub ...

Zu dem auch Kerstin hätte werden müssen, aber der vierte Strahl hatte nicht sie erreicht, sondern den verdammten Ring, und er war von ihm so abgelenkt worden, daß er in einem rechten Winkel gegen die Decke schoß.

Kerstin ›lebte‹ noch!

Sie schrie.

Aus ihren roten Augen glotzte sie dem Strahl hinterher, der noch immer an der Decke zuckte und sich wie ein Schweißbrenner in das Gestein hineinbohrte.

Er riß es auf!

»Weg!« brüllte ich und warf mich in Deckung.

Auch Bill hechtete zur Seite, während es von oben die ersten Trümmer regnete.

Nur Kerstin blieb stehen. Aber sie hielt den Kopf wieder gesenkt. Noch befand sich das Herz nicht in ihrer Brust. Kurz bevor die drei Untoten verglüht waren, hatten sie es fallen lassen. Dicht vor Kerstins Füßen lag dieser widerliche rotbraune Klumpen am Boden.

Und Kerstin bückte sich ...

Bill lag näher an Kerstin als ich. Er hatte den Kopf gehoben. Trotz der Staubwolke, die das fallende Gestein verursacht hatte, sah er sehr genau, was da passierte.

Ein Schrei!

Bills Schrei fegte durch die Krypta, als er hochsprang und auf nichts mehr Rücksicht nahm. Nicht mal auf sich selbst. Er wollte Kerstin daran hindern, sich das verfluchte Hexenherz selbst in die Brust zu drücken.

Es sah so aus, als würde er es schaffen, aber er hatte nicht mit der Reaktionsschnelligkeit und der Kraft dieser untoten Person gerechnet. Bill flog genau in den hammerartigen Schlag hinein. Kerstin hatte den Arm bewegt, und dieser Rundschlag war zu einem Volltreffer geworden. Bill konnte selbst nichts mehr tun, denn die gewaltige Kraft wuchtete ihn zurück bis gegen die Wand der Krypta. Er konnte von Glück sagen, wenn er sich nichts verstaucht oder gebrochen hatte.

Kerstin war wie von Sinnen. Am wichtigsten für sie war jetzt das Herz. Sie hielt es fest. Sie knurrte dabei. Sie führte diesen widerlichen Klumpen auf ihre Brust zu, und sie würde ihn dort hineinschieben, als gäbe es kein Hindernis mehr.

Bill rappelte sich wieder hoch. Sein Blick glitt weg von Kerstin Möller, und er sah mich.

Ich hatte mich von den Trümmern in einer Ecke der Krypta in Sicherheit gebracht. Es gab nur noch eine Person, auf die ich mich konzentrieren mußte – Kerstin!

»Was willst du tun, John?«

»Ich weiß es nicht, Bill.« Mein Gesicht verzerrte sich. »Ich weiß es nicht.« An der rechten Wade spürte ich den scharfen Schmerz. Dort mußte mich ein Trümmerstück getroffen haben, aber das war jetzt alles so verdammt unwichtig.

»Aber irgend etwas ...« Bills Stimme erstickte in einem Husten. Es war ihm ebenfalls wieder gelungen, auf die Beine zu kommen. Den richtigen Halt hatte er nicht gefunden. Um überhaupt stehen bleiben zu können, mußte er sich an der Wand abstützen.

Kerstin lachte plötzlich auf. Dieses schaurige Geräusch riß mich aus meinen quälenden Gedanken. Ich sah, wie ihre Hände nach unten fuhren, und ich sah zugleich das fremde Herz in ihrem eigenen Körper. Es schimmerte durch die Haut und durch die Kleidung. Dabei zuckte es wie unter schweren Schlägen.

Gewonnen! schoß es mir durch den Kopf. Sie und der Schwarze Tod haben gewonnen. Es war umsonst! Alles war umsonst ...

In meiner Verzweiflung schleuderte ich das Kreuz der Dämonenbraut entgegen.

Zu spät?

Wahrscheinlich, denn die Verwandlung war beendet. Kerstin und der Schwarze Tod sollten zu einem Paar werden.

Ich hörte noch das gewaltige Brausen, während ich nach vorn stolperte, fiel, und dann war um mich herum ein Chaos, wie ich es noch nie erlebt hatte ...

Flammen züngelten durch den Dom.

Erst huschten sie nur über den Boden hinweg, doch sie bekamen immer mehr Nahrung. Etwas fachte sie an. Sie vergrößerten sich und wurden zu gewaltigen, drachenähnlichen Ungeheuern, die durch das Kirchenschiff huschten, eine wahnsinnige Hitze verbreiteten, die Fenster zerrissen und ihren Weg nach draußen fanden.

Der Wind gab ihnen neue Nahrung.

Und die Drachen aus Feuer bedankten sich dafür, denn sie nahmen an Größe zu. Der Himmel über dem Dom wurde durch ein schauriges Muster aus kaltem Licht und düsteren Schatten gezeichnet, und das Mauerwerk, das all die Jahrhunderte standgehalten hatte, brach mit einem urwelthaften Krachen auseinander.

Der Dom explodierte!

Rauch quoll wie ein gewaltiges Fahnenmeer ins Feuer, während die gesamte Masse an Gestein in sich und im Feuermeer zusammensackte.

Und aus dem Rauch hervor erhoben sich riesige, geisterhafte Gestalten.

Einmal Kerstin, zum anderen der Schwarze Tod, die beide dem dunklen Himmel entgegenstrebten.

Sie eilten aufeinander zu.

Ihre Gesichter berührten sich, und die Lippen vereinigten sich zu einem innigen Kuß ...

Ich spürte den kalten Wind und unter mir einen harten Belag. Ich fror. Die Augen hielt ich geschlossen. In meinem Kopf hatte sich ein dumpfes Gefühl ausgebreitet.

Rauch fuhr über mein Gesicht hinweg und kitzelte meine Nase.

»John! John! Verdammt!«

Die Stimme? Ich kannte sie. Nein, einem Engel gehörte sie nicht, auch keinem Teufel. Sie lag irgendwo dazwischen. Ach ja, ein Mensch, ein Mann, den ich kannte.

Ein Freund – Bill!

Seine Hand schlug mehrmals gegen mein Gesicht. Ich war gezwungen, die Augen zu öffnen, und wunderte mich im ersten Moment, daß ich im Freien lag und den Himmel über mir sehen konnte, nicht die Decke der Krypta.

»Was war denn los?« hauchte ich.

Bills schmutziges und verstaubtes Gesicht verzog sich zu einem Lächeln.

»Es hat fast nicht wahr sein können, aber du hast es geschafft. Im allerletzten Moment.«

»Ich? Oder das Kreuz?«

»Ist doch egal. Der Dom steht noch. Zu einer echten Dämonenhochzeit ist es nicht gekommen. Es haben sich nur die Schatten der beiden vereinigen können. Ein sichtbar gewordener Wunschtraum, mehr nicht.«

Ich nickte im Liegen, was mir nicht eben leichtfiel. »Und Kerstin?« fragte ich dann.

Bills Gesicht verschloß sich.

»Was ist mit ihr? Rede doch!«

»Du bist unten in der Krypta bewußtlos geworden. Ich habe dich und Kerstin rausgeholt. Sie ist auch hier.«

Ich streckte ihm die Hand entgegen. Bill half mir auf die Beine.

Am liebsten hätte ich mich wieder hingelegt, aber der Gedanke an Kerstin Möller hielt mich aufrecht.

Bill stützte mich. Er brachte mich zu ihr.

Sie lag auf dem Rücken. Neugierig traten wir zur Seite, so daß wir an sie herankommen konnten. Das Licht von einer Wandlampe des Hotels fiel genau auf sie. In seinem Kegel sah ich, was mit Kerstin geschehen war.

Ihre linke Hand, an der dieser verfluchte Ring gesteckt hatte, war völlig verbrannt.

Der Ring war geschmolzen. Dafür hatte mein Kreuz gesorgt. Ich hatte es so wuchtig auf Kerstin geworfen, daß es wie ein Messer in ihre Brust gedrungen war und dort noch feststeckte. Genau an dieser weich gewordenen Stelle, in die Kerstin das fremde Hexenherz hineingeschoben hatte.

Ich kniete mich neben sie, denn ich hatte gesehen, daß sie sich bewegte.

Zärtlich streichelte ich ihren Kopf. »Du mußt ruhig liegen. Bitte nicht bewegen!«

Sie lächelte, als sie meine Stimme erkannt hatte. Dann öffnete sie die Augen. Normale Augen, ohne das rote Licht in den Pupillen. Ich vergaß alle anderen um mich herum und konzentrierte mich einzig und allein auf die junge Frau.

»John . . .?«

»Ja, ich bin hier. Aber nicht mehr reden. Es wird schon alles wieder gut werden.«

»Lügner«, flüsterte sie und lächelte.

Mir saß plötzlich ein Kloß im Hals. Verdammt, meine Augen wurden auf einmal feucht. »Ja, manchmal, Kerstin.«

Sie schaute mich an. Aber es war bereits der Blick eines Menschen, der an der Schwelle zum Jenseits steht. »Danke, John. Danke für alles . . .«

Ihre Augen brachen.

Kerstin Möller war tot.

Mein Kopf sank nach vorn. Ich weinte, denn auch Männer haben Tränen.

Ich wußte nicht, wie lange ich neben der toten Kerstin gesessen hatte. Bill zog mich irgendwann hoch. Auf ihn gestützt, ging ich.

»Komm«, sagte er, »es ist vorbei . . .«

ENDE

Band 73 193

Jason Dark

Köpfe für Carlita

Originalausgabe

Carlita Moreno war eine schöne Frau mit einem schaurigen Hobby: Sie sammelte die Köpfe ihrer Liebhaber. Sieben Köpfe hatte sie schon beisammen, als mich der Hilferuf eines spanischen Kollegen erreichte.
An der Sonnenküste lernte ich Carlita kennen und erfuhr, daß sie genau acht Köpfe brauchte, um unsterblich zu werden. Ein bestimmter Kopf fehlte noch in ihrer Sammlung.
Und der gehörte mir!

BASTEI LÜBBE

Sie erhalten diesen Band im Buchhandel, bei Ihrem Zeitschriftenhändler sowie im Bahnhofsbuchhandel.